Die Wahrhei

'st irgendwo dort draußen ...

Charles Grant

AKTE X

Die unheimlichen Fälle des FBI

Lebende Schatten

Roman

Deutsch von Winfried Czech

Nach einer Idee von Chris Carter

WUNDERLICH TASCHENBUCH

Veröffentlicht im Rowohlt Taschenbuch Verlag GmbH,
Reinbek bei Hamburg, März 1999

Erstveröffentlichung bei:
Harper Paperback – A Division of
HarperCollins Publishers, New York
Titel der amerikanischen Ausgabe:
«The X-Files – Goblins» © 1994 by
Twentieth Century Fox Corporation

Umschlaggestaltung:
Cordula Schmidt
(Foto: Copyright © 1994
by Twentieth Century Fox
Corporation)
Innengestaltung:
Daniel Sauthoff

Satz Rotis PostScript (PageOne)
Gesamtherstellung Clausen & Bosse, Leck
Printed in Germany
ISBN 3 499 26201 0

Dieses Buch ist Chris Carter gewidmet – ohne Frage. Diesen Roman hätte es nie gegeben, wäre seine wundervolle Serie nicht gewesen, ohne die ich Freitag abends nichts zu tun hätte, außer zu arbeiten.

Danksagung

Vielen, vielen Dank aus Gründen, die Sie wahrscheinlich zu Tode langweilen würden, an:

John Silbersack, Lektor und Hüter der Redaktionspeitsche, für seine unmenschliche Geduld und dafür, daß ich meine bewahrt habe.

Howard Morhaim, dem schnellsten und besten gottverdammten Agenten im Westen.

Die Jersey-Verschwörung, deren enthusiastische Unterstützung mir sehr geholfen und mich davor bewahrt hat, zu viele Fehler zu machen – es liegt nicht an ihnen, wenn ich Sie trotzdem gemacht habe.

T. Liam McDonald für die Fachberatung.

Ms. Carolee Nisbet, Öffentlichkeitsarbeit, Fort Dix, New Jersey, für ihre Güte, Hilfsbereitschaft und Nachsicht – letztere besonders in bezug auf die verbrämten Erinnerungen an meine Grundausbildung. Wenn Ihnen trotzdem einige Veränderungen bezüglich der Schauplätze auffallen sollten, so liegt das nicht an Ms. Nisbet, sondern geschah aus dramaturgischen Gründen.

Und schließlich **Ashley McConnel**, der mich eines Abends anrief und mir riet, mir die Serie anzuschauen, mich mit Informationen versorgte, ohne die ich es nicht geschafft hätte, und der sich netterweise mit Sprüchen wie «Ich hab's dir ja gleich gesagt» zurückgehalten hat. Bis jetzt.

1.

An diesem Abend war die Kneipe voller Gespenster.

Grady Pierce konnte sie spüren, aber solange der Barkeeper ihm nachschenkte, war es ihm ziemlich egal.

Es waren Gespenster aus den alten Tagen, als die Rekruten fast täglich mit Bussen zur Grundausbildung nach Fort Dix gekarrt worden waren, wo sie von Ausbildern mit harten Gesichtern und harten Augen, die brüllten, sobald sie den Mund aufmachten, aus ihren Sitzen gescheucht wurden. Die Schüchternen bekamen es mit der Angst zu tun, und die Angeber verloren schon bald ihre zur Schau gestellte Selbstgefälligkeit – und spätestens von dem Augenblick an, als ihnen die Haare geschoren wurden, war jedem klar, daß dies kein Technicolor-Breitwandfilm mit John Wayne war.

Das war die Wirklichkeit.

Das war die echte Armee.

Und die Chancen standen verdammt gut, daß sie bei irgendeinem Einsatz starben.

Grady mußte es wissen, schließlich hatte er selbst genug von ihnen gedrillt.

Aber das war in den alten Zeiten gewesen.

Das hier war die Gegenwart, und zum Teufel, wenn die Gespenster der Jungs, die nicht mehr zurückgekommen waren, hinter ihm stehen wollten, um zu verlangen, daß er sie noch einmal ausbildete – und diesmal richtig –, zum Teufel, dann war das ihre Sache und ging ihn nichts an.

Was er heute machte, war trinken, und darin war er gut.

Er saß auf seinem Hocker, die knochigen Schultern gebeugt, die Hände auf dem Tresen vor sich gefaltet, als würde er vor jedem weiteren Schluck ein Dankgebet sprechen. Das Gesicht unter dem fast völlig ergrauten Bürstenschnitt war scharfgeschnitten, kantig und voller dunkler Schatten. Die verschlissene fleckige Arbeitshose war ihm zu weit um die Hüften, die große Feldjacke an einer Schulter aufgerissen, und die Sohlen seiner abgewetzten Stiefel waren so abgelaufen, daß er jeden Kieselstein darunter spüren konnte.

Von seinem Platz aus am hinteren Ende der Theke hatte er das Dutzend zerkratzter dunkler Holztische im Blick, die düsteren Nischen an der Längswand und die rund zwanzig über ihre Drinks gebeugten Gäste. Normalerweise herrschte hier ein Höllenlärm gebrüllter und nicht immer gutmütiger Diskussionen über die Giants, die Phillies, die 76er und die Regierung, jammerte Waylon aus der Jukebox, flimmerte ein Spiel im Fernseher an der Wand, und alles wurde von dem beruhigenden Klacken der Kugeln am Poolbillardtisch untermalt, dessen grüner Filz unter der einzelnen Deckenlampe im Raum zu schweben schien. Vielleicht waren auch ein paar Nutten da, die nur etwas Gesellschaft suchten und nicht unbedingt nach Freiern Ausschau hielten.

Was auch nicht das Schlechteste ist, dachte Grady mit einem flüchtigen Grinsen, denn heutzutage waren die meisten der Mädchen nicht mehr ganz taufrisch und auch keine Schönheiten.

Heute nacht hingegen war die Stimmung ziemlich trostlos.

Den ganzen Tag über Regen, der sich zum Abend hin in einen dichten Nebel verwandelt hatte. Die Außentemperatur war gestiegen, Nebelschwaden krochen über die Straßen und durch die Gassen. Es war April, fast schon Mai, aber es kam ihm eher wie November vor.

Grady warf einen Blick auf seine Uhr – kurz nach Mitternacht – und rieb sich mit den Fingerknöcheln über die Augen. Zeit, sich noch einen zu genehmigen und sich dann auf den Weg zu machen, solange er ihn noch fand.

Er griff nach dem Glas, das zur Hälfte mit Jack Daniels und einem Eiswürfel gefüllt war, runzelte die Stirn und zog die Hand zurück. Er hätte schwören können, daß das Glas vor einer Sekunde noch voll gewesen war.

Mann, ich bin abgefüllter, als ich dachte.

«Bist du dir wirklich sicher?» Aaron Noel, der muskulöser war, als ein Mann es eigentlich sein durfte, wenn er sich noch normal bewegen wollte, warf sich ein Handtuch über die Schulter und lehnte sich an das Regal vor dem rauchbeschlagenen Spiegel. Das weiße T-Shirt spannte sich über seinem Körper. die Ärmel waren abgeschnitten, um seinen Oberarmen etwas Spielraum zu geben. Er war jünger als Grady, sah aber aus, als hätte er ein Leben zuviel hinter sich. «Ich will mich nicht beschweren, Grady, aber ich bring dich heute nacht nicht wieder nach Hause. Nimm's mir nicht übel.»

Grady grinste. «Bist du jetzt meine Alte?»

«Nein, aber das Wetter ist beschissen, richtig? Und immer, wenn das Wetter beschissen ist, geht's dir dreckig, und du trinkst zuviel, bis du zusammenklappst, und dann darf ich deinen armseligen Arsch in das elende Loch schleifen, das du ein Haus nennst.» Noel schüttelte den Kopf. «Ist nicht drin, nicht heute nacht.» Er hob die Brauen. «Hab 'ne Verabredung, wenn ich hier fertig bin.»

Grady warf einen kurzen Blick zum Fenster neben der Tür. Hinter der Neonreklame konnte er den Nebel sehen, die dunkle Straße und die geschlossenen Geschäfte auf der anderen Seite.

«Also?» fragte der Barkeeper mit einem Nicken in Richtung des halbvollen Glases.

Grady straffte sich, zupfte sich an einem Ohrläppchen und kniff sich in die Wangen. Ein alter Trick, um festzustellen, ob er schon betäubt genug war, um nach Hause zu gehen und zu schlafen, ohne von diesen verdammten Träumen heimgesucht zu werden. Zwar hatte er diesen Zustand noch nicht erreicht, aber er war auch nicht betrunken genug, um sich mit einem Mann anzulegen, der ihm das Rückgrat mit dem kleinen Finger hätte brechen können.

Und wenn er es recht bedachte, war Noel ein Glücksfall für ihn. Während der letzten fünfzehn Jahre hatte er ihn mehr als einmal davon abgehalten, in Kämpfe verwickelt zu werden, die ihn leicht selbst zu einem seiner Gespenster hätten machen können. Grady wußte nicht, wieso der Typ sich immer wieder die Mühe machte; es hatte sich ganz einfach so entwickelt.

Nachdenklich betrachtete er das Glas, zog eine Grimasse, als sich sein übersäuerter Magen verkrampfte, und seufzte resigniert. «Ach, zum Teufel damit.»

Aaron nickte beifällig.

Grady rutschte von seinem Hocker und hielt sich mit der linken Hand am Tresen fest, während er darauf wartete, sein Gleichgewicht wiederzufinden. Als er meinte, gehen zu können, ohne den Eindruck zu erwecken, er befände sich auf einem Dampfer mitten in einem Hurrikan, salutierte er vor dem Barkeeper und legte einen Geldschein neben das Glas. «Bis demnächst.»

«Jederzeit», erwiderte Noel. «Mach nur, daß du nach Hause kommst, und hau dich aufs Ohr.»

Grady griff in seine Gesäßtasche, zog eine Mütze der Yankees hervor und stülpte sie sich über den Kopf. Dann machte er sich auf den Weg zur Tür. Als er noch einmal einen Blick über die Schulter zurückwarf, unterhielt sich Aaron bereits mit einem anderen Gast am Tresen.

«Gute Nacht, Herrschaften!» rief Grady laut und lachte, als die Köpfe einiger Gäste hochruckten, die Augen geweitet, als hätte er sie aus einem Nickerchen gerissen.

Sobald sich die Tür hinter ihm geschlossen hatte, verwandelte sich sein Gelächter in ein krampfartiges Husten, das ihn zwang, sich gegen die Ziegelsteinmauer zu lehnen, bis es wieder abklang.

«Jesus», murmelte er und wischte sich mit dem Handrücken über den Mund. «Hör auf zu saufen und zu rauchen, alter Sack, bevor sie dich in der verdammten Gosse finden.»

Er blieb einen Augenblick lang am Bordstein stehen, dann überquerte er die Fahrbahn und ging die Straße entlang. Er passierte die Zeile verlassener Geschäfte, deren Schaufenster mit Sperrholz vernagelt waren, und sagte sich, daß er endgültig genug von diesem Kaff hatte. In dem Maße, in dem die Regierung die Truppenstärke von Fort Dix zurückschraubte, machten sich auch die Leute aus dem Staub, und es kam niemand, der ihren Platz einnahm.

Zum Teufel, wenn ich mich schon zu Tode saufe, kann ich das genausogut in einer hübscheren Gegend tun, zum Beispiel in Florida, wo es wenigstens den größten Teil des verdammten Jahres über warm ist.

Er wurde von einem Schluckauf geschüttelt, spuckte auf den Gehweg und rülpste lautstark.

Andererseits nahm er sich das jede verdammte Nacht vor, und er war immer noch hier.

Gottverdammte Armee.

Zu alt, Kumpel, wir können dich nicht mehr gebrauchen. Schnapp dir deine Pension und zieh Leine, alter Sack.

Er rülpste erneut, spuckte wieder aus und überlegte ernsthaft, auf einen Abschiedsdrink ins *Barney's* zurückzukehren. Das würde sie wachrütteln, keine Frage.

Einen halben Block später blieb er abermals stehen, zog ein finsteres Gesicht und spähte aus schmalen Augen die Straße entlang. Der Asphalt war ein schwarzer Spiegel, in dessen Pfützen verzerrte Neonreklamen und Straßenlaternen schimmerten. Nichts zu sehen, außer kleinen Geschäften, Büros und einer fernen Ampel, die gelb blinkte.

Er warf einen Blick zurück. Auch dort war die Straße menschenleer, nichts bewegte sich, außer kleinen Nebelfetzen.

Du jagst dir selbst Angst ein, Kumpel. Hör auf damit!

Er ließ die Schultern kreisen, straffte sich und überquerte die Straße. Noch zwei Häuserblocks, einmal links, einmal rechts, und er würde den heruntergekommenen Apartmentkomplex erreicht haben, in dem er die meisten Jahre seit seiner Ausmusterung verbracht hatte.

Er hätte das verdammte Ding mit geschlossenen Augen finden können.

Wieder warf er einen Blick zurück. Folgte ihm jemand aus der Bar?

Schließlich hatte er das Ende des Blocks erreicht und drehte sich wieder um.

Verdammt, da hinten war doch irgend jemand. Es war nicht so sehr das Geräusch von Schritten, als vielmehr das Gefühl, daß dort jemand lauerte, die Gewißheit, nicht allein zu sein ... Er kannte dieses Gefühl nur allzugut – es hatte ihn fast um den Verstand gebracht, damals im Dschungel, zu wissen, daß sie in den Bäumen hockten und warteten, ihn beobachteten, den Finger am Abzug.

«Hey!» schrie er und war froh, seine Stimme zu hören. Er wünschte sich nur, sie würde nicht so stark widerhallen.

Da war nichts.

Doch, da war etwas.

Scheiß drauf, dachte er. Er drehte sich um und machte eine angewiderte Geste. Ich kann auf diese Art von Ärger gut verzichten.

Wenn es ein anderer Betrunkener war, konnte es ihm egal sein; wenn es irgendein Kerl war, der es auf einen schnellen Straßenraub abgesehen hatte, konnte es ihm ebenfalls egal sein, denn er hatte nichts bei sich, das sich zu stehlen gelohnt hätte.

Aber als er das Ende des Blocks erreicht hatte, konnte er sich nicht mehr länger dagegen wehren; er mußte sich einfach noch mal umdrehen.

Nichts.

Überhaupt nichts.

Ein plötzlicher Windstoß blies ihm einen Schwall Nebel ins Gesicht. Er kniff die Augen zusammen, und diesmal machte er eine Bewegung in der Mündung einer schmalen Gasse aus, etwa zehn Meter hinter ihm.

«Hey, verdammt noch mal!»

Keine Antwort, und das ließ die Galle in ihm hochkochen.

Schlimm genug, daß die Armee ihn fertiggemacht hatte, schlimm genug, daß er es nicht geschafft hatte, diesem verdammten Ort den Rücken zu kehren und die Gespenster loszuwerden, aber er würde nicht zulassen, daß ihn irgend so ein gottverdammter Wichser verrückt machte.

Er zog die Hände aus den Taschen und ging zurück, atmete langsam und tief, erlaubte es seiner Wut, sich allmählich zu steigern, anstatt sich explosionsartig zu entladen.

«Hey, du Hurensohn!»

Niemand antwortete, nichts bewegte sich.

Als Grady den Eingang zur Gasse erreicht hatte, war er endgültig in der Stimmung für eine Schlägerei. Er blieb stehen, die Füße leicht gespreizt, die Fäuste in die Hüften gestemmt.

«Willst du da nicht rauskommen, Freundchen?»

Ein Seufzen; vielleicht nur der Wind, vielleicht aber auch nicht.

Er konnte kaum zwei Meter weit in die Gasse hineinsehen – zwei Stockwerke hohe Ziegelsteinmauern auf beiden Seiten, links zwei zerbeulte Mülltonnen, Papierfetzen auf dem Boden, die schwach umherflatterten, als wieder ein leichter Windstoß aufkam.

Grady war sich nicht ganz sicher, aber er glaubte, daß dies eine Sackgasse war, was bedeutete, daß der Armleuchter in der Falle saß, solange er, Grady, hier stehenblieb. Die Frage war nur: wie weit wollte er dieses Spiel treiben? Wie betrunken war er?

Er trat einen Schritt vor und hörte das Atmen.

Langsam, unterdrückt. Irgend jemand gab sich große Mühe, nicht gehört zu werden.

Das ergab keinen Sinn. Wenn der Unbekannte, wer auch immer er sein mochte, sich dort hinten im Dunkeln versteckt hatte, hätte Grady ihn zwangsläufig hören müssen. Durch den Müll und die Pfützen auf dem Boden hatte selbst der eine Schritt, den er gemacht hatte, so laut geklungen wie ein Gewehrschuß.

Aber das Atmen kam ganz aus der Nähe.

«Ich habe keine Zeit für diesen Scheiß», murmelte Grady, drehte sich um …

… und sah den Arm aus der Ziegelsteinmauer neben ihm herauskommen.

Den Arm und die Hand mit dem Messer.

Er wußte, was es war, bei Gott, er hatte es selbst oft genug benutzt.

Und er wußte ebenfalls, wie scharf es war.

Er spürte kaum, wie es ihm die Kehle aufschlitzte, und er schaffte es beinahe auf die Straße zurück, bevor seine Knie nachgaben und er gegen die Mauer fiel. Er starrte den Arm, die Hand und das Bajonett an, während er langsam an der Wand entlang nach unten rutschte, die Beine von sich gestreckt.

«Gottverdammtes Gespenst», flüsterte er.

«Nicht ganz», erwiderte eine Stimme. «Nicht ganz, alter Mann.»

Grady spürte das Brennen in seinem Hals, die klebrige Wärme, die ihm über die Brust lief, den Müll unter sich und den Nebel, der sich auf seinem Gesicht niederschlug.

Und dann erblickte er das Gesicht des Dings, das ihn getötet hatte.

2.

Der Nachmittag war angenehm warm, der klare blaue Himmel wolkenlos. Die Geräusche des Donnerstagsverkehrs wurden von den Bäumen gedämpft, die bereits ihr neues Laub trugen, obwohl die Kirschbäume noch nicht in voller Blüte standen. Am Jefferson Memorial trieben sich nur wenige Touristen herum, hauptsächlich ältere Leute mit Fotoapparaten oder Videorecordern, die langsam und gemächlich umherschlenderten. Eine Handvoll Jogger folgte dem Rand des Tidal Basins, zwei Paddelboote glitten über das Wasser, die offensichtlich ein unbeholfenes und nicht sonderlich ernst gemeintes Wettrennen austrugen.

Diese Beschaulichkeit war der Grund, warum Fox Mulder diesen Ort den anderen vorzog, wenn er Zeit zum Nachdenken brauchte. Hier konnte er ungestört auf den Stufen sitzen, ohne die zu Tode gelangweilten Fremdenführer wie Roboter plappern zu hören, oder die lachenden und herumtollenden Schulkinder und all die anderen, die es zu Old Abe oder dem Washington Monument hinzog.

Sein dunkelblaues Jackett lag zusammengefaltet auf der Marmorstufe neben ihm, er hatte die Krawatte gelockert und den obersten Knopf des Hemdkragens geöffnet. Mulder wirkte sehr viel jünger, als er tatsächlich war, sein Gesicht war noch faltenlos, und der leichte Wind, der über das Wasser wehte, zupfte vergeblich an seinem widerspenstigen braunen Haar. Wer sich die Mühe machte, in seine Richtung zu sehen, würde ihn vermutlich für irgendeinen Akademiker halten.

Er hatte nichts dagegen.

Sein Sandwich war fast aufgegessen, der Plastikbecher mit der Limonade fast leer, als ihm ein großer, rothaariger Mann in einem dunkelbraunen Anzug auffiel, der das Basin umrundete und dabei alle Passanten aufmerksam musterte, als erwartete er, ein bekanntes Gesicht zu entdecken. Mulder sah sich schnell um, hatte aber keine Chance, sich unbemerkt hinter das Gebäude oder zwischen die Bäume zu verziehen.

«Hey!» rief der Mann und winkte ihm zu, als er ihn erblickte.

Mulder lächelte höflich zurück, stand aber nicht auf.

Das war nicht gerade das, was er an einem so herrlichen Tag wie diesem brauchte. Was er brauchte, war sein Sandwich, seine Limonade – obwohl er ein kaltes Bier aus der Flasche vorgezogen hätte, am besten in einer Nische im *Ripley's* in Alexandria – und vielleicht die kleine Brünette dort drüben, die auf diesen neumodischen Rollschuhen, deren Räder in einer Reihe angeordnet waren, langsam enge Kreise zog, einen Walkman an der Hüfte, die Kopfhörer auf den Ohren. Diese Rollerblades schienen nach dem gleichen Prinzip wie Schlittschuhe zu funktionieren, und er nahm an, daß es ähnlich schwer sein mußte, auf ihnen das Gleichgewicht zu halten. Nicht, daß er auch nur annähernd so gut damit hatte umgehen können, als Rollschuhe noch Räder an allen vier Ecken gehabt hatten. Er hatte mehr Zeit auf dem Hintern als auf den Beinen zugebracht.

Plötzlich änderte die Rollschuhläuferin ihren Kurs. Mulder blinzelte und bemerkte zum ersten Mal, wie dunkel gebräunt ihre Haut war und wie eng ihre roten Satinshorts und das rote T-Shirt saßen.

Dann schob sich ein Schatten in sein Blickfeld.

Es war der Rotschopf.

«Mulder», sagte der Mann. Er stand zwei Stufen unter ihm und grinste wie ein Idiot. «Wo, zum Teufel, sind Sie gewesen?»

«Genau hier. Hank.»

Special Agent Hank Webber starrte über Mulders Kopf hinweg auf die im Tageslicht liegende Statue von Thomas Jefferson, die unter der Kuppel aufragte. Ein verblüfftes Stirnrunzeln huschte über sein Gesicht. «Ich hab mir diese Gedenkstätte noch nie angesehen, wissen Sie?» Er schüttelte den Kopf und kratzte sich unter seinem dunkelroten Haar. «Was suchen Sie an einem solchen Ort?»

Mulder zuckte die Achseln. «Es ist hübsch. Es ist ruhig hier.» Seine Stimme wurde tiefer. «Es ist nicht das Büro.»

Webber reagierte nicht auf den Wink. «Also, haben Sie gehört, was gerade reingekommen ist?»

Mulder sah ihn nur an.

«Oh.» Der jüngere Mann grinste linkisch. «Entschuldigung. Natürlich haben Sie es nicht gehört. Sie waren ja hier.»

«Hank, Ihre Fähigkeiten in bezug auf deduktive Schlußfolgerungen versetzen mich immer wieder in Ehrfurcht.» Er lächelte, als der Jüngere nach Worten rang, und gab ihm mit einer Geste zu verstehen, daß er nur einen dummen Witz gemacht hatte. Hank war ein guter Mann, aber manchmal erschien er Mulder ein wenig begriffsstutzig. «Was soll ich also gehört haben?»

«Helevito.»

Mulder richtete sich langsam auf und vergaß augenblicklich sein Mittagessen. «Was ist mit ihm?»

«Sie haben ihn erwischt.»

Fox Mulder wußte nicht, ob er lachen, jubeln, den Jungen mit einem Siegestanz schockieren oder – dem Stil der Firma angemessen – einfach nur nicken sollte, als hätte nie der geringste Zweifel am erfolgreichen Abschluß einer dreimonatigen Jagd auf einen Entführer bestanden, besonders nicht, nachdem das entführte Kind wieder sicher aufgefunden worden war. Wozu er sich schließlich entschied, war, sich einen weiteren Bissen von seinem Sandwich zu genehmigen.

Webber hakte einen Daumen in den Gürtel. «Genau. Vor nicht mal zwei Stunden. Sie hatten recht, Mulder. Unsere Leute haben das Haus seines Cousins in Biloxi observiert, und tatsächlich ist er heute morgen mutterseelenallein dort aufgekreuzt. Hat fast die ganze Nacht auf einem dieser neuen Flußboote verbracht und die Hälfte des Lösegelds beim Roulette verspielt. Der größte Teil vom Rest ist anscheinend für irgendeine Blondine draufgegangen.» Er lachte und schüttelte den Kopf. «Das erste, was er bei seiner Festnahme gesagt haben soll, war: ‹Ich wußte, daß ich auf sechsunddreißig und rot hätte setzen sollen.›»

Er nickte vor sich hin.

Mulder biß wieder in sein Sandwich, trank einen weiteren Schluck Limonade und wartete.

«Also.» Webber kniff die Augen zusammen, als er wieder das Denkmal betrachtete.

Vier schnatternde Nonnen schlenderten vorbei. Sie lächelten ihm und Mulder zu. Die Rollschuhläuferin fuhr davon, ohne einen Blick in ihre Richtung zu werfen.

Webber sog geräuschvoll die Luft durch die Nase ein und fummelte an seiner Krawatte herum. «Also.»

«Hank, das ist mein Mittagessen. Ich genieße die frische Luft, die Sonne ... und vor allen Dingen genieße ich den Frieden und die Ruhe hier draußen, die ich nicht in der Firma finden kann. Mir ist nicht ganz klar, was Sie mir sagen wollen.»

Der jüngere Mann wirkte verblüfft. «Aber ... aber wenn *Sie* nicht gewesen wären, hätten sie ihn nie erwischt, oder? Ich meine, niemand sonst hat an seine Spielleidenschaft gedacht, nicht wahr? Niemand sonst hat von diesem Cousin gewußt. Also ...» Er breitete die Hände aus. «Sind Sie denn nicht froh?»

«Überglücklich», erwiderte Mulder tonlos.

Um gleich darauf seine Antwort auch schon wieder zu bedauern, als Webbers jugendliches Gesicht voller Enttäuschung in sich zusammenfiel. Er wußte, daß der Junge glaubte, jede Festnahme wäre ein Sieg des Rechts, jede Verhaftung ein Anlaß zum Feiern, jeder Gauner, ob groß oder klein, der hinter Gittern landete, ein Grund für einen Freudentanz. Woran er nicht gedacht hatte, war, daß das Hochgefühl immer da war, auch noch nach der ersten, der zehnten, der tausendsten und der millionsten Verhaftung. Jedes Mal. Und das Gefühl, daß schließlich einer der bösen Jungs verloren hatte.

Aber die guten Agenten, die besten, vergaßen nie, daß jenseits aller Hochstimmung schon der nächste böse Bube in der Schlange wartete.

Es hörte nie auf.

Es war einfach nie zu Ende.

Allein dieses Wissen verwandelte so manchen perfekten Agenten in einen Zyniker, der Fehler machte. Und manchmal brachte es ihn um.

Mulder wollte nicht, daß es ihm ebenso erging. Er hatte noch zuviel zu tun. Es gab einfach noch so vieles, was er noch nicht erledigt hatte.

Andererseits hatte er nicht einmal sein Mittagessen beendet, und auf seinem Schreibtisch warteten noch fünf andere Akten in den unterschiedlichsten Stadien der Ermittlungen. In keinem dieser Fälle war er der zuständige Agent, aber man hatte ihn gebeten, einen Blick darauf zu werfen und zu prüfen, ob er irgend etwas entdecken konnte, was die anderen übersehen hatten.

Das war es, worin er gut war, sehr gut, wenn man dem Gerede im Büro Glauben schenken wollte. Obwohl er selbst es eigentlich nicht so sah. Es war ganz einfach etwas, das er tat, und er hatte sich nie wirklich die Mühe gemacht, es zu analysieren.

Als sein Gegenüber schließlich ein Gesicht zog, als würde er entweder jeden Augenblick anfangen zu brüllen oder in Tränen ausbrechen, schluckte Mulder den Bissen herunter, an dem er gerade kaute, legte einen Finger an sein Kinn und deutete dann auf Webber. «Wenn ich mich richtig erinnere, Hank, waren Sie es, der auf die Verbindung mit Biloxi gekommen ist. Das hatten wir alle übersehen. Ihnen ist es aufgefallen.»

Webber errötete.

Mulder konnte es nicht fassen – der Junge wurde tatsächlich rot, senkte den Kopf und scharrte mit einem Fuß auf der Treppenstufe herum. *Wenn er jetzt sagt: ‹Ach›, das ist doch nicht der Rede wert›*, dachte Mulder, *sollte man ihn umlegen.*

»Danke«, sagte Webber statt dessen und bemühte sich redlich, nicht zu grinsen. «Das ... also, das bedeutet mir viel.» Er machte eine unbestimmte Geste. «Ich wollte Sie nicht stören, aber ... Er gestikulierte erneut.» Ich dachte nur, Sie würden es gern erfahren.»

»Das wollte ich auch. Ehrlich. Danke.»

«Also.» Webber zog sich einen Schritt zurück und stolperte beinahe über die Stufe. Er lachte unsicher und ruderte mit dem rechten Arm. «Also, ich denke, ich mach mich auf den Rückweg, okay?»

«Sicher.»

«Sie werden ...»

Mulder hielt den Rest seines Sandwiches hoch.

«Richtig. Klar.» Webber winkte ihm zu, griff in seine Jackentasche, zog eine Sonnenbrille hervor und setzte sie auf.

Auf einmal war er nicht länger ein grüner Junge namens Hank Webber, auf einmal war er ein Mann in einem für das Wetter viel zu dunklen Anzug, der eine für die Lichtverhältnisse viel zu dunkle Sonnenbrille trug. Er hätte sich nicht deutlicher als

FBI-Agent zu erkennen geben können, selbst wenn er sich ein Schild an den Rücken geheftet hätte.

Mulder lächelte vor sich hin, als Webber davonging, geradezu marschierte, und spülte den letzten Bissen seinen Mittagessens mit der Limo herunter. Dann blickte er sich um, ohne wirklich irgend etwas zu sehen, hakte einen Finger unter den Kragen seiner Jacke, warf sie sich über die Schulter und schlenderte in die Gedenkstätte hinein.

Er mochte diesen Ort, besonders jetzt, wenn niemand sonst in der Nähe war. Die Kuppel erweckte nicht den Eindruck einer Kathedrale, wie die Halle des Abraham-Lincoln-Denkmals, und trotzdem verspürte er ein Gefühl der Ehrfurcht gegenüber dem Mann, der vor ihm aufragte. Jefferson war kein Gott gewesen. Er hatte seine Schwächen gehabt. Aber gerade diese Schwächen machten seine Leistungen um so bemerkenswerter.

Dies war der Ort, den Mulder gern aufsuchte, um verzwickte Rätsel zu lösen, um verschlungenen geistigen Pfaden zu folgen und herauszufinden, wohin sie führten, vielleicht in der Hoffnung, daß ein wenig von dem Genie des dritten Präsidenten auf ihn abfärbte.

Hier drinnen hörte er weder den Lärm des Verkehrs noch der Touristen, nur die Geräusche seiner Schritte auf dem polierten Marmorboden.

Worüber er heute nachdenken mußte, war ein Fall aus Louisiana, bei dem es um mindestens einen brutalen Mord, den Raub von 25000 Dollar am hellichten Tag und um eine Reihe von Zeugen ging, die auf jede Bibel schworen, daß sich der Täter in Luft aufgelöst hätte. Mitten in einem Zirkuszelt und als Clown verkleidet.

In der Regel konnte sich Mulder auf seinen Instinkt verlassen, und der sagte ihm diesmal, daß dieser Vorfall nichts mit einer

X-Akte zu tun hatte, mit den Fällen also, auf die er sich spezialisiert hatte und die von einer Aura des Bizarren, des Unerklärlichen umgeben waren. Des Paranormalen.

Die Art von Fällen, die die Firma offiziell mit einem Naserümpfen betrachtete, aber nicht immer ignorieren konnte.

Das war der Grund, warum man ihm diesen gezeigt hatte. Derartige Dinge, ob es seinen Vorgesetzten nun gefiel oder nicht – und in der Regel gefiel es ihnen nicht –, waren seine Spezialität.

Aber der Louisianafall hatte nicht den typischen Geruch einer X-Akte.

Allerdings bestand immer die Möglichkeit, daß er sich irrte. Es wäre nicht das erste Mal. Dana Scully, für gewöhnlich seine Partnerin, hatte ihn schon so oft darauf hingewiesen, daß er ihr schließlich vorgeschlagen hatte, Karten mit folgendem Text drucken zu lassen: *Mulder, das ist ein ganz gewöhnlicher Fall, nur mit sonderbaren Begleitumständen. Er muß nichts mit Außerirdischen, Ungeheuern oder UFOs zu tun haben.* Und wann immer er auf den Gedanken kam, daß etwas Übernatürliches in dem entsprechenden Fall eine Rolle spielte, sollte sie ihm eine der Karten überreichen oder sie ihm mit Heftklammern an die Stirn nageln und mit der Arbeit weitermachen.

Sie hatte das nicht besonders witzig gefunden.

Abgesehen von der Sache mit den Heftklammern.

Trotzdem hatte er in der Vergangenheit oft genug recht gehabt, auch wenn Scully zu stur war, um es zuzugeben.

Was er jetzt befürchtete, was ihn ständig wachsam und vorsichtig bleiben ließ, war die Gefahr, daß er, ohne nachzudenken, auf jeden Fall ansprang, der angeblich seltsame Elemente enthielt, und sich so den Zorn seiner Vorgesetzten zuzog, was letztendlich dazu führen konnte, daß die Abteilung «X-Akten» geschlossen wurde.

Es war schon einmal passiert, und er wollte nicht, daß es wieder geschah. Nicht nachdem er so kurz davor gestanden hatte, endgültig zu beweisen, daß die Menschheit nicht allein war … so dicht davor …

Zu dicht für einige Leute.

Andere würden ihn als paranoid bezeichnen, er nannte es «sich den Rücken freihalten». Nicht aus Angst, daß man ihm Knüppel zwischen die Beine warf, sondern, daß man ihn endgültig kaltstellte.

Auch durch die Tatsache, daß er dazu neigte, die Standardermittlungsprozeduren der Firma weiterzuentwickeln oder zu improvisieren, hatte er sich nicht gerade viele Freunde in den höheren Etagen gemacht.

Daß die Abteilung wieder eingerichtet worden war, war ein Glücksfall, aber er hatte sich nicht zu Schadenfreude hinreißen lassen.

Er tat seinen Job und hielt die Augen offen, blieb ständig aufmerksam und folgte dem gewundenen Pfad.

Mulder schlenderte zur Rückseite der Statue und ließ dabei die Finger über den Marmorsockel gleiten. Jetzt ging es ihm darum, eindeutig festzustellen, daß dieser Louisianafall in die Kategorie «sonderbare Begleitumstände» fiel und nicht mehr. Er mußte sicher sein, daß er nicht aus reiner Verzweiflung statt der Wirklichkeit nur das sah, was er sehen wollte.

Es war alles andere als einfach, nachdem er dem Beweis so nahe gekommen war. So verdammt nahe.

Er trat zurück, streifte die Jacke über und blickte zu der schimmernden dunklen Bronzestatue des Präsidenten empor, die vor ihm aufragte.

«Was meinst du?» fragte er ruhig. «Schließlich warst du es, der dieses blöde Louisiana gekauft hat. Gibt es irgend etwas da draußen?»

Eine Hand legte sich auf seine Schulter.

Als er sich umdrehen wollte, drückte die Hand fester zu und zwang ihn, auf der gleichen Stelle zu verharren. Sofort wurde seine Kehle trocken, aber er kam der wortlosen Aufforderung nach, nicht ängstlich, sondern wachsam. Er senkte lediglich den Kopf, damit sich sein Hals nicht verkrampfte.

Die Hand entfernte sich nicht, und sie lockerte auch nicht den Griff.

«Also?» fragte er sanft.

Minze; er roch ein Rasierwasser oder Deodorant mit einem schwachen Hauch von Minze und spürte Sonnenwärme in der Kleidung des Unbekannten, als hätte dieser eine längere Strecke im Freien zurückgelegt, um ihn zu erreichen. Die Hand war kräftig, aber er konnte sie nicht sehen, ohne den Kopf zu drehen.

«Mr. Mulder.» Eine weiche Stimme, nicht sehr tief.

Er nickte und wartete geduldig, auch wenn Geduld etwas war, das ihn nicht immer auszeichnete. Es war ihm schon öfter schwergefallen, sein Temperament zu zügeln und die Beherrschung zu bewahren. Er versuchte, die Schultern zu bewegen, aber die Finger ließen es nicht zu.

«Louisiana», sagte die Stimme und wurde dabei etwas leiser, was ihm verriet, daß der Mann hinter ihm den Kopf zu Seite drehte. «Es ist nicht das, worauf Sie hoffen, aber Sie sollten es nicht ignorieren.»

«Macht es Ihnen etwas aus, wenn ich frage, wer Sie sind?» Mulders Stimme klang noch immer sanft und ruhig.

«Ja.»

«Macht es Ihnen etwas aus, wenn ich frage ...?»

«Ja.»

Der Griff wurde fester, die Finger drückten auf einen Nerv, worauf sich Mulders Augen kurz schlossen. Er nickte einmal. Die

Aufforderung war unmißverständlich. *Halten Sie den Mund, stellen Sie keine Fragen, hören Sie zu.*

Von draußen näherten sich Stimmen, Kinderstimmen, zur Abwechslung einmal nicht rüpelhaft, sondern ehrfürchtig. Eine Autohupe plärrte.

«Die Tatsache, Mr. Mulder, daß Ihre Abteilung wieder eröffnet worden ist, bedeutet nicht, daß es nicht immer noch einige Leute gibt, die am liebsten dafür sorgen würden, daß Sie ihnen nicht in die Quere kommen. Endgültig.» Ein Rascheln von Stoff, und die Stimme kam näher, ein heiseres Flüstern in seinem linken Ohr. «Sie genießen noch immer keinen Schutz, Mr. Mulder, aber Sie liegen auch nicht in Ketten. Es ist wichtig, daß Sie das nicht vergessen.»

Unvermittelt wurde der Griff wieder fester, im gleichen Moment, als die Stimmen die Gedenkstätte erreichten und sich in Echos verwandelten. Mulders Augen füllten sich übergangslos mit Tränen, seine Knie gaben nach. Er stieß einen leisen Schrei aus. Obwohl er einen Arm ausstreckte, konnte er nicht verhindern, daß er zu Boden ging und mit der Stirn gegen den Sockel schlug. Als sich sein Blick wenige Sekunden später wieder klärte, kniete er mit hängendem Kopf. Er verzog das Gesicht und sah sich um, aber der einzige Mensch, den er erblickte, war ein kleines Mädchen mit Zöpfen in einem leuchtend blauen Trägerkleid, das eine Eistüte in der Hand hielt.

«Sind Sie okay, Mister?» fragte sie und leckte an ihrem Eis.

Er betastete vorsichtig seine Schulter, verschluckte einen Fluch und brachte ein Nicken zustande, während er ein paarmal tief durchatmete.

Hinter dem Mädchen erschien jetzt eine Frau. Sie schob das Kind behutsam zur Seite. «Sir, brauchen Sie Hilfe?»

Mulder sah zu ihr auf und lächelte. «Mir ist nur ein bißchen schwindlig geworden, das ist alles.», Er zog sich mit einer Hand am Sockel hoch. Die Frau, das Mädchen und ein Dutzend weiterer Kinder wichen vorsorglich zurück, als er einen Schritt machte. «Danke», sagte er zu der Frau.

Sie nickte höflich.

Mulder verließ die Gedenkstätte.

Ein Windstoß blies ihm eine Haarsträhne in die Stirn, die er gedankenverloren zurückstrich. Den stechenden Schmerz in seiner Schulter bemerkte er kaum noch. Was er statt dessen bemerkte, war ein eiskalter Hauch in seinem Nacken.

Wer auch immer der Mann gewesen sein mochte, er hatte ihm nicht gedroht, aber er hatte auch nichts versprochen. Und zum ersten Mal seit langer Zeit verspürte Mulder wieder diesen winzigen Schauder der Erregung, der ihm verriet, daß die Jagd wieder eröffnet war.

Nicht die Jagd auf böse Jungs.

Die Jagd nach der Wahrheit.

3.

Corporal Frank Ulman hatte es satt, im Bett zu liegen. Sein Rücken tat ihm weh, der Arsch tat ihm weh, und die Beine taten ihm ebenfalls weh. Das einzige, was ihm nicht weh tat, war sein Kopf, und er befürchtete, daß er ihm abfallen würde, wenn er noch einmal die Löcher in der Zimmerdecke zählen mußte.

Es war zweifellos eine erbärmliche Art, einen Samstagabend zu verbringen.

Was das Ganze noch schlimmer machte, war, daß er hier lag, weil er dämlich gewesen war. Absolut dämlich. Dabei hatte er gestern abend nur vorgehabt, in Ruhe einen zu trinken und ein Mädchen für eine Nacht abzuschleppen, weil seine Freundin arbeiten mußte, und am nächsten Tag mit einem anständigen Kater aufzuwachen. Nichts Besonderes. Also hatte er dem Sarge eine Ausgeherlaubnis abgeschwatzt, was kein Problem gewesen war, seine Zivilklamotten angezogen und sich von zwei fast kahlköpfigen Offizieren nach Marville mitnehmen lassen, die sich auf der gesamten Fahrt darüber ausließen, daß sich das Verteidigungsministerium nicht entscheiden konnte, ob es den Stützpunkt in Dix dichtmachen sollte oder nicht.

Sie hatten ihn vor *Barney's Tavern* abgesetzt.

Dort hatte er etwas getrunken, ein paar Worte mit dem muskelbepackten Barkeeper gewechselt, sich ein paar Baseballdurchgänge der Phillies im Fernsehen angesehen und den ungewöhnlich lauten Gesprächen der Gäste zugehört, die sich um den alten Grady gedreht hatten, dem letztes Wochenende die Kehle durchgeschnitten worden war.

Was für ein Jammer. Er hatte den alten Sack irgendwie ganz gern gemocht und ihm ab und zu einen Drink spendiert. Es hatte ihm Spaß gemacht, sich seine Geschichten anzuhören. Grady hatte ihn immer Sal genannt, weil er meinte, daß Frankie irgendeinem alten Schauspieler namens Sal Mineo ähnlich sah. Nach ein paar Versuchen hatte sich Frankie nicht mehr die Mühe gemacht, Grady zu korrigieren. Wenn der alte Typ meinte, daß er, Frankie, wie ein Filmstar aussah, war ihm das auch recht.

Jetzt, nachdem Grady tot war, war auch Sal gestorben.

Sehr schade.

Noch ein Drink, noch ein paar Abschläge der Phillies, und er machte seinen ersten Fehler. Er versuchte, eine Frau aufzugabeln, die allein an einem Tisch im hinteren Teil der Kneipe saß. Sie sah nicht schlecht aus – im Zwielicht –, aber er wollte nicht kleinlich sein. Angie war nicht da, er dagegen schon. Wie immer. Es war ein Fehler. Das Flittchen wollte nicht und gab ihm das sowohl unmißverständlich als auch laut zu verstehen, als er nicht lockerließ. Schließlich schlug sie ihm vor, er möge sich den Heimweg zu seiner Mama mit ein paar ziemlich bescheuerten und eindeutig abartigen sexuellen Kunststücken verkürzen.

Sein zweiter Fehler bestand darin, einen Zwanziger vor sie auf den Tisch zu werfen und sie aufzufordern, entweder zuzugreifen oder die Klappe zu halten, aber das Wechselgeld nicht zu vergessen.

Sein dritter Fehler war, nicht auf den muskelbepackten Barkeeper zu hören, der ihm nahelegte, seinen schäbigen Arsch aus seiner Bar zu schaffen, bevor ihm das Dach auf den Kopf fiel.

Corporal Ulman, der ein paar Biere und Whiskeys zuviel und eine Scheißlaune hatte, nannte daraufhin den Barkeeper eine Schwuchtel.

Als er wieder zu sich kam, war er in Walson, dem Luftwaffenhospital des Stützpunktes. Er wurde unter dem Kinn genäht, bekam einen Gipsverband um den linken Arm und ein Donnerwetter vom Sarge zu hören, der schon auf ihn gewartet hatte, als die Bullen ihn zurückgebracht hatten.

Die Ärzte verordneten ihm Bettruhe und Medikamente. Die Bullen forderten ihn auf, keinen Ärger mehr zu machen und nicht mehr zurückzukommen.

Also hatte er den lieben langen Tag an die Barackendecke gestarrt, den linken Arm, der schmerzhaft pochte, in einer Schlinge, das Gesicht mit gelben und purpurroten Prellungen übersät.

Niemand bedauerte ihn.

Der Sarge hatte angekündigt, daß er ihn einlochen würde, sobald er am nächsten Tag wieder aufstehen durfte. Schon wieder.

Deshalb sagte sich Frankie, daß er nicht mehr viel zu verlieren hatte, als er sich aufsetzte, die Beine über die Bettkante schob und wartete, daß das Schwindelgefühl nachließ. Er mußte hier raus, sich ein bißchen die Füße vertreten und etwas frische Luft schnappen. Vielleicht irgendwo eine Runde Karten spielen und ein paar Geschichten erzählen. Alles, nur nicht noch einmal diese verdammten Löcher zählen.

Unbeholfen schlüpfte er in seine Drillichkleidung, zog die Stiefel an und schaffte es bis zur Tür, als ihn zum ersten Mal tief im Kieferknochen die Schmerzen ansprangen. Fast hätten sie ihn ins Bett zurückgetrieben, aber jetzt war es eine Frage des Stolzes. Ein gebrochener Arm und ein paar blaue Flecken – was für ein Soldat wäre er, wenn ihn so etwas umwarf?

Vorsichtig überprüfte er den Flur des ersten Stockwerks, sah und hörte aber niemanden. Warum auch? Alle anderen amüsierten sich, zogen durch Marville und Browns Mills, besoffen sich bis zur Bewußtlosigkeit, rissen Frauen auf oder sahen sich einen Film an.

Der Gedanke machte ihn wütend.

Ein gottverdammter Zufallstreffer, ein dämlicher Fehler, und – hier war er, praktisch ein Krüppel. Und er würde nicht zulassen, daß einer von den Jungs Angie anrief und ihr alles erzählte.

Hurensöhne.

Was er brauchte, entschied er in diesem Moment, war kein Kartenspiel, sondern etwas zu trinken. Irgend etwas, das ihn beruhigte und die Schmerzen betäubte.

Er wußte genau, wo er das finden konnte.

Fünf Minuten später, nachdem er eine billige Stablampe in seiner Hüfttasche verstaut und eine Schmerztablette trocken heruntergewürgt hatte, war er auch schon in Howie Jackers Zimmer geschlichen und mit zwei Halbliterflaschen Southern Comfort wieder verschwunden, die er sich unter das Hemd geschoben hatte. Der Wichser würde es nie lernen, seinen Spind abzuschließen. Pech für Howie, Glück für Frankie.

Wieder fünf Minuten später war er im Freien. Der Wald begann gleich hinter den Ziegelsteinbaracken, und er tauchte eilig zwischen den Bäumen unter, folgte einem gut ausgetrampelten Pfad, der auf eine Lichtung führte, rund eine halbe Meile entfernt. Die Kameraden hatten ihn im letzten Sommer zum ersten Mal dorthin mitgenommen. Die Lichtung war denjenigen vorbehalten, die ungestört sein wollten, um etwas zu trinken – oder was auch immer sonst zu machen –, ohne sich der umständlichen Prozedur zu unterziehen, die es erforderte, um den Militärstützpunkt offiziell zu verlassen.

Eigentlich lag die Lichtung schon jenseits der Grenzen des Stützpunktes, was bedeutete, daß diejenigen, die sich dort aufhielten, sich genaugenommen eines Dienstvergehens schuldig machten, nämlich der unerlaubten Entfernung von der Truppe.

Was allerdings niemanden kümmerte. Jeder Teil des verdammten Waldes war so gut wie der andere.

Frankie nahm schon den ersten Schluck, noch bevor sich die Bäume zwischen ihn und die Lampen der Baracken geschoben hatten. Das extrem süße Gesöff ließ ihn keuchen, und er schmatzte mit den Lippen, als die pochenden Schmerzen nachließen. Das war eine großartige Idee gewesen. Zur Hölle damit, Löcher zu zählen! Er nahm einen weiteren Schluck, schob die Flasche unter die Armschlinge und zog die Taschenlampe hervor. Der Lichtstrahl war ziemlich dünn, aber er brauchte die Lampe ohnehin nur, um nicht gegen die Äste von Kiefern oder Eichen zu laufen. Der Pfad selbst war schon so oft benutzt worden, daß er fast ein Graben war.

Corporal Ulman schritt zügig aus und schickte in der Hoffnung, die Sterne oder den Mond zu sehen, immer wieder einen kurzen Blick zum Himmel. Es war nicht so, daß ihm der Wald angst machte. Jedenfalls nicht richtig. Für einen Stadtjungen hatte er sich recht gut daran gewöhnt.

Was ihm nicht gefiel, waren die Stimmen, die die Bäume hatten.

Wenn der Wind wehte, flüsterten sie, wie alte Männer, die hinter vorgehaltener Hand über ihn tuschelten. Aber auch bei Windstille bewegten sich die Blätter noch, raschelten durch die Berührungen irgendwelcher Nachttiere, die immer gerade am Rande des dünnen Lichtstrahles der Taschenlampe blieben.

Er trank erneut.

Der Wald sprach zu ihm.

Einmal blieb Frankie kurz stehen und blickte zurück, ließ den Lichtstrahl über den Pfad schnellen, aber er sah nur die Baumstämme und das farblose Unterholz.

Er trank, ging weiter und fluchte, als er bemerkte, daß die erste

Halbliterflasche bereits leer war. Wütend warf er sie weg, holte die zweite hervor und schob sie unter die Schlinge. Später, er würde sie sich für später aufheben.

Der leichte Luftzug verwandelte sich plötzlich in heftige Windböen, feucht und kalt.

Die Äste der Bäume tanzten und flüsterten.

Okay, dachte er, vielleicht ist das doch nicht so eine großartige Idee gewesen. Vielleicht sollte ich lieber umkehren, mich wieder ins Bett legen, mich vollaufen lassen und darauf warten, daß der Sarge mich am nächsten Morgen zur Sau macht.

Sein Kopf schmerzte, sein Arm und sein Kiefer ebenfalls.

«Jesus», flüsterte er.

Eine weitere Windbö stieß ihn vom Pfad. Der Lichtstrahl der Taschenlampe wischte über den Boden und bohrte sich glitzernd durch Nebelnester.

In der Dunkelheit bewegte sich irgend etwas.

Irgend etwas Großes.

Frankie schwankte und wünschte sich, er hätte nicht so viel getrunken und nicht vorher diese Tabletten geschluckt. In seinem Magen schien ein Feuer zu lodern, seine Stirn und sein Rücken waren auf einmal schweißgebadet.

Dabei war es alles andere als warm. Der Wind war kalt geworden.

Dann hörte er es wieder. Irgend etwas kam auf ihn zu, und es gab sich keine Mühe, unbemerkt zu bleiben.

Jersey Devil, war sein erster Gedanke, und gegen seinen Willen mußte er kichern. Genau. Ein echtes, leibhaftiges Ungeheuer mitten in New Jersey. Sicher. Der nächste Witz, bitte.

Sein Magen stülpte sich um.

Er schluckte schwer und eilte weiter, umrundete einen Busch, dessen Dornen sich in sein Bein krallten. Sein gebrochener Arm brannte. Er stützte ihn mit der anderen Hand, so daß der

Strahl der Taschenlampe zur Seite gerichtet war und Löcher in die Dunkelheit stanzte, ohne sie zurückzudrängen.

Als er gegen einen jungen Baum prallte und zu Boden geworfen wurde, schrie er auf, kämpfte sich ungelenk und fluchend wieder auf die Füße, und erkundigte sich lautstark, wer da draußen sei. Er wäre krank, rief er, er hätte sich verlaufen, gottverdammt noch mal, und er hätte keine Lust auf diese Scheiße.

Der Wind zerzauste sein Haar und zupfte an seinem Hemd. Ein Regentropfen zerplatzte auf seiner Nasenspitze.

«Großartig», murmelte er. «Das ist einfach klasse.»

Irgend etwas war in den Bäumen über ihm.

Irgend etwas da hinten in der Dunkelheit.

Er wischte sich das Gesicht mit dem Unterarm ab und stocherte mit der Taschenlampe wie mit einem Speer herum, als er einen Pfad entdeckte und in einen langsamen Laufschritt verfiel. Es war nicht der richtige Weg, aber er mußte schließlich irgendwohin führen, und irgendwo war im Augenblick genau, wo er sein wollte, nur nicht hier.

Dumm; er war einfach dumm.

Der Sarge würde ihn umbringen, Angie würde ihn umbringen und Howie erst recht, sobald er bemerkte, daß seine Vorräte verschwunden waren.

Irgend etwas hinter ihm.

Irgend etwas über ihm.

Ein leichter Regen tröpfelte durch die Zweige und das Laub.

Gott, flehte er, *hol mich hier raus!*

Er umkurvte problemlos eine knorrige Eiche, wich einer Ansammlung von Weißbirken aus. Jetzt hörte er nur noch seinen eigenen Atem, den Wind und das leise Rauschen des Regens, aber trotzdem konnte er nicht aufhören zu rennen. Jeder Schritt ließ die Schmerzen in seinem Arm explodieren, aber er konnte einfach nicht stehenbleiben und folgte dem zuckenden und schwankenden Lichtstrahl, bis er ein Gebüsch umrundete und der Boden unter ihm verschwand.

Frankie schrie, als er in den Graben stürzte. Er landete auf dem gebrochenen Arm, brüllte auf und versank einen Moment lang in tiefer Schwärze, bis ihn die Schmerzen ins Bewußtsein zurückrissen.

Regen auf seinem Gesicht, wie Spinnenbeine.

Er wälzte sich auf die Knie und den gesunden Arm und erbrach sich, bis ihm die Kehle brannte. Dann hockte er sich auf die Fersen und stellte erstaunt fest, daß er die Taschenlampe noch immer in der Hand hielt. Er ließ den Strahl durch den Graben wandern und sah, daß er kaum einen Meter tief war.

Und dort war auch eine Straße.

«Wunderbar!»

Ihm war schwindlig, und er schluckte schnell, als er sich schwankend aufrichtete und einen Blick zurück in den Wald warf.

Auf keinen Fall. Auf gar keinen Fall. Er würde der Straße folgen, bis ihm irgend jemand begegnete oder er einen Weg zurück zum Stützpunkt fand. Wenn er auf eine Patrouille der Militärpolizei stieß, na und? Alles war besser als das hier. Selbst der Sarge.

Auf der anderen Seite des Grabens krabbelte er die Böschung hinauf auf den Asphalt, atmete tief durch und begann zu marschieren. Der Straßengraben endete bereits nach ein paar Metern. Die Bäume rückten so dicht an die Fahrbahn heran, daß nicht einmal ein Seitenstreifen blieb.

Es dauerte nicht lange, dann kehrten die Schmerzen zurück, und er mußte anhalten und sich gegen eine abgestorbene Kiefer lehnen, deren Äste und Zweige bis zum Wipfel kahl waren. Ein paar andere Kiefern waren ebenfalls tot. Wahrscheinlich ein kurzer Brand nach einem Blitzeinschlag, vermutete er. Es gab eine Menge solcher Stellen in den Barrens.

«Okay», redete er sich selbst zu. «Okay, beweg deinen Arsch.»

Vielleicht vorher noch einen Schluck.

Nur einen.

Der Regen war kalt, der Wind war kalt, und er fror viel zu sehr für eine solche Frühlingsnacht. Er griff in die Armschlinge und lachte erleichtert, als er die zweite Halbliterflasche unversehrt hervorzog.

Frankie schraubte den Verschluß auf, hob die Flasche gen Himmel, trank und leckte sich die Lippen. Als er den Kopf wieder senkte, sah er vor sich die Umrisse eines Jeeps, keine fünfzig Meter entfernt, der am linken Straßenrand geparkt war.

Er grinste, schwenkte die Taschenlampe und ging weiter, wobei er sich alle paar Schritte an einem der Bäume abstützen mußte. Es war nicht die Militärpolizei, Gott sei Dank! Wahrscheinlich irgend jemand, der hier ein Mädchen aus der Stadt flachlegen wollte. Er lachte. Es war zwar nicht unmöglich in einem Jeep, aber auch nicht gerade der denkbar beste Ort dafür.

Er trank noch einen Schluck und schwenkte erneut die Taschenlampe.

Die Beifahrertür schwang auf, und er erblickte das Gesicht einer Frau.

«Hey!» rief er, gefolgt von einem Schluckauf. «Nehmen Sie mich mit?»

Das Gesicht der Frau verschwand. Frankie trank einen weiteren Schluck, grinste, stolperte und streckte den gesunden Arm aus, um sich an einem Baumstamm festzuhalten.

Das Holz war weich.

Zu weich.

Er jaulte und sprang zurück. Die Flasche entglitt seiner Hand.

Zitternd richtete Frankie den Lichtstrahl der Taschenlampe auf den Baum und sah den Arm aus der Rinde hervorkommen.
Er sah die Klinge.
Corporal Frank Ulman hörte sich selbst schreien.
Aber er schrie nur ein einziges Mal.

4.

Mulder gab gegenüber jedem, der ihn darauf ansprach, freimütig zu, daß der Zustand seines Büros – streng oder auch großzügig betrachtet – nur selten den Vorschriften gerecht wurde. Auch wenn er in der Regel wußte, wo alles war, war es nicht dort, wo es der Ansicht der Abteilungsleiter nach sein sollte. Ein kontrollierter Tornado, hatte einer seiner Freunde diesen Zustand einmal genannt. Er selbst bezeichnete ihn als ein grauenhaftes Durcheinander, zumeist mit einem Achselzucken, aber immer ohne sich dafür zu entschuldigen. Trotzdem, auch wenn sich sein Büro im Kellergeschoß des J.-Edgar-Hoover-Gebäudes befand, erfüllte es seinen Zweck. Und allein die Tatsache, daß er es trotz aller Wellen, die seine Beschäftigung mit früheren X-Akten geschlagen hatte, noch besaß, war für viele andere mehr als nur ein kleines Wunder.

Nun saß er dort, den Stuhl nach hinten gekippt, knüllte Blätter unbeschriebenen Papiers zusammen und warf sie in Richtung eines Papierkorbs, der vor zwei braunen Metallaktenschränken stand. «In Richtung», war der zutreffende Ausdruck. «Hinein», hätte netter geklungen, aber das gelang ihm nur selten.

Wie sein Besuch bei Jefferson half ihm diese Beschäftigung beim Nachdenken.

Heute half sie ihm auch dabei, die Zeit totzuschlagen, während er darauf wartete, zu einem Gespräch mit seinem neuen unmittelbaren Vorgesetzten, Arlen Douglas, gerufen zu werden. Es ging das Gerücht um, daß der Mann, obwohl er den Posten nur vorübergehend übernommen hatte, mit der Erfolgsrate seiner Agenten unzufrieden sei und ein paar Köpfe rollen lassen wollte.

Das war der Grund, warum der Fußboden vor Mulders Aktenschränken wie eine Schneelandschaft aussah, als Carl Barelli hereinmarschiert kam, einen Besucherausweis an der Brusttasche seines Sportjacketts festgeklemmt.

Mulder warf eine weitere Papierkugel, verfehlte sein Ziel, drehte sich auf seinem Stuhl herum und sagte: «Michael Jordan kann sich eine weitere Saison lang in Sicherheit wiegen.»

«Jordan hat letztes Jahr Schluß gemacht.»

Mulder verdrehte die Augen. «Das ist das Problem mit dir, Carl. Du achtest viel zu sehr auf die Details. Es ist das Gesamtbild, das du im Auge behalten mußt.»

Zu seiner Überraschung antwortete sein alter Freund nicht darauf. Statt dessen wanderte er im Büro herum, ließ die Finger über Wände und Gegenstände gleiten, ohne sie tatsächlich zu berühren, und betrachtete flüchtig die Tabellen, Fahndungsbilder, Notizzettel und NASA-Plakate, die an die Wände geklebt oder geheftet waren, ohne sie wirklich zu sehen.

Er war ein dunkelhäutiger Mann mit dichtem schwarzem Haar und einem klassischen italienischen Gesicht, gerade kantig und narbig genug, daß es nicht hübsch wirkte. Außerdem war er ein ehemaliger semiprofessioneller Footballspieler, der genau den richtigen Sportsgeist, aber nicht ganz die erforderliche Begabung mitgebracht hatte, um in der NFL oder der kanadischen Liga nach oben zu kommen. Zum Glück hatte er seine Defizite erkannt, bevor es zu spät gewesen war. Jetzt schrieb er für den wieder ins Leben gerufenen *New Jersey Chronicle* und kam ungefähr alle sechs Wochen einmal nach Washington, um einen Blick auf die Redskins zu werfen oder nachzusehen, was der Kongreß trieb, der in letzter Zeit eine Flut von Gesetzen zur Sicherheit im Sport erlassen hatte. Dabei schaute er jedesmal bei Mulder vorbei, um sich von ihm zum Essen einladen zu lassen oder nächtelange Züge durch die Kneipen zu veranstalten.

Mulder hatte nie gefragt, wie sein Freund es jedesmal schaffte, einen Besucherausweis zu bekommen, ohne sich vorher anzumelden, aber er hatte so ein Gefühl, daß er das auch gar nicht wissen mußte.

«Tja», sagte Barelli, setzte sich endlich auf einen Stuhl, kickte ein paar Papierkugeln aus dem Weg und streckte die Beine aus. Er betrachtete den Flur und den Strom der schweigend vorbeidefilierenden Agenten und dann wieder die Wände des Büros.

«Tja», äffte ihn Mulder nach.

«Und wo ist Scully?»

«Sie hat ein paar Tage Urlaub genommen. Ich glaube, sie ist irgendwohin in den Westen gefahren, um Freunde zu besuchen. Sie hält es nicht für nötig, mir eine Postkarte zu schicken.», Mulder hob die Augenbrauen. «Heute ist Mittwoch der fünfte, richtig? Sie wird Montag wieder dasein.»

«Zu schade. Ich hätte sie retten können.»

Mulder lächelte, aber es war kein breites, sondern nur ein höfliches Lächeln. Carl versuchte, Scully aus der Firma heraus und in sein Liebesleben zu holen – wenn auch nicht unbedingt in dieser Reihenfolge, seit er ihr vor einem Jahr zum ersten Mal begegnet war. Auch wenn Scully vorgab, sich durch sein Interesse geschmeichelt zu fühlen, hielt sie Barelli nicht gerade für den Mann, der ihr, wie sie sich ausdrückte, zu ihrem Glück noch gefehlt hatte.

Der gleichen Meinung war auch Mulder.

Obwohl er Carl sehr gern mochte und sie eine Menge Spaß zusammen gehabt hatten, war der Mann ein unverbesserlicher und rücksichtsloser Schürzenjäger. Soweit es Mulder betraf, war Scully unwiderruflich tabu.

Barelli faltete die Hände über dem Bauch, fuhr sich mit der Zunge über die Lippen und stieß einen lautlosen Seufzer aus.

«Was?» Mulder war verblüfft. Kein Handschlag, keine rüpelhafte Einladung zu irgendwelchen Ausschweifungen, kein hoffnungsloser Versuch, ihm zu demonstrieren, wie man einen Korb warf. Nichts von dem üblichen Ritual, und die Art, wie Barelli seinem Blick auswich, gefiel Mulder ganz und gar nicht.

Der Reporter schüttelte sich ausgiebig, rang sich ein Lächeln ab und schlug die Beine übereinander. «Tut mir leid, Kumpel. Um ehrlich zu sein, ich habe eine ziemlich beschissene Woche hinter mir, und in diesem Loch herumzusitzen, macht die Sache auch nicht besser. Wann, zum Teufel, gibt man dir ein Zimmer mit einem Fenster?»

«Mir gefällt es hier. Es ist ruhig.»

«Es ist ein Grab, wenn du mich fragst.»

Mulder ging nicht darauf ein. «Was ist los, Carl?»

Der Mann zögerte und räusperte sich dann. «Erinnerst du dich an Frank Ulman?»

Mulder knüllte ein weiteres Blatt Papier zusammen. «Nein, ich glaube nicht. Sollte ich?»

«Er ist vor ein paar Jahren zu Weihnachten bei meiner Schwester gewesen. Ein magerer Junge, Berufssoldat. Er hat die ganze Zeit über meine Cousine Angie angemacht, die ihn aber immer wieder abblitzen ließ, und du hast beschlossen, ihm zu zeigen, wie man so was richtig macht.»

Auf einmal, während er mit der Papierkugel ausholte, fiel es Mulder wieder ein, und die Erinnerung ließ ihn lächeln. Der Junge – mehr war er wirklich nicht gewesen – war um das Vorstadthaus der Barellis in North Jersey herumstolziert und hatte verzweifelt versucht, eine Frau zu finden, die sich von seinem Gehabe und seinen Abzeichen beeindrucken ließ. Er hatte sich so sehr bemüht, daß es lächerlich gewesen war, und schließlich hatte er Mulder leid getan. Unglücklicherweise hatte ihre Aussprache in einem Hinterzimmer zu keinem Erfolg geführt. Statt dessen hatten sie den Bruder von Barellis Cousine unter Aufbietung aller Kräfte davon abhalten müssen, den Burschen ins neue Jahr hineinzuprügeln.

«Ja», sagte er nickend, «ja.»

Die Papierkugel traf ins Ziel.

«Also, vor zwei oder drei Monaten hat es zwischen ihm und Angie gefunkt. Sogar ziemlich heftig. Soweit ich weiß, haben sie von Heirat und so geredet.»

Mulders Augen wurden groß. «Deine Cousine und dieser Bursche? Wirklich? Warum hat ihr Bruder ihn nicht umgebracht?»

Barelli zuckte zusammen und wandte den Blick ab.

Oh, Scheiße, dachte Mulder. Sein Unterkiefer sackte herunter. Er gab seine lässige Körperhaltung auf und zeigte mehr Aufmerksamkeit. «Sag schon.»

«Ulman ist letztes Wochenende ermordet worden.»

«Verdammt! Hey, tut mir leid, Carl. Ich wollte nicht ...»

Barelli schnitt ihm mit einer Handbewegung das Wort ab. «Schon gut, reg dich ab, das konntest du ja nicht wissen.» Er lächelte bitter. «Nicht gerade ein Fall für die überregionale Presse, was?» Ein langsames Durchatmen. «Er war in Fort Dix stationiert, Mulder, hat irgend so einen stinklangweiligen Bürodienst geschoben, obwohl er lieber was ganz anderes gemacht hätte. Du weißt schon, irgendwas Ruhmreiches, Green Berets oder so. Ist ja auch egal, jedenfalls ist er in eine Kneipenschlägerei in Marville geraten, ein Ort in der Nähe von seinem Stützpunkt ...»

«Wegen einer Frau, würde ich wetten.»

«Genau. So in der Richtung. Jedenfalls ist er ziemlich verdroschen worden und Freitagnacht im Militärkrankenhaus von

Fort Dix gelandet. Er sollte bis Sonntag im Bett bleiben. Offensichtlich hat Frankie dazu aber keine Lust gehabt; man hat ihn nämlich Sonntag morgen auf einer Straße südlich von seinem Stützpunkt gefunden.»

«Wie?»

Barelli schnippte ein unsichtbares Stäubchen von seiner Hemdbrust. «Irgend jemand hat ihm die Kehle durchgeschnitten.»

Mulder schloß kurz die Augen, sowohl aus Mitgefühl als auch, um die Vorstellung zu verarbeiten. «Hat man den Täter erwischt?»

«Nein.»

«Zeugen?»

Der Reporter schnaubte. «Na klar, mitten in der Nacht und mitten in der Wildnis. Verdammt, Mulder, laß dir was Besseres einfallen!» Doch dann zuckte er die Achseln. «Na ja, einen Zeugen hat es tatsächlich gegeben. Eine Frau.» Er beugte sich vor und stützte sich auf seine Knie. «Aber, Jesus, Mulder, sie war hysterisch und betrunken und hat vielleicht auch noch unter Drogen gestanden. Weißt du, was sie gesagt hat? Sie hat behauptet, ein verdammter Baum hätte einen Arm ausgefahren und Frankie getötet.»

Arlen Douglas' Alter hätte irgendwo zwischen Anfang Vierzig und Anfang Sechzig liegen können. Sein ständig gebräuntes Gesicht wies feine Fältchen auf, sein Haar wirkte aristokratisch, eine Mischung aus Braun und Silber, und seine Figur war nahezu perfekt. Er saß hinter seinem Schreibtisch und strich einmal kurz mit der Hand über seine Krawatte, bevor er den Manilaaktenordner schloß, der vor ihm auf der lederbezogenen Schreibunterlage lag.

Er hatte nicht lange gebraucht, um dieses Büro in Besitz zu nehmen – gerahmte Fotos seiner Familie auf dem Schreibtisch, gerahmte Fotos von ihm mit drei Präsidenten, einer Handvoll Filmstars und einem Dutzend Senatoren an den Wänden. Eine Flagge der Vereinigten Staaten auf einem Messingständer zu seiner Rechten. Hinter ihm ein großes Fenster, durch das man einen Blick auf die Stadt gehabt hätte, wären die blaßbeigen Vorhänge nicht zugezogen gewesen.

Als seine Gegensprechanlage summte, überprüfte er noch einmal den Sitz seiner Krawatte, drückte eine der Tasten und sagte: «Schicken Sie ihn herein, Miß Cort.»

Special Agent Webber öffnete zögernd die Tür, lächelte und betrat das Büro. Nach einem weiteren Zögern schloß er die Tür hinter sich und marschierte auf den Schreibtisch zu.

Douglas schickte ein stummes Stoßgebet gen Himmel, daß der Junge nicht auch noch vor ihm salutierte.

«Sie haben mich rufen lassen, Sir?»

«Richtig, Hank, das habe ich.» Er tippte auf den Ordner. «Ihr Team hat gute Arbeit im Helevito-Fall geleistet. Wirklich sehr gute Arbeit.»

Webber strahlte. «Vielen Dank, Sir. Aber eigentlich ist es nicht unser Verdienst, sondern der von Agent Mulder.»

Douglas lächelte, ohne einen Millimeter Zähne zu zeigen. «Natürlich. Aber wie es scheint, haben Sie ein wesentliches Teil des Puzzles entdeckt und einige äußerst gelungene Ermittlungstechniken angewandt.»

Er wartete, während sich der junge Mann nach Kräften bemühte, seine Freude nicht allzu deutlich zu zeigen. Das, dachte er, wird ein Kinderspiel werden.

«Sagen Sie mir. Hank, wie hat es Ihnen gefallen, mit Fox Mulder zu arbeiten?»

«O Mann», erwiderte Webber begeistert. «Es war großartig. Ich meine, sie bringen einem dieses ganze Zeug in Quantico bei, aber eigentlich hat es überhaupt nichts zu tun mit ...» Er unterbrach sich und runzelte kurz die Stirn. «Was ich sagen wollte, Sir, ist nicht, daß in Quantico keine gute Arbeit geleistet wird, ganz und gar nicht. Ich meine …»

«Ich weiß, was Sie meinen», versicherte Douglas, immer noch lächelnd. Seine Hände ruhten jetzt flach auf dem Aktenordner. «Es bleibt graue Theorie, bis Sie es in die Praxis umsetzen.»

«Ja, Sir. Genau.»

Natürlich bleibt es das, du Idiot, dachte Douglas.

«Und Sie fanden es lehrreich, mit Mr. Mulder zusammenzuarbeiten?»

«Auf jeden Fall.»

«Alles gemäß den Vorschriften und korrekt, nichts, was irgend jemandem peinlich sein müßte?»

Douglas hätte darauf wetten können, daß der junge Mann nun unsicher wurde, hin- und hergerisssen zwischen seiner Sympathie für Mulder und seiner Loyalität der Firma gegenüber, und er wurde nicht enttäuscht. Er wußte sehr gut, daß sich Mulder an die Vorschriften hielt, solange er mußte, und ansonsten seine eigenen, ziemlich einzigartigen Methoden benutzte. Und diese Methoden waren das Problem. Zur einen Hälfte schienen sie lediglich auf Vermutungen zu basieren, zur anderen auf den wildesten Spekulationen, die Douglas staunen ließen, daß der Mann überhaupt Festnahmen vorzuweisen hatte.

Er machte eine wegwerfende Handbewegung. «Schon gut, Hank. Es ist nicht so wichtig.» Seine Hände zogen sich von dem Aktenordner zurück. «Wie gesagt, das war gute Arbeit. Dank Ihnen dürften wir keine Probleme vor Gericht haben, Helevito für den größten Teil seines restlichen Lebens hinter Gitter zu bringen.» Sein Lächeln verblaßte und machte einem Gesichtsausdruck Platz, der sowohl eine Einladung in den inneren Kreis als auch eine Warnung vor Vertrauensmißbrauch signalisierte. «Aber bevor Sie sich dazu entschließen, Mulder zu Ihrem Helden zu machen, gibt es noch etwas, das Sie wissen sollten.»

Webber runzelte verblüfft die Stirn.

«Und etwas, das Sie für mich tun könnten.» Das Lächeln kehrte zurück, dieses Mal mit Zähnen. «Einen persönlichen Gefallen, der, wie ich glaube, Ihrem Aufstieg in der Firma nicht im geringsten schaden wird.»

Mulder war sich nicht sicher, was er als nächstes sagen sollte. Er hatte Barelli bereits so sorgfältig, wie es ihm möglich war, erklärt, daß er den Fall ohne offizielle Genehmigung oder eine Anforderung der örtlichen Strafverfolgungsbehörden nicht aufgreifen konnte, aber der Reporter weigerte sich, das zu akzeptieren. Er beharrte darauf, daß der Fall in Mulders Spezialgebiet fiel.

Unheimliches Zeug, dachte Mulder verärgert. Ich bin auf der ganzen verdammten Welt berühmt und berüchtigt für unheimliches Zeug.

«Das spielt keine Rolle», erwiderte er so, daß Carl sein Bedauern sehen und hören konnte. «Wie du selbst gesagt hast, war die Frau betrunken. Außerdem hysterisch. Wie es wahrscheinlich jeder wäre, der unvermittelt etwas so Grauenhaftes miterlebt. Das ist auch der Grund, warum die Aussagen von Augenzeugen nicht immer der beste Anhaltspunkt sind, um einem Fall nachzugehen. Befrage drei Zeugen eines derartigen Gewaltverbrechens, und ich garantiere dir daß du drei verschiedene Versionen des Tathergangs bekommst.»

«Hör zu, Fox, ich weiß ...»

Mulder hob eine Hand. «Was ich sagen will, Carl, ist, daß diese Frau offensichtlich vollkommen verstört war. Wie ich schon sagte, das würde jedem so gehen, und ...»

«Sagen Sie, was Sie meinen», warf eine Stimme von der Tür her trocken ein.

Barelli sprang auf, und ein breites raubtierhaftes Lächeln vertrieb seine ernste Miene. «Dana! Schatz!»

Mulder sah nur kurz zur Tür hinüber. «Sie sind früh zurück.»

Dana Scully verzog das Gesicht, warf ihre Handtasche in seine Richtung und streifte den leichten Übermantel ab. «Ich bin gestern abend zurückgekommen. Mir sind die Interstates auf die Nerven gegangen. Nach ein paar Tagen sieht eine aus wie die andere. Langweilig und äußerst ermüdend.»

Sie machte allerdings nicht gerade einen ausgelaugten Eindruck auf ihn. Ihr hellbraunes Haar war perfekt frisiert, ihrem etwas rundlichen Gesicht war nicht die geringste Spur von Müdigkeit anzusehen, und ihre Kleidung – eine Rüschenbluse, ein weinfarbenes Jackett und ein dazu passender Rock – saß makellos.

Wie praktisch immer.

«Du siehst hinreißend aus», sagte Barelli, eilte auf sie zu und schloß sie in die Arme.

«Hi, Carl.» Scully duldete die Umarmung einige Sekunden lang und löste sich dann so schnell von ihm, daß Mulder am liebsten Beifall geklatscht hätte. Statt dessen nickte er in Richtung seines Freundes.

«Carl hat ein Problem, aber ich fürchte, wir können ihm nicht helfen.»

«So ein Quatsch.» Barelli lachte herzhaft. «Du brauchst bloß eine kleine Aufmunterung. Und hier ist genau die kleine Lady, die das erledigen kann.»

Scully entging einer weiteren Umarmung, indem sie die Handtasche auffing, die Mulder ihr zurückwarf, und gleichzeitig auf dem anderen Stuhl Platz nahm.

«Wie war der Ausflug?»

Sie ließ sich Zeit mit der Antwort. «Schön. Sehr erholsam.»

«Sie hätten Ihre Freizeit ausschöpfen sollen.»

«Was, machst du Witze?» Barelli verschränkte die Arme vor der Brust und lehnte sich gegen den Türrahmen. «Du kennst diese kleine Lady nicht besonders gut, Mulder. Die kann ihre Arbeit höchstens zwei Stunden lang vergessen.» Sein Lächeln war verführerisch. Er wußte es und setzte es ganz bewußt ein. «Was mich froh macht, dich zu sehen, Dana. Vielleicht kannst du diesen Burschen überreden, einem Freund ein bißchen zu helfen.»

Scully warf einen kurzen Blick zu Mulder hinüber, der gerade die Hände gehoben hatte, um Barelli spöttisch zu applaudieren. Statt dessen kratzte er sich geistesgegenwärtig mit der rechten Hand am Kopf und griff mit der linken zum Telefon neben sich, das wie bestellt in diesem Augenblick klingelte.

Er lauschte schweigend, wobei er Scully ansah, die ihn beobachtete.

Dann legte er auf und sagte: «Tut mir leid, Carl, aber der Boß will mich sehen.» Er erhob sich und griff nach seinem Jackett. «Sag Dana, wo du abgestiegen bist. Ich rufe dich später an.»

«Mulder?» Scully sah mit gerunzelter Stirn zu ihm auf.

«Nein, keine Angst, ich hab keine Schwierigkeiten.» In der Tür blieb er noch einmal stehen. «Jedenfalls nicht, daß ich wüßte.» Er trat über die Schwelle und warf einen letzten Blick über die Schulter zurück. «Wie auch? Schließlich haben wir gerade einen bedeutenden Fall abgeschlossen.»

5.

Auf dem Osthang

in Richtung des Potomac war die Diamond Street kaum breit genug für zwei Fahrspuren. Prächtige Hickory- und Ahornbäume säumten die ausgetretenen Gehwege und schirmten größtenteils die kleinen alten Ziegelsteinhäuser mit ihren Schindeldächern und Vorgärten ab, die kaum groß genug waren, um diesen Namen zu verdienen. Oben am Hang gab es ein paar Geschäfte, die sich von der South Washington Street bis hierher ausgebreitet hatten. Auf der Westseite lag das *Ripley's*, eingerahmt von einem Lebensmittelgeschäft zur Linken und einem schmalen, dreistöckigen viktorianischen Gebäude zur Rechten. In dessen Erdgeschoß befanden sich eine Boutique und in den oberen Stockwerken diverse Anwaltsbüros. Die schlichte Ziegelsteinfassade der Bar verzichtete bewußt auf Außenwerbung und beschränkte sich auf eine grüngepolsterte Tür mit einem Schild in roter verschnörkelter Schrift. Kein Fenster. Das *Ripley's* war die Stammkneipe der Anwohner, die keinen Wert auf Laufkundschaft legte.

Als Mulder eintrat, zog er sofort seinen Mantel aus, seufzte leise und fuhr sich müde mit der Hand durchs Haar. Links von ihm erstreckte sich eine Reihe bereits besetzter kleiner Tische, rechts eine dunkel getäfelte Wand, an der in polierten Holzrahmen gefaßte Plakate aus alten Filmen und Hörspielen hingen. Sobald er sich auf das schwache Licht eingestellt hatte, das von den kurzen Kerzen in den Bernsteinhaltern auf den Tischen und an den Wänden erzeugt wurde, schlenderte Mulder durch den schmalen Gang zwischen der mahagonigetäfelten

Bar und den Sitzreihen in den hinteren Teil der Kneipe. Auch der Tresen war gut besetzt, doch der allgemeine Geräuschpegel war niedrig.

Leise Unterhaltungen und Gelächter, ein paar Leute nickten und lächelten ihm zu.

Wo der Tresen endete, schloß sich ein großer quadratischer Raum mit weiteren Tischen und Sitznischen an. Es gab keinen Fernseher und keine Jukebox, lediglich dezente Hintergrundmusik, die aus verborgenen Lautsprechern drang. Manchmal war es Country, manchmal Jazz, manchmal auch die Titelmusik aus Filmen oder Broadwaymusicals. Das hing ganz von der Stimmung ab, in der sich Stuff Felstead gerade befand, wenn er zur Mittagszeit öffnete.

Mulder brauchte nicht lange, um die Filmmusik von *Alien* zu erkennen. Stuff hatte ihn anscheinend hereinkommen sehen.

Mit einem Grinsen glitt er in die erste Nische am Ende des Tresens und rutschte hinein, bis er mit dem Rücken an der Wand lehnte, ein Bein auf der gepolsterten Sitzfläche ausgestreckt. Ein paar Sekunden später stand eine große Frau in einer weiten schwarzen Hose und einer weißen Bluse mit gebauschten Ärmeln vor ihm. Eine waschechte Irin von Kopf bis Fuß: helles Haar, helle Augen, helle Haut, eine leichte Andeutung von Sommersprossen über der Stupsnase.

«Bist du geschafft oder in der Stimmung zu trinken?»

Mulder verdrehte die Augen und ächzte. «Beides, glaube ich.»

«Bier?»

Er nickte.

Sie zwinkerte ihm zu und war verschwunden.

Mulder legte die linke Hand über seine Augen, den Ellbogen auf den Tisch gestützt, und fragte sich, ob er vielleicht in irgendeine Alternativzeit geraten war, in ein Paralleluniversum.

Alle Anzeichen sprachen dafür: Arlen Douglas hatte ihn nicht warten lassen, sondern ihn persönlich in sein Büro gebeten. Die Glückwünsche für die Lösung des Helevito-Falls waren verdächtig überschwenglich ausgefallen, wie das Lob dafür, sich so gut um Hank Webber gekümmert zu haben. Mulder war gar nicht erst dazu gekommen, irgend etwas zu erwidern, außer einen gemurmelten Dank, bevor der Abteilungsleiter ihn gefragt hatte, wie er über den verschwundenen Clown dächte.

«Offensichtlich ein Trick.»

«Wieso glauben Sie das?»

«Er ist nicht *Der Unsichtbare*, Sir. Niemand kann mit einem Fingerschnippen verschwinden.»

«Aber trotzdem interessant, meinen Sie nicht?»

In Mulders Kopf hatten sofort alle Alarmglocken geläutet, und er hatte sich nach Kräften bemüht, dem zu entgehen, was er auf sich zukommen sah. Also hatte er auf zweifelhafte Zeugenaussagen verwiesen, auf das ganze Umfeld des Zirkus, die unvollständigen Vorermittlungsberichte des zuständigen Sheriffs …

Es hatte nicht funktioniert.

Ihm blieb ein Tag, um den Papierkram zum Helevito-Fall zu erledigen, und danach war er nach Louisiana abkommandiert, an diesem Wochenende.

«Genau Ihr Spezialgebiet, meinen Sie nicht auch, Agent Mulder?»

Auch Ihr Gebiet, Sir, hätte Mulder am liebsten geantwortet, aber ein Anfall von Selbstbeherrschung hatte ihn davon abgehalten. Dann hatte Douglas ihm einen blau etikettierten Aktenordner ausgehändigt und ihn aus dem Büro herauskomplimentiert, noch bevor er irgendwelche Einwände hätte erheben können.

Erst als er in sein mittlerweile wieder leeres Büro zurückgekehrt war und die Seiten durchgeblättert hatte, war ihm klargeworden, daß Scully nicht mitkommen würde. Hank Webber würde ihn begleiten.

Das war nicht fair. Nicht, daß er etwas dagegen hatte, den Jüngeren durch die Minenfelder der Ermittlungspraktiken zu geleiten, das war das geringste seiner Probleme; Webber war ein angenehmer, wenn auch manchmal etwas übereifriger Mann. Was ihm daran nicht gefiel, war der Beigeschmack, den die Sache hatte. Genau Ihr Spezialgebiet, hatte Douglas gesagt. *Unheimliches Zeug* ... Aber an diesem Fall war überhaupt nichts Unheimliches, es war einfach nur Blödsinn, und er fragte sich, wer das FBI gebeten hatte, sich um etwas zu kümmern, das offensichtlich eine Angelegenheit für die örtlichen Behörden war.

Und, nicht zu vergessen, der Mann am Denkmal. Ebenfalls unsichtbar, aber nur allzu real.

Nicht geschützt, aber auch nicht in Ketten.

Alice hatte recht – sonderbar und sonderbarer.

Ein Paralleluniversum, das mußte es sein.

«Wenn es so schlimm ist, bringe ich dir am besten einen Giftbecher zum Nachtisch.»

Er öffnete die Augen und setzte eine unbeteiligte Miene auf, als die Bedienung eine Flasche Bier und einen Teller Pommes frites vor ihm auf den Tisch stellte. Mulder zeigte auf den Teller. «Ich habe das nicht bestellt, Trudy.»

«Du hast noch nichts gegessen.»

Der Duft ließ seinen Magen knurren, und sie lachte leise, als er nach einem Pommes frites griff, es sich in den Mund schob und zischend die Luft ausstieß, als er sich fast den Gaumen verbrannte. Widerwillig setzte er sich auf, ließ das ausgestreckte Bein unter den Tisch gleiten und entdeckte erst jetzt, daß ein Hamburger mit allen Schikanen unter dem Fritten-Berg versteckt war. Er sah schräg zu Trudy auf, und sie zwinkerte ihm zu, bevor sie weitereilte, um eine andere Bestellung aufzunehmen.

Mulder verhehlte sein Interesse an ihr nicht. Trudy war eine attraktive Frau; Jurastudentin aus Georgetown. Sie waren ein paarmal ausgegangen, nichts Besonderes, nichts Festes. Er mochte sie und war gern mit ihr zusammen, auch wenn ihm ihre bemutternde Art nicht immer gefiel. Aber heute abend war es genau das, was er brauchte, und er aß, als hätte er eine Woche lang gehungert, bestellte den zweiten Hamburger, bevor er den ersten aufgegessen hatte. Er ließ sich Zeit. Nur keine Eile.

Da es mitten in der Woche war, füllte sich der hintere Bereich nicht vollständig. Die Nischen wurden zuerst besetzt, und an einigen Tischen hatten die Gäste inzwischen bereits ein- oder zweimal gewechselt, wie Mulder feststellte. Hier saßen zumeist jüngere Leute, die älteren Stammgäste hielten sich an die Barhocker, wo sie dem Geschehen näher waren.

Hin und wieder schauten einige der Frauen zu ihm herüber, aber er schenkte ihnen keine Beachtung, und sie verloren schnell ihr Interesse an ihm. Zwei Männer in Golfmützen und Strickjacken an einem der Tische führten ein entspanntes Streitgespräch mit irgend jemandem in der Nische, den er von seinem Platz aus nicht sehen konnte. Ein Ehepaar, das eher für einen Theaterbesuch als für das *Ripley's* angezogen war, bearbeitete unglücklich zwei Kaiser-Roll-Sandwiches. Vier Collegejungs versuchten, Trudy und die beiden anderen Bedienungen anzumachen.

Ein ganz normaler Abend.

In einem Paralleluniversum.

O Mann, dachte Mulder, vielleicht wäre es an der Zeit, Urlaub zu nehmen.

Ein Zimmer mit verschiedenfarbigen Wänden, das jetzt größtenteils im Schatten lag.

An der rechten Wand ein Druck von Gainesboroughs *The Blue Boy* in einem dunklen Rahmen hinter einer verspiegelten Glasscheibe.

An der linken Wand eine Pritsche mit einer dünnen Matratze, Laken und Decke auf militärische Art straff festgezogen und zurückgeschlagen. Am Kopfende eine geschlossene Feldkiste, narbig und zerkratzt.

Ein Metallschreibtisch an der hinteren Wand. Darauf zwei Stapel Taschenbücher, eine Stereoanlage und eine Handvoll Musik-CDs. Ein gelber Schnellhefter mit einem Kugelschreiber darauf. Eine Lampe mit grünem Schirm, die gedämpftes Licht verbreitete. Ein Drehstuhl mit dick gepolsterter Sitzfläche und Lehne.

Auf der anderen Seite ein Klubsessel, daneben ein Beistelltischchen, auf dem eine Muschel, die als Aschenbecher diente, lag, dahinter eine Messingstehlampe.

Der Fußboden bestand aus rohem Estrich, kein Teppich, abgesehen von einem Restposten vor dem Sessel.

Der Mann in dem langen Laborkittel ging langsam durch das Zimmer, berührte die Bücher und CDs, starrte finster auf den Schnellhefter, dessen Deckblatt unbeschrieben war, griff nach dem Kugelschreiber und tippte damit leicht auf die Seite, bevor er ihn wieder fallen ließ. Obwohl der Mann erst Mitte Vierzig war, hatte er bereits eine Halbglatze; sein Gesicht war scharfgeschnitten, ohne jedoch streng zu wirken. Als er sich aufrichtete, wurde erkennbar, daß er sehr groß war, mit breiten Schultern, stattlichem Brustkorb und deutlichem Bauchansatz. Er blickte sich um und rümpfte die Nase über den schwachen Geruch nach Zigarettenrauch, Schimmel, Schweiß und Blut, bis er schließlich mit einem befriedigten Nicken zu einer gepolsterten Tür ging. Er öffnete sie, ohne zu zögern, und trat auf den dahinter liegenden Gang hinaus. Im Gegensatz zur Beleuchtung des Zimmers war das Licht der Deckenlampen so hell, daß er die Augen zusammenkneifen mußte, als er noch einmal einen Blick durch das runde Guckloch in der Tür warf. Dann wandte er sich nach rechts und betrat den nächsten Raum, der ebenfalls nur schwach erhellt war.

«Fertig?» Eine weißgekleidete Frau saß vor einer Konsole, die eine ganze Wand einnahm und mit einer Reihe von Monitoren und Tastaturen bestückt war. Daneben blieb noch genug Platz für Notizbücher, Schnellhefter und zwei Styroporbecher mit dampfendem Kaffee.

Die Konsole stand direkt vor einem Fenster, durch das man in das Nachbarzimmer sehen konnte und in dem undeutlich die Konturen des Bildes *The Blue Boy* zu erkennen waren.

«Leonard, ich habe gefragt, ob Sie fertig sind.» Langes blondes Haar, nach hinten gekämmt und von einem Gummiband zusammengehalten, ein Fransenpony über der hohen Stirn.

Als Leonard Tymons Rosemary Elkhart zum ersten Mal begegnet war, hatte er sie auf ihre herbe Art recht attraktiv gefunden. Nach vier Jahren war er noch immer derselben Ansicht, aber er hatte seine Pläne bezüglich einer kurzen Affäre mit ihr aufgegeben. Auch wenn sie blondes Haar, eine helle Haut, blaßrote Lippen und hellblaue Augen hatte, nannte er sie insgeheim Schwarze Witwe.

«Leonard, verdammt noch mal!»

Er ließ sich in einen auf Rollen gelagerten Sessel neben ihr nieder. «Sie haben es gesehen.»

Sie deutete mit dem Kopf auf das Mikrophon an einem der Computer. «Für den Bericht, okay? Wir müssen an den Bericht denken.»

Er nickte. «Für den Bericht: Alles ist in Ordnung. Seit dem letzten Mal hat sich nichts geändert. Jesus, kann nicht mal jemand kommen, der das Zimmer richtig saubermacht? Hier riecht's wie in einem … einem …» Er schüttelte angeekelt den Kopf. «Besorgen Sie einfach irgend jemanden, der es vor dem nächsten Mal richtig scheuert.»

«Ich werde mich darum kümmern.»

Eine Weile herrschte Stille, während sie ihre Tastaturen bedienten, Programme starteten und vorübergehend kaum auf die Diagramme und Zahlen achteten, die über die Bildschirme huschten. Dann streckte Tymons eine Hand aus und schaltete das Mikrophon ab.

Rosemary sah ihn mit einem merkwürdigen Gesichtsausdruck an.

«Wir haben es versiebt, nicht wahr?» Es war eher eine Feststellung als eine Frage. Er deutete mit dem Kopf in Richtung Glasscheibe. «Wir werden es nicht schaffen, nicht wahr?»

Das Gesicht der Frau wurde härter, als würde sie gleich die Beherrschung verlieren, und es vergingen mehrere Sekunden, ohne daß sie antwortete.

«Rosemary.»

Sie sackte in sich zusammen. «Verdammt», flüsterte sie.

Es war nur das leise Summen der Ventilatoren und das Quietschen der Rollen zu hören, als Tymons sich mit dem Sessel von der Konsole wegdrückte und sich mit beiden Händen das Gesicht rieb.

«Vielleicht gibt es eine Möglichkeit», sagte Elkhart.

«Vielleicht gibt es den Weihnachtsmann», erwiderte er.

Wieder verhärteten sich ihre Gesichtszüge, und sie forderte ihn mit einer Geste auf, an seinen Platz zurückzukehren. «Ob Weihnachtsmann oder nicht», sagte sie, «wir werden eine Möglichkeit finden.» Sie warf ihm einen Seitenblick zu. «Wenn nicht, besorgen wir uns eben noch einen.»

Die Musik hatte gewechselt, jetzt drang gedämpft der Soundtrack von *Damn Yankees* aus den Lautsprechern, als Trudy Gaines sich auf der Sitzbank gegenüber Mulder niederließ, sich eine Zigarette anzündete, eine feuchte Haarsträhne aus der Stirn strich und den Rauch zur Decke blies. «Eines Tages wird der Boß seine Gäste als geschmolzene Pfützen auf dem Boden wiederfinden.»

Mulder hob eine Augenbraue. «Ist dir heiß?» Es war ihm gar nicht aufgefallen.

Sie nickte, und trotz des Zwielichtes konnte er die Linien und Schatten in ihrem Gesicht erkennen, die sie älter aussehen ließen, als sie tatsächlich war. «Ich glaube, ich brüte gerade eine Erkältung aus.»

Er vertilgte die Reste des letzten Hamburgers und griff nach seinem zweiten Bier. «Dann nimm dir einen Tag frei.»

«Zahlst du meine Miete?»

«Gibst du mir das signierte Poster von *Das Ding aus einer anderen Welt*?»

«In deinen Träumen, G-man, in deinen Träumen.»

Das Streitgespräch der Golfmützen wurde lauter.

«Jesus», murmelte Trudy.

«Was ist los?» Der Gesprächspartner der beiden Männer in der Sitznische befand sich noch immer im Schatten. Alles, was Mulder von ihm sehen konnte, war ein Arm in einer Tweedjacke, ein Flicken auf dem Ellbogen.

«Die Redskins», sagte sie angewidert.

Gegen seinen Willen mußte er lachen. «Was? Du liebe Güte, es ist doch gerade erst Anfang Mai.»

Sie sah ihn an, ein Auge geschlossen. «Für einen Redskin-Fan, Mulder, ist zu jeder Jahreszeit Herbst. Hast du das nicht gewußt?»

Einer der Golfmützenträger stand nun so abrupt auf, daß sein

Stuhl geräuschvoll über den Boden kratzte. Und noch bevor irgend etwas Schlimmeres passieren konnte, erschien ein Mann in kurzen Hemdsärmeln mit einer weißen Schürze um den Bauch neben dem Tisch. Er ist der perfekte wandelnde Leichnam, dachte Mulder. Nur die von einer schlimmen Arthritis gezeichneten, knorrigen Hände störten diesen Eindruck. Anscheinend glaubte der Typ mit der Golfmütze, daß Stuff Felstead ihn lediglich finster anstarren könne. Er täuschte sich. Der Besitzer vom *Ripley's* sprach zu ihm, so leise zwar, daß nur sein Gast es hören konnte, aber das reichte. Die Golfmütze begann zu stottern, machte eine beschwichtigende Geste und schlug – dem Gesichtsausdruck nach zu urteilen – seinem Begleiter vor, besser von hier zu verschwinden.

In weniger als zehn Sekunden war die Angelegenheit erledigt.

«Magie», behauptete Trudy, der Mulders Blick nicht entgangen war.

«Wahrscheinlich. Nach all der Zeit begreife ich immer noch nicht, wie er das anstellt.»

«Belaß es einfach dabei, Mulder. Glaub mir, du willst es gar nicht wissen.» Sie legte die Hände flach auf die Tischplatte. «Schön, die Pause ist vorbei. Muß noch aufräumen.»

«Hat mich auch gefreut, dich zu sehen», erwiderte Mulder und wischte mit dem letzten Pommes frites das Ketchup vom Teller. «Also, was ist das Problem?»

Trudy verharrte auf halbem Weg, wich seinem Blick aus und starrte auf die Rückenlehne hinter ihm.

Er wartete geduldig.

Schließlich ließ sie sich auf die Sitzbank zurücksinken und senkte den Kopf. «Es ist albern ...»

«Wahrscheinlich.»

«Ich komme mir dämlich vor.»

Er fuchtelte mit der Hand, und sie reichte ihm seinen Mantel.

«Also, du hast in zehn Minuten Schicht und morgen eine haarige Prüfung, du hattest wieder Streit mit deinem Freund und möchtest eine Begleitung auf dem Heimweg, für den Fall, daß er versucht, dich zu belästigen.»

Trudy sah ihn an, ohne zu blinzeln. «Weißt du, Mulder, manchmal bist du verdammt unheimlich.»

Er zuckte die Achseln. «Das höre ich öfters.»

«In fünfzehn Minuten?»

«Sicher. Kein Problem.»

Sie bedankte sich mit einem scheuen Lächeln, kehrte zu ihrer Arbeit zurück und war eine Viertelstunde später wieder da, einen dicken Pullover über dem Arm. Mulder zahlte am Tresen und folgte ihr auf die Straße hinaus. Seine eigene Wohnung lag ein paar Blocks hinter der King Street, nahe des Potomac, Trudy wohnte etwa gleich weit entfernt, jedoch in entgegengesetzter Richtung. Der Umweg machte ihm nichts aus. Die Nacht war schön, der leichte Wind angenehm, und Trudy schimpfte fast ununterbrochen über ihre Vermieterin auf eine Art, die ihn einmal so herzhaft lachen ließ, daß er über eine Unebenheit des Gehweges stolperte.

Er wäre fast gestürzt, aber mit einer schnellen Körperdrehung gelang es ihm, das Gleichgewicht wiederzufinden. Allerdings nicht so schnell, als daß ihm der Mann in der Tweedjacke entgangen wäre, der etwa einen Häuserblock hinter ihnen in dieselbe Richtung schlenderte.

Zuerst dachte er sich nichts weiter dabei, denn mittlerweile hatten sie bereits das renovierte Gebäude im Kolonialstil erreicht, in dem Trudy wohnte. Es lag hinter einem kleinen Eichenhain und war in ein halbes Dutzend Apartments aufgeteilt worden. Trudy bedankte sich bei ihm für die Begleitung mit einem flüchtigen Kuß auf die Wange, eilte die Eingangsstufen hinauf und kramte in ihrer Handtasche nach den Schlüsseln.

Mulder wartete, bis sie im Haus verschwunden war. Dann ging er den Weg zurück, den sie gekommen waren, die Hände tief in den Taschen vergraben.

Er pfiff leise vor sich hin. Seine Schritte hallten in der Stille wider. Es herrschte keinerlei Verkehr. Ein Hund rannte lautlos auf ihn zu und beobachtete ihn mit wedelndem Schwanz und gebleckten Fängen. Mulder lächelte dem Tier zu und ging weiter, wobei er aufmerksam auf die Schatten und Schemen achtete, die nicht dorthin gehörten.

Als er die King Street zum zweiten Mal überquerte, begann er, sich über sich selbst zu ärgern. Schließlich mußten die Leute irgendwo wohnen, und einige sicher auch in seiner Gegend. Und der Mann in der Tweedjacke gehörte vermutlich dazu ...

Mulders Apartment lag in einer ruhigen Seitenstraße. Das Haus hatte eine gut erhaltene dunkle Ziegelsteinfassade mit einem leichten Bogen über dem zurückgesetzten Eingang, davor Hecken, die den winzigen Rasenstreifen vor dem Gebäude noch kleiner erscheinen ließen. Während er die Schlüssel aus der Tasche zog, erstellte er im Kopf eine Liste der Dinge, die er morgen früh erledigen mußte. Einer der wichtigsten Punkte bestand darin zu versuchen, Douglas die Idee auszureden, ihn nach Louisiana zu schicken.

Ein Mörderclown, der sich in Luft auflöste, war seiner Meinung nach kein guter Grund, Louisiana einen Besuch abzustatten.

Als er die Haustür erreicht hatte, war er in Gedanken bereits im Bett. Alles, was er jetzt noch tun mußte, war, seinen Körper dazuzugesellen. Er drehte den Schlüssel im Schloß und blickte geistesabwesend über seine Schulter.

Der Tweedmann schlenderte auf der anderen Straßenseite vorbei, eine Zigarette in der Hand, die einen glühenden Schweif durch die Dunkelheit zog, das Gesicht verborgen hinter einem tief in die Stirn gedrückten Filzhut.

Die Müdigkeit verzögerte seine Reaktionen. Innerhalb der wenigen Sekunden, die Mulder brauchte, um sich selbst davon zu überzeugen, daß er nicht träumte, war der Mann auch schon wieder verschwunden, verschluckt von den Schatten zwischen den weit auseinanderstehenden Straßenlaternen.

6.

Dana Scully stand inmitten der Unordnung von Mulders Büro und wedelte verzweifelt mit den Armen. Es gab Zeiten, da bewunderte sie die Fähigkeit ihres Kollegen, Nadeln in Heuhaufen finden zu können, und andere Zeiten wie diese, da sie sich nichts sehnlicher wünschte, als ein brennendes Streichholz an all das Durcheinander zu halten und ihn so zu zwingen, noch einmal ganz von vorn anzufangen. Was, wie sie wußte, letztendlich überhaupt nichts ändern würde. Schon nach zwei Tagen würde es hier wieder genauso aussehen.

Sie drehte sich mit einem resignierten Seufzer um, die Handtasche unter den Arm geklemmt. «Tut mir leid, Bette», sagte sie zu der in der Tür stehenden Frau, «aber ich glaube nicht, daß die Akte hier ist.»

«Natürlich ist sie hier», erklärte die Sekretärin heiter. Sie durchquerte zielstrebig den Raum, schob beherzt einen Papierstapel in einem hüfthohen Wandregal beiseite und präsentierte triumphierend einen blauetikettierten Schnellhefter. «Ich kann die Dinger meilenweit riechen.»

Sie verschwand mit einem fröhlichen Lächeln und ließ Scully mit offenem Mund und ein wenig verstimmt zurück. Es machte Scully nicht allzuviel aus, wenn Fälle an andere Teams übergeben wurden; das war Teil des Spiels und gehörte zur üblichen Vorgehensweise. Und dieser spezielle Fall war nach FBI-Maßstäben derart gewöhnlich, daß sie sich wunderte, warum Mulder ihn nicht schon von sich aus weitergereicht hatte. Was sie störte, war die nahezu herrische Weigerung des neuen Abteilungsleiters, seine Entscheidung irgendwie zu begründen. Und wenn er mit der Art, wie die Dinge liefen, nicht zufrieden war, wechselte er einfach die Teams aus. «Unverbrauchte Köpfe», lautete seine einzige Erklärung.

«Hey.» Mulder kam herein und warf seinen Mantel über die Stuhllehne. «Hören Sie, ich habe über diese Sache in Louisiana nachgedacht.»

Scully schüttelte den Kopf. «Mulder ...»

Er ließ sich in seinen Stuhl fallen, schwenkte mit ihm herum, bis er ihr gegenübersaß, und legte die Finger unter dem Kinn zusammen. «Nicht, daß ich denke, der Vorfall wäre nur annähernd so bizarr, wie der mächtige Douglas anscheinend glaubt, aber ich habe die Akte durchgeblättert und ...» Er streckte einen Arm zum Wandregal aus, ohne hinzusehen. «Ich glaube, worum es dort geht, ist ein ...»

«Mulder ...»

Er runzelte die Stirn, schwang in seinem Stuhl herum und begann, Papiere zur Seite zu wischen. «Verdammt, ich könnte schwören, ich hätte sie gestern abend hier verstaut. Vielleicht hat Webber sie sich genommen. Dieser Kerl ist so diensteifrig, daß er mir auf die Nerven geht.»

Scully schloß einen Moment lang die Augen, um nicht die Geduld zu verlieren, und klopfte ihm dann kräftig auf die Schultern. «Mulder, hören Sie mir zu!»

«Wie? Was?» Er drehte sich nicht um. «Vielleicht habe ich sie sogar ordnungsgemäß abgelegt.» Er erschauderte. «Gott, was für ein Gedanke!»

«Das ist nicht wichtig.»

«Natürlich ist es wichtig, Scully. Glauben Sie, ich würde wirklich ...» Er verstummte, drehte sich langsam zu ihr herum und sah sie an. «Sie haben Neuigkeiten.»

Ich danke dir, dachte sie und richtete die Augen zur Decke, bevor sie sich zerstreut mit der Hand durch das Haar fuhr. «Zuerst einmal mag ich es gar nicht, wenn Sie mich mit diesem menschlichen Oktopus allein lassen. Ich schwöre bei Gott, dieser Kerl hat am ganzen Körper Hände.»

Mulder besaß wenigstens so viel Anstand, zerknirscht auszusehen. «Tut mir leid. Aber Douglas hatte mich zu sich bestellt. Ich hatte keine andere Wahl.»

Als er sie darüber informieren wollte, was der Abteilungsleiter zu sagen hatte, teilte sie ihm mit, daß sie bereits unterrichtet worden war. Douglas hatte sie im Foyer auf dem Weg zu Mulders Büro abgefangen. «Aber das macht jetzt auch keinen Unterschied.»

«Was meinen Sie damit?» fragte er erstaunt.

«Stellen Sie das mal eine Minute lang zurück. Was ich jetzt von Ihnen will, ist Ihr Versprechen, mich niemals wieder mit diesem Reporter allein zu lassen.» Sie schüttelte sich, um ihre Worte zu unterstreichen. «Ich bin Medizinerin, Mulder, und kenne da einige diesbezügliche Methoden. Wenn ich also dazu gezwungen werde, ich meine, wenn er mich noch einmal betatscht, werde ich dafür sorgen, daß er nie wieder eine Frau wird anfassen können.»

Mulder hob eine Hand. «Okay, okay. Ich dachte nicht, daß er sich so schlecht benehmen würde. Ehrlich.» Er legte die Stirn in Falten. «Ich schätze, diese Sache mit dem Freund seiner Cousine hat ihm mehr zu schaffen gemacht, als ich geglaubt habe.»

«Das ist keine Entschuldigung», erwiderte sie wütend. «Vielleicht eine Erklärung, aber längst keine Entschuldigung.» Als er sie noch einmal um Verzeihung bat, beruhigte sie sich schließlich, nahm auf dem anderen Stuhl Platz und klatschte die Aktenmappe auf ihren Schoß.

«Was sind die anderen Neuigkeiten?» fragte er. wobei er die Mappe mißtrauisch beäugte.

«Genaugenommen handelt es sich um gute und schlechte Nachrichten.»

Er starrte sie so lange an, daß sie schon glaubte, er hätte sie nicht verstanden. Schließlich sackte er schicksalsergeben in sich zusammen und schenkte ihr seine volle Aufmerksamkeit.

«Die gute Nachricht ist, Sie brauchen nicht nach Louisiana zu fahren. Sie können die Akte deshalb nicht finden, weil Bette sie gerade erst vor ein paar Minuten wieder abgeholt hat.»

Mulders Reaktion auf diese Neuigkeit bestand aus kaum mehr als einem schwachen Blinzeln.

«Die andere gute Nachricht ist, daß Sie noch immer zusammen mit mir arbeiten.»

Ein schiefes Lächeln huschte kurz über sein Gesicht. «Und die schlechte Nachricht ist», sagte er trocken, «daß wir in irgendein Kaff in North Dakota fahren, wo es keine Toiletten gibt und wir in einem Zelt wohnen müssen.»

«Nicht ganz.» Wäre die ganze Sache nicht so ärgerlich gewesen, hätte sie darüber lachen können. «Tatsächlich ist es New Jersey.»

«Was?»

Sie blickte ihn an, ohne dabei den Kopf zu heben. «New Jersey.»

Er runzelte verwirrt die Stirn. «Wieso New Jersey? Was ...?» Seine Augen weiteten sich bestürzt. «O Gott, Scully, bitte, nicht *der Unsichtbare*!»

Scully öffnete den Verschluß ihrer Aktentasche, zog einen rot etikettierten Schnellhefter hervor und setzte die Tasche auf dem Boden ab. Sie schlug den Ordner auf und nahm das Deckblatt heraus. Sie nickte und wartete geduldig, bis Mulder aufgehört hatte, vor sich hinzugrollen, und sie mit einem Knurren aufforderte fortzufahren.

«Der ...»

«Halt», unterbrach er sie sofort wieder. «Einen Augenblick. Woher kommt der plötzliche Meinungsumschwung des mächtigen Douglas? Gestern waren es Clowns, die sich in Luft auflösen, heute ist es Claude Rains. Das begreife ich nicht. Glaubt er wirklich, das wäre eine X-Akte?»

Scully lächelte. «Ich weiß es nicht. Aber anscheinend hat dein Freund einen Freund.»

«Carl? Sportreporter Carl?» Mulder konnte es nicht glauben. «Carl Barelli hat Freunde da oben?» Er schüttelte den Kopf. Wunder gab es immer wieder.

«Nicht ganz», gab sie zu. «Aber Angie Tonero, seine Cousine, hat einen Bruder. Der Mann, der ihren zukünftigen Freund auseinandernehmen wollte, Sie erinnern sich? Er heißt Major Joseph Tonero. Luftwaffe. Vorübergehend dem Medizinischen Stab zugeteilt. Und Sie werden nie erraten, wo er zur Zeit stationiert ist.»

Mulder machte sich nicht die Mühe. Er wußte, daß die McGuire Air Force Base an Fort Dix grenzte. «Und Major Tonero ist ...?»

«... offensichtlich ein sehr guter, lieber, enger und persönlicher Freund des Junior United States Senator von Garden State, John Carmen.»

Mulder wußte nicht, ob er belustigt oder wütend sein sollte, und Scully war im Augenblick nicht in der Stimmung, ihm die Entscheidung abzunehmen. Sie nickte lediglich, als er sagte: «Dessen Büro zufällig den Direktor angerufen hat, stimmt's? Wahrscheinlich mitten in der Nacht. Worüber der Direktor vermutlich nicht gerade sehr glücklich gewesen ist und was dazu geführt hat, daß er wiederum den mächtigen Douglas angerufen hat, worauf unser angeblich kommissarischer Abteilungsleiter um seinen kostbaren Schlaf gebracht wurde. Und das, vermute ich, bedeutet, daß er stinksauer ist.»

«Um es mild auszudrücken.» Sie zupfte erneut an ihrem Haar und ihrem Rock herum. «Zugegeben, wir stehen nicht unbedingt auf Abruf für die privaten Belange irgendwelcher Kongreßmitglieder bereit, aber da sind die Budgets und Zuschüsse. Und der Senator ist ein bedeutendes Mitglied einer Reihe ziemlich wichtiger Ausschüsse.»

«Ich liebe diese Stadt», maulte Mulder.

Scully reichte ihm den Vorgang. «Das ist der Bericht über Frank Ulman.»

Er warf erst einen Blick darauf, als sie ihn auffordernd anstarrte. Nachdem er die Notiz überflogen hatte, reichte sie ihm eine zweite.

«Und was ist das?» fragte er stöhnend. «Eine zweite Expertise oder so was?»

«Nein. Und wenn Sie es sich einmal ansehen würden, anstatt nur rumzumeckern ...»

Er kam ihrer Aufforderung mit seinem besten Märtyrerseufzen nach, und Scully hatte Mühe, ein Lachen zu unterdrücken, als er plötzlich so abrupt auffuhr, daß er beinahe von seinem Stuhl gerutscht wäre.

«Scully ...» Er las konzentriert weiter, während er sich mit einer Hand durchs Haar fuhr.

«Ganz richtig», sagte sie. «Zwei Morde. Im Abstand von einer Woche. Samstag nacht und am frühen Sonntagmorgen. Beide Opfer mit durchgeschnittener Kehle, keine weiteren Verletzungen, keine Anzeichen für Raub oder ein Sexualdelikt. Das allein würde nicht unbedingt bedeuten, daß die Fälle miteinander in Verbindung stehen, abgesehen davon, daß es jetzt so aussieht, als gäbe es auch einen Zeugen für den ersten Mord.»

Mulders Lippen bewegten sich, während er das zweite Blatt noch einmal studierte. «Ein weiterer Unsichtbarer?»

«Könnte sein.»

«Oder derselbe.»

«Könnte sein.»

«Dieser erste Typ ...» – er überprüfte den Bericht – «... Pierce, er war betrunken. Genau wie die Zeugin.»

«Zweifellos.»

Er verglich noch einmal beide Berichte miteinander. «Und die andere Zeugin, die von Franks Ermordung, war ebenfalls betrunken. Und ... Drogen?»

«Richtig. Heroin.» Sie bemerkte seinen Gesichtsausdruck, die zunehmende Hektik seiner Bewegungen.

«Also ...» Er kniff ein Auge zu, und seine Lippen verzogen sich zu einem schwachen Lächeln. «Also ... vielleicht.»

«Könnte sein.»

«Scully», sagte er, «ich gebe auf, in Ordnung? Ich finde, Sie haben sich ausgiebig über Barelli beschwert. Sogar mehrfach.» Er griff nach dem Ordner.

Sie schüttelte den Kopf. «Noch nicht.»

Sein Stirnrunzeln kehrte zurück. «Was soll das? Werde ich gequält, weil ich mich nicht für die Erlebnisse Ihres Ausflugs interessiert habe? Wollen Sie, daß ich Carl die Arme breche?»

«Nein. Es ist nur ... also ... da gibt es noch eine Schippe an schlechten Nachrichten.»

«Schippe?» Er beugte sich vor. «Haben Sie gerade *Schippe* gesagt?»

«Hank, um es präzise auszudrücken.»

Er brauchte eine Weile, um darüber nachzudenken und die Neuigkeit mit einer Geste abzutun, die besagte: *Kein grobes Problem, damit können wir leben.*

«Und Begleitung», fügte sie hinzu.

Irgend jemand klopfte gegen den Türrahmen.

«Was, zum Teufel, bedeutet ‹und Begleitung›?» fauchte er. «Scully, was geht hier vor?»

Sie stand auf, deutete zur Tür und fragte: «Fox Mulder, darf ich Ihnen die Begleitung vorstellen?»

«Hi!» Eine große blonde Frau betrat das Büro, während Mulder sich ungeschickt erhob. «Ich bin Licia Andrews. Es freut mich wirklich sehr, Sie kennenzulernen, Agent Mulder. Hank hat mir schon eine Menge von Ihnen erzählt.»

«Hank?» wiederholte Mulder lahm, während er ihr die Hand schüttelte.

Licia warf Scully einen kurzen Blick zu. «Natürlich, ja. Hank Webber. Hat er Ihnen nichts gesagt? Er und ich sind Partner. Zumindest fast. Wir fahren zusammen mit Ihnen beiden nach New Jersey. Stimmt's, Agent Scully?»

«Aber ja», erwiderte Scully. Sie amüsierte sich königlich und schämte sich nicht im geringsten dafür. «Vollkommen richtig.»

Der Ausblick von der Delaware Memorial Bridge war vermutlich spektakulär – an ihrem Fuß die Delaware Bay, bewaldete Ufer flußaufwärts, der Ozean zur Rechten, Fabriken und Anlagen zu beiden Seiten des Flusses –, aber Carl Barelli hatte noch nie etwas davon gesehen. Er haßte die schwindelnde Höhe, haßte die Seemöwen, die in Augenhöhe und mit hämischem Kreischen neben ihm dahinsegelten. Wie immer, wenn er die Brücke überquerte, traten auch heute seine Fingerknöchel am Lenkrad vor Verkrampfung weiß hervor. Trotzdem war das immer noch tausendmal besser, als zu fliegen.

Als er die Nordseite erreicht hatte, steuerte er seinen zerbeulten gelben Taurus unverzüglich in Richtung Schnellstraße. Trotz des Anrufs, den er noch vor seinem Besuch bei Mulder getätigt hatte, und trotz der Zusicherungen des Senators, daß man sich unverzüglich um «die Familienangelegenheit» kümmern würde, wollte Barelli nicht so recht daran glauben.

Besonders nicht nach dem, was Scully gesagt hatte. Nachdem sie sich wieder einmal geweigert hatte, seinem Charme zu erliegen, hatte sie ihn kühl in das geräumige Foyer geleitet und ihm – Gott! – den Arm getätschelt, als wäre er ein Junge.

«Kümmere du dich um deinen Sport, Carl», hatte sie gesagt. «Das mit dem Corporal tut mir leid, aber benutz deinen Kopf, okay?»

Er war so wütend gewesen, daß er es kaum fertiggebracht hatte, sie zum Abschied zu küssen und zu umarmen.

Kümmere dich um deinen Sport. Wer, zum Teufel, glaubt sie, daß sie ist? Sherlock Holmes im Rock?

Außerdem war er kein *Sportreporter.* Er war ein Journalist, dessen Interessen zufällig auf dem Gebiet des Sports lagen. Das war ein großer Unterschied, und er würde es beweisen.

Fünfzehn Minuten später fuhr er zügig auf der Schnellstraße gen Norden. Das Licht war trüb, die Abenddämmerung brach herein. Barelli achtete weder auf den Wald, der zu beiden Seiten bis dicht an die Fahrbahn reichte, noch auf die Falken, die auf ihrer späten Jagd über dem dichten Eichengestrüpp und den verkümmerten Kiefern kreisten, aus denen die Pine Barrens bestanden, noch auf die Geschwindigkeitsbeschrankung. Mit siebzig Meilen in der Stunde hielt er sich ständig auf der linken Fahrbahn der zweispurigen Straße. Im Radio die Yankees. Der Luftzug aus dem geöffneten Beifahrerfenster wirbelte Papierfetzen und Papiertaschentücher von der Rücksitzbank und dem Boden auf. In der linken Hand hielt er eine Zigarette.

Gottverdammtes Flittchen. Er fragte sich, warum er seine Zeit mit ihr verschwendete, und lächelte freudlos über die nur allzu offensichtliche Antwort. Weil sie nicht nachgab. Das imponierte ihm. Und eines Tages würde sie lernen, ihn zu bewundern.

Bald.

Schon sehr bald.

Auch wenn er nicht gerade eine landesweit bekannte Größe war, besaß sein Name unter den von ihm verfaßten Artikeln doch eine recht beachtliche Popularität. Barelli nahm an, daß er darauf bauen konnte, sobald er erst einmal Marville erreicht hatte, wo auch immer dieses Nest liegen mochte. Marville. Das klang nach einem schäbigen kleinen Ort, der von Fort Dix und McGuire lebte. Jemand wie ich müßte die Leute mit Leichtigkeit zum Reden bringen können. Ein paar Drinks, ein paar Fragen, ein bißchen Schulterklopfen und vertrauliches Zwinkern, und der beschissene Fox Mulder kann mich am Arsch lecken.

Zudem war Ulman praktisch ein Familienmitglied gewesen. Als Barelli Angie zum letzten Mal gesehen hatte, waren ihre Augen vom Weinen so verquollen gewesen, daß sie kaum noch etwas hatte erkennen können.

Niemand, aber auch wirklich niemand tat einem seiner Angehörigen ungestraft so etwas an!

Und mit etwas Glück würde er das Schwein, das Frankie umgebracht hatte, vielleicht sogar ganz allein erwischen.

Ein Lächeln umspielte seine Mundwinkel, als er die Scheinwerfer einschaltete, aber es erstarb schon nach kurzer Zeit; er konnte sich einfach nicht daran festhalten.

Das einzige, woran er sich festhalten konnte, waren das Lenkrad und der Gedanke, daß sich Carl Barelli nicht von einem Ausgeflippten mit einem Messer abschrecken lassen würde. Er wußte, daß ihn einige Leute für verweichlicht, für einen Schreibtischhengst hielten. Zu ihrem Leidwesen hatten sie schon viel zu oft herausfinden müssen, daß sie sich getäuscht hatten.

Keine Sorge, Angie, bleib du nur zu Hause, Kleines. Cousin Carl erledigt das schon.

Es hatte ihr noch nie gefallen, wie das Licht des Mondes oder der Scheinwerfer die Landschaft aller Farben beraubte. Nirgendwo gab es ein richtiges Weiß, nur Schwarz, ein paar Grautöne und das, was sich dazwischen bewegte.

Friedhofszeit.

Scully griff sich ans linke Ohrläppchen und kniff gerade so kräftig hinein, daß es weh tat und sie wachrüttelte. Sie hatte geglaubt – hatte gehofft –, eine Zeitlang keine größeren Strekken mehr zurücklegen zu müssen, aber Mulder hatte gemeint, daß es keinen einsichtigen Grund gäbe, bis zum nächsten Morgen zu warten. «Wir können ebensogut jetzt unsere Sachen zusammenpacken und uns sofort auf den Weg machen, damit wir gleich am Freitagmorgen mit der Arbeit beginnen können.»

Eigentlich war es gar nicht so schlimm. Er hatte sich bereit erklärt, die gesamte Fahrerei zu übernehmen, hatte Kaffee und Sandwiches besorgt und Webber irgendwie überredet, allein mit Andrews zu fahren, damit sich die beiden besser kennenlernen konnten. Partner, hatte er feierlich und überzeugend doziert, müßten in der Lage sein, die Reaktionen des anderen vorauszuahnen, um sich gegenseitig zu decken und Fehler zu vermeiden, sobald es brenzlig wurde ... Was er Webber verschwiegen hatte, war, daß es – außer im Kino – nur selten zu brenzligen Situationen kam.

Es sei denn, der Partner hieß Fox Mulder.

Licia war es recht gewesen, und Webber hatte zu Scullys Verblüffung über diesen Vorschlag sogar aufgeregt gewirkt.

Im Augenblick, so schätzte sie, hatten die beiden etwa fünfzehn Minuten Vorsprung, und der erste Auftrag des anderen Teams bestand darin, Zimmer im *Royal Baron* zu buchen, einem Motel, das Mulder von einem Agenten aus Philadelphia empfohlen worden war, der Washington besucht hatte.

Scully zweifelte nicht daran, daß das Motel so furchtbar sein würde, wie es klang. Mulder war ein Experte darin, solche Absteigen auszusuchen. Er nannte es ein Talent; sie wußte, daß es ein Fluch war.

«Sind Sie okay?» Er sah kurz zu ihr hinüber. «Wenn Sie wollen, können Sie schlafen.»

«Mulder, es ist noch nicht einmal neun Uhr. Wenn ich jetzt schlafe, bin ich im Morgengrauen schon wieder wach.» Sie beobachtete ihn einen Moment lang, dann beugte sie sich vor und drosselte die Heizung. Die Nacht war frisch, aber nicht kalt. «Was ist los?»

Er zuckte die Achseln. «Nichts.»

«Diese Aufteilung in Pärchen entspricht nicht Ihrem Stil.»

«Vielleicht, aber wenn vier Agenten gleichzeitig in einen Ort wie Marville hineinfahren, käme das einer Parade gleich, meinen Sie nicht?»

«Und wenn sie nacheinander in zwei Autos kommen, ist das anders?»

Er antwortete nicht.

Nach einer dunklen und grauen Meile wiederholte sie ihre frühere Frage. «Und verarschen Sie mich nicht, Mulder, dazu bin ich nicht in der Stimmung.»

Mulder lachte leise. «Großer Gott, zuerst ‹Schippe› und jetzt ‹verarschen›. Was, zum Teufel, haben Sie in Ihrem Urlaub getrieben?»

«Jedenfalls habe ich nicht jedesmal das Thema gewechselt, wenn man mir eine Frage gestellt hat.»

Er klopfte mit den Daumen leicht auf das Lenkrad. «Ich habe gestern Besuch bekommen.»

Sie hörte schweigend zu, während er ihr von dem Unbekannten am Jefferson Memorial erzählte. Irgendwann schloß sie den Mantelkragen fester um den Hals, und als er zum Ende gekommen war, hatte sie die Arme über dem Bauch verschränkt. Sie zweifelte nicht daran, daß die Begegnung tatsächlich stattgefunden hatte, aber es war ihr nie so richtig gelungen, Mulders Überzeugung von der Existenz extraterrestrischen Lebens zu akzeptieren. Genausowenig wie seine Vermutung, daß es einige Leute in der Regierung gab – und einige, die anscheinend noch über der Regierung standen –, die seine Überzeugung teilten und für ihn genauso gefährlich waren wie einige der Mörder, nach denen sie gefahndet hatten.

Dazu kam noch die nicht weniger bizarre Vorstellung, daß sich unter den Schattenleuten, wie er sie nannte, auch eine Handvoll Personen befanden, die auf seiner Seite standen. Bei jedem anderen Menschen hätte sie auf einen hoffnungslosen Fall dessen getippt, was jenseits extremer Paranoia lag.

Bei Mulder allerdings erschienen diese Dinge beinahe plausibel.

Nun gut, gestand sie sich selbst ein, vielleicht sogar mehr als nur beinahe.

Bei der Sache mit dem Tweedmann jedoch handelte es sich ihrer Ansicht nach vermutlich um nicht mehr als einen Zufall, und als sie eine entsprechende Bemerkung machte, antwortete Mulder nur mit einem Brummen, nicht völlig überzeugt, aber ohne einen stichhaltigen Grund, etwas anderes zu vermuten.

«Was bedeutet dieser Fall dann für diese ... für wen auch immer?» wollte sie wissen und starrte in die Dunkelheit hinaus. «Und was hat das alles mit Louisiana zu tun?»

«Keine Ahnung. Ich bin kein Hellseher.»

Sie drehte sich zu ihm herum. «Das ist nur verrücktes Zeug, Mulder, schon vergessen?»

Er tippte sich gegen die Stirn. «Hab's mir hier angeheftet.»

Sie sah, wie er grinste und schwieg, bis die Stille sie schläfrig werden ließ. «Was halten Sie also davon?» fragte sie schließlich.

«Ich weiß es nicht. Das heißt, doch, es bedeutet, daß wir zwei Tote haben und es wahrscheinlich noch mehr geben wird.» Er warf ihr einen kurzen Blick zu und lächelte. «Das ist alles, Scully. Mehr nicht.»

Sie nickte zustimmend, obwohl sie ohne jeden Zweifel wußte, daß er log.

7.

Das Royal Baron Motel war ein langgestreckter zweistöckiger Bau, der mit rotem und weißem Stuck verputzt war und neben der zweispurigen Bezirksstraße lag, die nach Marville führte. Auf der Westseite befand sich das Empfangsbüro, dessen mit Scheinwerfern bestücktes Dach eine juwelenbesetzte Krone darstellen sollte, auf der Ostseite ein Restaurant. Dazwischen lagen zwei Dutzend Zimmer, zwölf unten und zwölf oben, die über eine rote Eisentreppe zu erreichen waren. Hinter dem Motel und auf der anderen Straßenseite erstreckte sich nichts als dichter Wald.

Das Restaurant mit Sitznischen am Fenster, runden Tischen im hinteren Teil und einem langen Tresen hieß *Queens's Inn.*

Erschöpft ließ sich Mulder auf den lederbezogenen Sitz sinken. Er hatte das Gefühl, noch immer im Auto zu sitzen. Sein Kopf pochte, gelegentlich trübte sich seine Sicht. Alles, wonach er sich sehnte, war, ins Bett zu kriechen und die Welt um sich herum für eine Weile zu vergessen. Statt dessen hatten Webber und Andrews im Empfangsbüro auf ihn und Scully gewartet, nachdem sie die Zimmer gebucht hatten, und sie trotz seiner Proteste zum Essen mitgeschleift.

Sie waren die einzigen Gäste. Die junge Kellnerin vertrieb sich die Zeit damit, die blitzsauberen Tische abzuwischen und mit dem Koch hinter der Servierluke in der Rückwand zu flüstern.

Mulder bestellte nichts, allein bei dem Gedanken an Essen verkrampfte sich sein Magen, aber als die Bestellungen der anderen serviert wurden, mußte er zugeben, daß die Pfannkuchen auf Webbers Teller ziemlich appetitlich rochen.

«Dieser Speck wird Sie noch umbringen», bemerkte Scuilly trokken und deutete mit dem Kopf auf die doppelte Beilage neben Webbers Teller.

«Mein Laster», erwiderte Webber mit einem jungenhaften Grinsen und übergoß die ohnehin schon üppig gebutterten Pfannkuchen mit – wie Mulder schätzte – mindestens einer Gallone Sirup.

Scully sah ihm staunend zu. «Tun Sie sich keinen Zwang an.»

Andrews begnügte sich mit einem Teller Suppe. Ihr schmales Gesicht war von Müdigkeit gezeichnet; sie hatte ihren Mantel bis zum Hals hinauf zugeknöpft.

Vor dem Fenster wirbelte der Wind eine Handvoll abgestorbener Blätter vom Vorjahr auf die Straße, wo sie von einem vorbeifahrenden Auto fortgerissen wurden.

«Also, sehen wir uns die Sache heute abend an?» fragte Webber.

Mulder blickte ihn verdutzt an. «Was?»

Webber deutete mit einer beladenen Gabel über Mulders Schulter und zog sie schnell zurück, als Sirup auf den Tisch zu tropfen begann. «Marville. Wollen wir uns heute abend dort umsehen?»

Mulder schüttelte den Kopf. «Nicht vor morgen. Und davor müssen wir zuerst den örtlichen Polizeichef aufsuchen und uns anmelden.»

Webber nickte. «Hawks.»

«Wie bitte?»

«Hawks», wiederholte Webber. «Todd Hawks. Das ist der Polizeichef.»

«Aha.»

Webber warf seiner Partnerin einen kurzen Blick zu, aber sie starrte auf die leere Straße hinaus und gähnte ausgiebig hinter vorgehaltener Hand. «Haben Sie die Akte nicht gelesen? Ich meine, da steht alles drin. Über ihn. Über Hawks, meine ich.»

Eine Windbö ließ die Fensterscheibe vibrieren. Andrews erschauderte, wandte den Blick aber nicht ab.

«Fox?»

«Mulder.» Er fuhr sich mit der Hand durchs Haar. «Nennen Sie mich nicht Fox, Hank. Mulder ist in Ordnung.»

Webber nickte kurz. Er hatte die Ermahnung zur Kenntnis genommen und abgespeichert. Es würde nicht mehr geschehen.

Dieser Bursche, dachte Mulder müde, treibt mich noch die Wände hoch. Und da er die Umgangsformen nur zu gut kennt, ist er entweder nervös und übereifrig, oder aber er hat Angst.

Das wäre nicht überraschend. Bisher hatten sich die vor Ort durchgeführten Ermittlungsarbeiten des jungen Mannes nur auf die engere Umgebung von Washington beschränkt. Jetzt war er hier draußen, ohne das vertraute Büro in der Nähe, in das er sich notfalls flüchten konnte, und arbeitete mit einem Mann zusammen, den man allgemein für mehr als nur ein bißchen exzentrisch hielt.

Bei diesem Gedanken fühlte sich Mulder beinahe besser. Aber nur beinahe.

Andrews löffelte ihre Suppe aus, gähnte, streckte die Arme steif über den Kopf, verflocht die Finger ineinander und ließ die Knöchel knacken. «Gott», sagte sie heiser. «Gott.» Der Mantel konnte die Konturen ihres Körpers nicht verbergen.

Mulder spürte, wie Scully ihn gegen den Fußknöchel trat, und er vermutete, daß er Andrews unbewußt angestarrt hatte. Das überzeugte ihn mehr als alles andere, daß es keinen Sinn mehr hatte, sich länger gesellig zu geben, und an der Zeit war, sich zu verabschieden. Womit er allerdings nicht gerechnet hatte, war, daß Webber in dem Bemühen, der Firma ein paar Dollar zu sparen, nur zwei Zimmer gebucht hatte, eins für die Frauen und eins für die Männer.

Als er die Tür aufschloß, hineinwankte und seinen kleinen Koffer auf das erste Bett warf, sagte er: «Wenn Sie schnarchen, Hank, werde ich Sie erschießen müssen.»

Webber lachte nervös und versicherte, daß er für gewöhnlich wie ein Baby schlief. Dann packte er seinen Koffer aus, arrangierte seine Toilettenartikel im Badezimmer, hängte einen frischen Anzug an den Kleiderständer neben der Badezimmertür und verstaute seine restlichen Sachen in der unteren Schublade der niedrigen Kommode.

Mulder war zu müde, um das Ritual zu verfolgen; um seine eigenen Sachen würde er sich morgen kümmern. Er benötigte keine zehn Minuten, um sich zu waschen, auszuziehen, ins Bett zu klettern und einzuschlafen, ohne die gedämpfte Stimme des Nachrichtensprechers im Fernsehen zu beachten.

Er träumte ...

... von einem Zimmer, das nicht vollkommen dunkel war, und von den Umrissen eines Fensters mit Gardinen, hinter denen der Mond über den Himmel kroch ...

... von einer kühlen Nacht und ihren typischen Geräuschen, vom leisen Rascheln der Blätter bis zum Quaken der Laubfrösche und dem Zirpen der Grillen ...

... von einem schwachen Rumpeln, aber er befand sich nicht in der Nähe einer Eisenbahnlinie und wußte, daß es kein Zug war ...

... lauter ... und das Licht hinter den Gardinen wurde zu einem Strahlen, das plötzlich ins Zimmer fiel, Lichtbahnen, die über die Wände und das Bett mit der darin liegenden Gestalt wanderten und über die Decke tanzten, als drehte sich die Lichtquelle draußen vor dem Fenster ...

... er fürchtete sich ...

... er hatte Angst, stand in der Tür und ließ sich langsam in die Hocke nieder ...

… er fürchtete sich so sehr, daß er sich nicht bewegen konnte, als das Licht viel zu hell und das Dröhnen viel zu laut wurde, sich die Gestalt in ihrem Bett erhob und die Decke zur Seite warf … ihr junges Gesicht farblos, die jungen Augen weit aufgerissen, aber nicht ängstlich, sondern entschlossen …

… er wollte sie aufhalten, aber er konnte sich nicht bewegen, begann gegen seinen Willen, sich rückwärts in der Wand zu verkriechen, um dem Licht zu entgehen, das im Zimmer explodierte und ihn schreien ließ, als das Mädchen von dem grellen Weiß ergriffen und verschlungen wurde …

… ihn schreien …

… und keuchend im Bett auffahren ließ, das Kopfkissen gegen die Brust gepreßt, Laken und Bettdecke zur Seite gestrampelt. Er blinzelte den Schweiß fort, der ihm in die Augen gelaufen war.

Als er glaubte, sich wieder bewegen zu können, ohne gleich umzukippen, setzte er sich auf und legte das Kissen an das Kopfende des Bettes zurück. Er schüttelte sich krampfhaft, schluckte schwer und stemmte sich auf die Füße, tappte um einen billigen Tisch herum zu den fadenscheinigen Vorhängen vor dem einzigen Fenster. Er zog sie auseinander und spähte hinaus, konnte aber nichts erkennen außer der Straße und den Bäumen, die sie säumten, auch keine Sterne, obwohl er wußte, daß sie da waren …

Hinter ihm schnarchte Webber leise.

O Mann, o Mann!

Er wischte sich mit dem Unterarm den Schweiß aus dem Gesicht, ging leise ins Badezimmer und schloß die Tür, ohne jedoch das Licht einzuschalten. Er wußte, was er im Spiegel sehen würde: einen Mann, der für alle Ewigkeit von dem Verschwinden seiner Schwester Samantha heimgesucht werden würde. Es passierte, als sie beide noch Kinder gewesen waren, und er wußte, daß der Traum ihm zu erzählen versuchte, was sich damals ereignet hatte. Vielleicht war es wahr, vielleicht auch nicht, letztendlich machte es keinen Unterschied.

Denn er wußte auch, daß es das war, was ihn antrieb.

Er spritzte sich kaltes Wasser ins Gesicht, um die Tränen fortzuspülen, die er erst jetzt bemerkte, trocknete sich ab und kehrte ins Bett zurück. Er sah nicht auf seine Uhr, aber er schätzte, daß es nicht viel später als Mitternacht war.

Ein Lastwagen polterte vorbei.

Mulder schlief wieder ein, und dieses Mal – so glaubte er wenigstens – träumte er nicht.

«Dana?»

Scully gab ein Brummen von sich, um Licia zu zeigen, daß sie zwar noch wach war, sich aber bemühte einzuschlafen, und daß, worum auch immer es ging, bis morgen warten konnte.

«Stimmt irgend etwas … nicht mit Mulder, ich meine, etwas, das ich wissen sollte?»

Die Stimme aus der Dunkelheit hatte eine natürliche Heiserkeit, klang beinahe maskulin. Scully hatte ihre Wirkung auf Webber und Mulder bereits miterlebt und fragte sich, wie gut Licia sie einzusetzen wußte. Es konnte eine verheerende Waffe sein, keine Frage. Sie lächelte zur Decke empor. *Wenn sie zum Guten und nicht zum Schlechten eingesetzt wurde.*

«Dana?»

Sie seufzte laut und drehte sich um. «Nein. Er ist in Ordnung.» «Er macht allerdings einen anderen Eindruck.»

«Es ist der Anfang.»

«Der … was?»

Scully wußte nicht so recht, wie sie es erklären sollte. Nach all der Zeit mit Mulder verstand sie es selbst kaum.

«Zu Beginn eines jeden neuen Falls, der wirklich seine Aufmerksamkeit erregt, wird er ... hyperaktiv. Aufgeladen.» Was noch untertrieben ist, fügte sie in Gedanken hinzu. «Dann muß er sich bedauerlicherweise zum Schauplatz des Geschehens begeben. Er mag das Herumreisen nicht, genauer gesagt, er haßt es. Er betrachtet es als Verschwendung wertvoller Zeit, während der er ... wir unseren Job erledigen könnten. Deshalb verbraucht er seine anfängliche Energie jedesmal schon auf der Reise und ist völlig erschöpft, wenn wir angekommen sind. Also klappt er zusammen.»

Eine Weile herrschte Stille, bevor Licia fragte: «Wird er morgen früh in Ordnung sein?»

Scully runzelte verblüfft die Stirn. Für jemanden, der noch nie mit Mulder zusammengearbeitet hatte, war es verständlich, besorgt zu sein, aber sie glaubte, noch etwas mehr aus der Stimme der Frau herauszuhören. Sie schloß die Augen und betete, daß Andrews keinen Mist baute, weil sie Gefühle für Mulder entwickelte.

«Er wird in Ordnung sein», erwiderte sie schließlich.

«Gut.»

Scully schwieg.

Licias Stimme wurde leiser, als sie sich im Bett auf die andere Seite drehte. «Ich fände es furchtbar, wenn mein erster richtiger Fall gleich in einer Katastrophe enden würde.»

Beinahe hätte sich Scully aufgesetzt, um eine Erklärung und gleich anschließend eine Entschuldigung zu verlangen. Aber es war nur zu natürlich für jemanden wie Andrews, beim ersten Mal besonders glänzen zu wollen. Weiß Gott, sie selbst hatte vor ihrem ersten Fall ebenfalls hundertmal und mehr darum gebetet, und die Anspannung hatte sie zu einem Nervenbündel gemacht. Scully konnte allerdings nicht behaupten, daß Andrews *nervös* wirkte, im Gegenteil, die junge Frau schien beinahe ruhig, *zu* ruhig zu sein, *zu* entschlossen. Und das konnte sich als genauso schlecht erweisen.

Es ist aber auch möglich, dachte sie, daß ich überreagiere, weil ich so verdammt müde bin.

Ein Lastwagen dröhnte vorbei. Sie gähnte und zog die Decke bis unters Kinn.

«Dana?»

Jetzt klang Licias Stimme auf einmal sehr dünn, sehr jung.

«Ich höre.»

«Glauben Sie, ich werde meine Waffe benutzen müssen?»

Scullys Mundwinkel zuckten. «Wohl kaum, Licia, glauben Sie mir.»

«Wirklich nicht?»

«Nein.» Sie schwieg einen Moment lang. «Die Regierung ist viel zu geizig, um uns die nötige Munition dafür zu bewilligen.»

Wieder blieb es eine Weile still. Lieber Gott, dachte Scully, ich höre mich allmählich schon an wie Mulder.

Plötzlich begann Andrews zu kichern und sagte lachend: «Ich schätze, ich habe wohl zu viele Filme gesehen.» Ihre Laken raschelten. «Gute Nacht. Und danke.»

«Nichts zu danken. Gute Nacht.»

Ein weiterer Lastwagen fuhr vorbei, dieses Mal in die entgegengesetzte Richtung. Scully lauschte dem Motorengeräusch nach, bis es nicht mehr zu hören war, und ließ sich mit dem verklingenden Dröhnen in den Schlaf gleiten.

Ihr letzter Gedanke galt Mulder.

Sie hoffte, daß er nicht träumte.

8.

Der blaue Himmel des Vortages überzog sich am Freitagmorgen bereits kurz nach der Dämmerung mit dichten Wolken. Als Mulder und sein Team aufbrachen – Webber fuhr –, pfiff ein kalter Ostwind über die Straße, der Blätter und braune Kiefernnadeln vor dem Auto aufwirbelte.

Der Anblick gefiel Mulder nicht; es sah viel zu sehr nach Spätherbst aus.

Marville begann eine Viertelmeile hinter dem Motel mit einer Handvoll Häuser, die sich auf den beiderseits der Straße aus den Barrens gerodeten Lichtungen duckten. Die Straßenränder bestanden aus sandigem Kiesboden, der auch hier und da die Grasflächen durchbrach und kahle Flecke bildete. Die Rasen der Vorgärten wirkten genauso müde wie die dazugehörigen Häuser.

Mulder spürte sofort, daß der kleine Ort starb.

Das Geschäftsviertel war gerade einmal fünf Blocks lang, ein paar Läden hatten sich bis in die Seitenstraßen ausgebreitet. Keines der Häuser hatte mehr als zwei Stockwerke, die meisten waren aus Holz erbaut, einige besaßen verwitterte Stein- oder Ziegelfassaden. Mulder zählte sechs Gebäude, die neue Mieter suchten, und viel zu viele, deren Schaufenster mit Sperrholz vernagelt oder mit weißer Farbe übertüncht worden waren. Über der Hauptstraße baumelte eine schmale Flagge, die das hundertfünfzigste Jubiläum der Stadt ankündigte, was Mulder wie schon so oft zu der Überlegung veranlaßte, womit ein Ort wie dieser die ersten Siedler angezogen hatte. Es gab keinen Fluß in der Nähe, die Bäume waren nicht dazu geeignet, gutes

Bauholz zu liefern, und Fort Dix war erst 1917 errichtet worden, die benachbarte McGuire Air Force Base sogar noch später.

Webber schnippte mit den Fingern und deutete mit dem Daumen nach links. *«Barney's Tavern.»*

Mulder entdeckte die Eckkneipe, eine von wenigen, die noch in Betrieb waren, und er vermutete, daß Marville, aus welchem Grund es auch immer ursprünglich entstanden war, zum Schluß von der Militärniederlassung und dem Luftwaffenstützpunkt gelebt hatte. Und das nicht schlecht, wie es den Anschein hatte. Hinter den vergilbten und reparaturbedürftigen Fassaden konnte er noch immer eine Stadt entdecken, der es eine Zeitlang ziemlich gut gegangen war, besonders wenn man die harte Konkurrenz betrachtete, die die Nachbarorte dargestellt haben mußten.

Ein Bankgebäude aus stumpfem Granit beherrschte die nächste Straßenecke zur Linken. Hier schienen die Geschäfte noch gut zu florieren, zumindest so gut, wie es bei der derzeitigen Wirtschaftslage und der drastischen Verkleinerung des Militärstützpunktes während der letzten Jahre möglich war.

«Das ist deprimierend», meldete sich Andrews von der Rücksitzbank zu Wort. «Wie kann man hier nur leben?»

«Zum Beispiel wegen der billigen Mieten», meinte Webber und bremste ab, um drei alte Frauen die Straße überqueren zu lassen. «Es gibt kaum eine größere Stadt in der Nähe. Ich denke, daß es nicht allzu einfach ist, zwischen hier und Philadelphia hin und her zu pendeln und dabei noch einigermaßen gut zu verdienen.»

Trägheit, vermutete Mulder, lautete der andere Teil der Antwort. Wo sollte man hingehen, wenn man selbst hier nur knapp über die Runden kam? Wahrscheinlich würde jeder eine andere Antwort auf die Frage finden, aber zweifellos lief es auf einen Punkt hinaus: Wieso sich die Mühe machen?

«Dort», sagte Scully. Es war das erste Mal seit dem Frühstück, daß sie überhaupt sprach.

Auf der rechten Straßenseite erstreckte sich ein einstöckiges weißes Gebäude über ein Drittel des Häuserblocks. Das neue goldene Schild auf der Vorderseite kennzeichnete es als Polizeistation, an dem Flaggenmast neben der Eingangstür hing die Fahne der Vereinigten Staaten.

Webber parkte auf einem freien Platz vor dem Gebäude, rieb sich unternehmungslustig die Hände, sprang aus dem Wagen und umkreiste ihn hastig, um Andrews die Hintertür zu öffnen.

Mulder ließ sich mehr Zeit und wartete, bis Scully sich zu ihm gesellt hatte. Sie sprachen kein Wort, warfen sich nur einen kurzen Blick zu und gingen dann den zementierten Bürgersteig entlang. Andrews wollte wissen, wieso sie mit den Nachforschungen hier begannen, obwohl doch des Senators Verbindungen Fort Dix und den Luftwaffenstützpunkt betrafen.

Scully drehte das Gesicht zur Seite, als ihr ein leichter Windstoß entgegenschlug. «Sagen wir es so, normalerweise gestaltet sich der Umgang mit Zivilisten etwas leichter.»

«Ihr Problem», meinte Webber heiter.

Mulder sah erst ihn und dann Scully an, bevor er die Tür aufzog und den anderen den Vortritt in einen weiten Raum ließ, der das gesamte vordere Drittel des Gebäudes einnahm. Ein hüfthohes Holzgeländer erstreckte sich von Wand zu Wand. Links vom mittleren Durchgang saß eine uniformierte Dienstleiterin vor dem Funkgerät und machte Eintragungen im Fahrtenbuch. Hinter ihr standen drei Metallschreibtische, die unbesetzt waren.

Rechts des Durchgangs stand ein vierter und weitaus größerer Schreibtisch, von dem aus man die Eingangstür im Auge behalten konnte. Dahinter saß ein Polizist, dessen Uniform, wie

Mulder schätzte, vor etwa zehn Jahren für zwanzig Pfund geschneidert worden war. Das dazugehörige Gesicht gehörte einem Mann, der den Großteil seiner Zeit im Freien und den wiederum größten Teil davon mit Trinken verbrachte. Sein rotes Haar war kurzgeschoren.

Mulder hielt ihm seine Dienstmarke entgegen. «FBI, Sergeant, guten Morgen», sagte er höflich und mit einstudiertem angemessenem Respekt. Dann stellte er schnell seine Begleiter vor. «Wir sind gekommen, um mit Chief Hawks zu sprechen.»

Sergeant Nilsson blieb äußerlich unbeeindruckt. Er stemmte sich wortlos von seinem Tisch hoch und ging gemächlich zu einer Tür ohne Schild oder Aufschrift. Mulder registrierte die Verblüffung in Webbers Gesicht und die Wut in Andrews's Miene.

«Das hier ist ihr Zuständigkeitsbereich», erinnerte er sie leise. «Sie haben uns nicht angefordert, stimmt's?»

«Na, und?» gab Webber zurück.

Mulder hatte weder Zeit noch Lust, einen Schnellehrgang in Sachen konkurrierender Strafverfolgungsbehörden abzuhalten. Seine Aufmerksamkeit galt weiterhin dem Sergeant, der in der geöffneten Tür stand, eine Hand in die Hüfte gestützt, während er versuchte, sich mit der anderen im Kreuz und dann im Nacken zu kratzen. Er mochte Übergewicht haben, aber es war kein schlaffes Fleisch. Mulder sah kurz zu der Funkdienstleiterin hinüber, die seinen Blick offen erwiderte. Sie schien Ende Zwanzig zu sein, und ihr dick aufgetragenes Make-up und die Art, wie ihr das lockige braune Haar um die Schultern floß, verrieten, daß sie Wert darauf legte, sich herauszuputzen. Als sie ihm schließlich einen Gruß zunickte, erwiderte Mulder höflich die Geste.

«Nichts los, wie?» fragte Scully und ließ den Blick durch den leeren Raum wandern.

Die Frau zuckte die Achseln – Vincent stand auf ihrem Namensschild – und machte eine beiläufige Handbewegung. «Die Jungs sind unterwegs.» Ein sparsames Lächeln. «Berufsverkehr, Sie wissen schon.»

Scully schmunzelte, als die Frau ein leichtes Hüsteln hinter vorgehaltener Hand ausstieß.

«Giftsumach?» erkundigte sich Mulder mit einem Nicken in Richtung der weißen Flecken auf ihrem Handrücken. «Ich hasse das Zeug.»

Vincent verzog zustimmend das Gesicht. «Ja, ich habe es ...»

«Hey.»

Der Sergeant winkte sie mit einem gekrümmten Finger zu sich.

Webber versteifte sich, aber Scully legte ihm eine Hand auf den Arm, während sich Mulder mit einem Lächeln durch den Durchgang im Holzgeländer schob. Er lächelte immer noch, als er sich bei dem Sergeant bedankte und zur Seite trat, damit ihm die anderen folgen konnten.

Nilsson erwiderte das Lächeln nicht. Nach einem knappen ausdruckslosen Nicken, das an der Grenze zur Unhöflichkeit war, kehrte er zu seinem Schreibtisch zurück und überließ es Mulder, sich und seine Begleiter Todd Hawks vorzustellen.

Der Polizeichef von Marville war jünger, als Mulder erwartet hatte, nicht älter als Mitte Vierzig, das volle schwarze Haar straff nach hinten gekämmt. Der Haaransatz begann unmittelbar über den dichten Brauen, die über der leicht gekrümmten Nase fast zusammenwuchsen. Er trug weder Uniform noch Krawatte, nur ein weißes Hemd und eine schwarze Hose. Die dazugehörige Jacke hing über einem als Kleiderhaken dienenden Geweih in einer Ecke des Büros.

Hawks' Schreibtisch war stahlgrau, genau wie die im Vorraum, die einzige persönliche Note ging von einem silbergerahmten

Triptychon mit Bildern aus, die – wie Mulder vermutete – seine Frau und die drei Kinder zeigten.

Hawks erhob sich, schüttelte jedem die Hand und forderte Scully und Andrews mit einer Geste auf, auf den beiden Besucherstühlen Platz zu nehmen. Webber lehnte sich an die Wand neben der Tür, die Arme lässig vor der Brust verschränkt.

Der Polizeichef nahm ein Blatt Papier zur Hand, blickte kurz darauf und legte die Stirn in Falten. «Ich muß gestehen, Agent Mulder, dieses Fax, das ich von Ihrem Mitarbeiter Webber bekommen habe, hat mich einigermaßen überrascht. Ich habe nicht damit gerechnet, daß sich Bundesbeamte in diese Sache einschalten würden.» Er ließ das Blatt sinken, warf einen flüchtigen Blick auf die geschlossene Tür und fingerte an dem Kugelschreiber herum, der in seiner Brusttasche steckte. «Aber um Ihnen die Wahrheit zu sagen, ich glaube, ich freue mich, Sie zu sehen. Diese Scheiße ist etwas zu dick für mich und meine Leute, und diese …» Er unterbrach sich, setzte sich, ergriff einen Bleistift und klopfte damit auf den Schreibtisch. «Die Herrschaften von Dix sind nicht unbedingt darauf versessen, uns Hinterwäldlern irgendwelche Informationen zu geben, obwohl der Corporal außerhalb des Militärgeländes getötet worden ist.» Er kratzte sich mit dem Radiergummi an der Schläfe. «Rein technisch gesehen, sind wir für den Mord an Ulman zuständig. Aber versuchen Sie mal, das denen klarzumachen.»

Mulder schenkte ihm sein bestes *Wir-gegen-den-Rest-der-Welt*-Lächeln. «Genau aus diesem Grund sind wir hier, Chief. Wir werden jede mögliche Unterstützung benötigen, und wir wären Ihnen wirklich für alles dankbar, was Sie uns erzählen können.

«Kein Problem.» Wie sein Sergeant zeigte sich auch Hawks nicht gerade von Ehrfurcht überwältigt, aber bei ihm hatte das andere Gründe. «Lassen Sie mich nur wissen, was Sie brauchen, und ich werde tun, was ich kann.» Er klopfte weiter mit dem Bleistift auf die Tischplatte, während sich seine Miene verfinsterte. «Das Problem ist, ich habe diesen Corporal überhaupt nicht gekannt. Grady Pierce dagegen schon. Pierce konnte einem zwar höllisch auf die Nerven gehen, aber mir fallen auf Anhieb ein paar Dutzend Typen ein, denen ich sein Schicksal eher gönnen würde. Armes Schwein.»

«Ein Freund von Ihnen?» fragte Webber aus dem Hintergrund.

Hawks sah ihn an und schüttelte den Kopf. «Nein, eigentlich nicht. Habe ihn nur ziemlich lange gekannt. Ein ehemaliger Ausbilder. Seine Frau hat ihn verlassen, gleich nachdem die Armee ihn ausgemustert hat.» Sein Blick wanderte zurück zu Mulder. «Er hatte keine nennenswerten Fähigkeiten. Außer beim Saufen und AC.»

Andrews, die bisher steif in ihrem Stuhl gesessen hatte und deren Abneigung sich deutlich auf ihren Lippen abzeichnete, fragte: «AC?»

«Atlantic City, Agent Andrews», erklärte Hawks.

«Oh.» Aus der Abneigung wurde Geringschätzung. «Glücksspiele.»

Hawks blinzelte nicht einmal, er nickte nur.

«Dann glauben Sie also, daß es sich um Spielschulden oder etwas in dieser Richtung handelt?» erkundigte sich Webber. Er ließ die Arme sinken, und seine Stimme klang aufgeregt. «Bei Pierce, meine ich.»

«Wohl kaum. Wenn er gespielt hat, dann hat er meistens gewonnen. Der Polizeichef grinste. «Eine hübsche Aufstockung seiner Pension, die nicht gerade fürstlich war.» Er öffnete die mittlere Schublade und zog einen Aktenordner hervor, den er Mulder reichte. «Das ist alles, was wir über beide Männer haben, Agent Mulder. Wie Sie sehen werden, ist es nicht gerade viel, selbst nachdem wir zwei Wochen lang Zeit hatten, Gradys Tod zu untersuchen.» Er schüttelte den Kopf und zuckte die Achseln. «Die Spur ist wahrscheinlich schon kalt, wenn Sie den Ausdruck entschuldigen. Aber Sie dürfen sich trotzdem gern daran versuchen.»

Mulder bedankte sich mit einem Nicken und reichte die Akte an Scully weiter, die sie durchblätterte und die Stirn runzelte. «Ich kann keine Körperdiagramme in diesem Autopsiebericht finden. Nur Fotos ohne Erläuterungen.»

Hawks zog ein finsteres Gesicht. «Danach müssen Sie sich beim Militärstützpunkt erkundigen. Wie es scheint, mochten sie den alten Grady dort genauso gern wie wir.»

Sieh an, dachte Mulder. Keine innige Freundschaft zwischen Marville und Fort Dix. Er fragte sich, ob das auch auf die hiesigen Geschäftsleute zutraf.

Scully hielt sich eine der Seiten dicht vor die Augen. «Was soll das hier am Rand heißen? Kabale? Kobolde?»

Mulder sah zu ihr hinüber. «Kobolde?»

«Gehen Sie zu Sam Junis», schlug der Polizeichef vor, als Scully den Ordner zuklappte. «Er ist der zuständige Arzt und hat beide Toten untersucht. Der Doc hat eine Sauklaue, die außer ihm kaum jemand entziffern kann. Er wohnt im ersten Haus rechts von Ihrem Motel und weiß, daß Sie bei ihm vorbeischauen werden.»

«Woher wissen Sie, wo wir wohnen?» erkundigte sich Andrews.

Mulder drehte sich nicht zu ihr um, hoffte aber, daß der Chief ihr die Frage nicht übelnahm.

«Miß», entgegnete Hawks mit einem trägen Lächeln, «wie Sie vielleicht bereits bemerkt haben, ist diese Gegend nicht unbedingt mit einer Großstadt wie Washington zu vergleichen. Und um diese Jahreszeit hat Babs drüben im Motel höchstens am Wochenende Gäste, und selbst dann nicht viele. Zum Teufel, wenn ich wollte, könnte ich Ihnen sogar sagen, was Sie zum Frühstück gegessen haben.»

«Was?» fragte Webber mit einem Gesichtsausdruck, als sei der Chief ein Magier, der im Begriff war, uralte Geheimnisse zu enthüllen.

Hawks sah Mulder an, eine stumme Frage in den Augen. *Ist der wirklich echt?* Er stand auf. «Sie sind der Rotschopf, also hatten Sie mehr Pfannkuchen, als für Sie gut ist. Wenn Sie so weitermachen, Sohn, werden Sie schon bald ein neues Loch in Ihren Gürtel stanzen lassen müssen. Agent Scully hatte Toast und Kaffee, Müsli und Orangensaft. Agent Andrews hatte Tee, Toast und Corn Flakes. Und Sie, Agent Mulder, hatten Toast, Speck, zwei Eier, etwas mehr als medium, Kaffee, Orangensaft und Blaubeermarmelade.»

Mulder grinste beifällig, als der Chief hinter seinem Schreibtisch hervorkam und sie zur Tür brachte.

«Ich nehme an, Sie wissen auch, auf welcher Seite des Bettes ich geschlafen habe», sagte Andrews kalt.

«Scheiße, jetzt haben Sie mich aber voll erwischt, Miß», entgegnete Hawks. «Leider waren die verdammten Vorhänge zu dicht zugezogen.»

Mulder konnte nicht anders, er drehte sich um und lachte, als der Chief sie bat, draußen zu warten, bis er noch ein paar Dinge erledigt hatte, bevor er sie zum ersten Tatort brachte. Obwohl es aussah, als wollte Andrews widersprechen, erklärte sich Mulder sofort einverstanden, schüttelte dem Mann die Hand und dankte ihm für seine Kooperationsbereitschaft. Dann trieb er sein Team in den Vorraum, nickte dem Sergeant zu – die Funkdienstleiterin war in der Zwischenzeit von einem Mann abgelöst worden, der die Fremden verwirrt anstarrte – und blieb erst wieder stehen, als sie das Polizeigebäude verlassen hatten, unglücklicherweise nicht, bevor Andrews eine laute Bemerkung über die «unerträglichen Hinterwäldler in diesem Kaff» von sich gegeben hatte. Mulder, der die Hände in den Taschen seines aufgeknöpften Übermantels vergraben hatte, blickte die Straße entlang und bemühte sich, nicht die Beherrschung zu verlieren und Scullys stummer Aufforderung nachzukommen, die Ruhe zu bewahren.

«Hören Sie», sagte er schließlich, «wir müssen mit diesen Leuten zusammenarbeiten, haben Sie das verstanden? Wir brauchen sie auf unserer Seite, damit wir diesen Job erledigen und so schnell wie möglich nach Washington zurückkehren können.» Er wandte sich Licia zu. «Es ist mir egal, was Sie persönlich von ihnen halten, aber von jetzt an behalten Sie Ihre Ansichten für sich, kapiert?»

Andrews zögerte einen Moment lang, bevor sie nickte. Mulder machte sich in Gedanken eine Notiz, Scully aufzufordern, sie sich später einmal gründlich vorzuknöpfen.

Webber räusperte sich kleinlaut, obwohl der Rüffel gar nicht ihm gegolten hatte «Äh, ... Mulder? Wer ist Babs?»

Mulder nickte in Richtung des anderen Endes der Stadt. «Babs Radnor. Ihr gehört das Motel.»

Webber runzelte die Stirn. «Woher wissen Sie das?»

Ohne Scully anzusehen, erwiderte Mulder: «Magische Fähigkeiten, Hank. Ich bin einfach verdammt metaphysisch begabt.» Er drehte sich um und deutete auf die Ziegelsteinfassade eines kleinen Restaurants auf der gegenüberliegenden Straßenseite. «Wir treffen uns gegen eins dort zum Mittagessen, okay?» Dann beauftragte er Hank und Andrews damit, die nähere Umgebung von *Barney's* gründlich unter die Lupe zu nehmen, sich bei jedem, dem sie begegneten, nach dem Toten, dem Ruf der Bar und der Nacht des Mordes zu erkundigen, eben einfach nach allem, was nicht bereits in den Akten stand.

Webber salutierte beinahe, bevor er seine Partnerin mit sich zog. Er beugte sich dicht zu ihr herüber und flüsterte eindringlich auf sie ein.

«Hallo», sagte Mulder beherrscht, als Scully zu ihm trat. «Ich bin Agent Webber vom FBI. Erzählen Sie mir alles, was Sie wissen, oder ich lächle Sie zu Tode.»

Sie klopfte ihm leicht auf den Arm. «Geben Sie ihm ein bißchen Zeit, Mulder, okay? So schlimm ist er nun auch wieder nicht.»

«Es ist ja auch nicht Webber, der mir Sorgen macht», erklärte Mulder. Er blickte zu den tief am Himmel hängenden Wolken empor und roch die ersten Spuren des bevorstehenden Regens, als der Wind auffrischte, die schlaffe Flagge flattern ließ und den Abfall in den Rinnsteinen aufwirbelte. Davon abgesehen war in diesem Augenblick nicht die geringste Bewegung auf der Straße zu entdecken.

Keine Fußgänger. keine Autos, nicht einmal ein streunender Hund oder eine Katze.

«Eine Geisterstadt», sagte Scully.

«Ein Friedhof», erwiderte Mulder.

9.

Sie folgten der Hauptstraße in östlicher Richtung, Mulder ging auf der der Straße zugewandten Seite des Gehwegs. Der Augenblick völliger Verlassenheit war vorüber. Ein paar Kunden betraten und verließen die Geschäfte. Kaum jemand beachtete ihn und Scully, und die wenigen, die zu ihnen herübersahen, lächelten nur flüchtig und gingen dann ihrer Wege.

Ein Windstoß fegte die Straße entlang und nahm an Stärke zu. Mulders offener Übermantel klatschte ihm gegen die Beine, eine unangenehme Kälte kroch unter seinen Anzug.

Scully folgte der gewundenen Spur eines Straßenköters entlang des Bordsteins. «Ist Ihnen aufgefallen, wie sich sein Verhalten verändert hat? Das von Hawks, meine ich.»

Mulder nickte. «Für uns ist er ein Bulle, für Licia ein Bauerntölpel. Aber dieser Mann ist kein Trottel. Ich bin sogar ein bißchen überrascht, daß er nicht schon früher um Hilfe gebeten hat. Soweit ich das beurteilen kann, ist er der Richtige für die Ermittlungen. Und was ist überhaupt mit Andrews los?»

Sie zuckte die Achseln. «Das große Flattern vor dem ersten Fall?»

Es war möglich, vermutete er, aber das Ganze gefiel ihm trotzdem nicht, wie eigentlich alles an diesem Fall. Er zweifelte nicht daran, daß Andrews kompetent war, sonst wäre sie nicht so weit gekommen, aber sie würden irgend etwas gegen ihre Arroganz unternehmen müssen, die sie in der Polizeistation an den Tag gelegt hatte. Ein solches Benehmen würde Hawks eher als eine richterliche Verfügung zum Schweigen bringen.

Sie passierten *Barney's*, das auf der gegenüberliegenden Straßenseite lag. Wieder konnte er nichts Bemerkenswertes entdecken. Eine müde Kneipe in einem müden Ort. Und sie würde es auch bleiben, wenn man sie zusammenpackte und in Michigan oder Oregon wieder aufbaute.

In diesem Augenblick wurde ihm klar, daß es wahrscheinlich ein großer Fehler gewesen war, Andrews mit Webber gehen zu lassen. Der Mann hatte ein Talent dafür, Leute zum Reden zu bringen. Sein Gesicht, sein Grinsen und sein roter Haarschopf wirkten entwaffnend. Mulder hoffte, daß dies ausreichte, um Licia Andrews' Gehabe zu kompensieren.

Das Morgenlicht wurde dämmriger, der Geruch nach Regen intensiver.

Mulder beobachtete aus den Augenwinkeln heraus, wie Scully dem Weg folgte, den Grady Pierce wahrscheinlich eingeschlagen hatte. Nachdem der Mann die Bar verlassen hatte, mußte er irgendwo hier die Straße überquert haben, vielleicht torkelnd. Eine menschenleere Straße, leichter Regen.

«Er wird niemandem begegnet sein», folgerte Mulder, als sie sich der Gasse näherten. Sie lag zwischen zwei dreigeschossigen Ziegelsteinhäusern, in denen Bekleidungsgeschäfte untergebracht waren, in den Etagen darüber offensichtlich Wohnungen.

Scully wollte wissen, wie er zu dieser Vermutung kam. «Vielleicht hat er ja einfach nicht darauf geachtet.»

«So spät in dieser Stadt? Samstag nachts? Der Ort ist vielleicht nicht besonders lebendig, aber er ist auch noch nicht tot. Grady hätte seinen Mörder bemerken müssen. Besonders da es geregnet hat.»

«Es sei denn, er kannte ihn», stellte Scully fest.

Mulder warf ihr einen Seitenblick zu. «Eine sexistische Bemerkung, Scully. Ich fühle mich beleidigt.»

«Nur ein Personalpronomen, Mulder, neutral gebraucht. Es steht für ‹der Täter›. Ich bin unvoreingenommen. Zumindest bis jetzt.»

Sie hatten ihr Ziel gerade erreicht, als ein glänzender weißer Streifenwagen in entgegengesetzter Fahrtrichtung neben dem Bordstein parkte. Chief Hawks stieg aus. Er trug jetzt Jacke und Krawatte. Der stärker gewordene Wind konnte seinem Haar kaum etwas anhaben. Mehrere Passanten grüßten ihn, und er grüßte zurück, wobei er jeden bei seinem Namen nannte. Als er sich zu Mulder und Scully gesellte, vergrub er eine Hand in der Tasche, wobei er den Jackenaufschlag ein wenig zurückschob.

Mulder entdeckte das Schulterholster.

Der Polizeichef erschauderte in der feuchten Kälte und ließ die Schultern kreisen. «Glauben Sie, daß das wirklich nötig ist?»

«Ich weiß, daß es merkwürdig erscheint», antwortete Mulder, «aber es ist immer besser, den Tatort in Augenschein zu nehmen, anstatt sich nur auf den Bericht zu verlassen.»

«Visualisierung», fügte Scully hinzu.

Hawks nickte. «Und ...?»

Die Gasse war etwa zwei Meter breit, rund sechs Meter lang und endete vor einem knapp vier Meter hohen verwitterten Palisadenzaun. Obwohl keine Mülltonnen oder -container zu sehen waren, hatten sich kleine Inseln von Unrat am Fuß der Mauern angesammelt, die vom Wind aufgewirbelt wurden. Es gab keine Fenster oder Feuerleitern in der Gasse. Das gelbe Band, mit dem man den Tatort abgesperrt haben mußte, war schon vor langem wieder entfernt worden.

Sie standen auf dem Gehweg vor dem Gasseneingang, wodurch sie die wenigen vorbeikommenden Passanten dazu zwangen, einen Bogen zu machen.

In den Schaufenstern der beiden Geschäfte klebten Plakate mit der Aufschrift *Zu verkaufen.* Das rechte Schaufenster war dunkel, das Ladeninnere bereits geräumt. Die Vorhänge oder Rollos in den Fenstern der Wohnungen darüber waren geschlossen.

Hier ist jemand gestorben, dachte Mulder. Hier ist ein armer Kerl verblutet.

Es war an der Zeit, dem gewundenen Pfad zu folgen.

Hawks zeigte mit dem Finger in die Gasse. «Grady ist dort gefunden worden. Er hat auf dem Boden gesessen, mit dem Rükken zur Wand. Trotz des Regens hat es so ausgesehen, als hätte er mit seinem eigenen Blut geduscht.»

Mulder trat einen Schritt vor, ließ sich in die Hocke nieder, betrachtete die Stelle, auf die Hawks deutete, und ließ den Blick dann die Mauern emporwandern. Er entdeckte keinerlei Spuren des Mordes, aber er konnte trotzdem spüren, daß er hier stattgefunden hatte.

Scully baute sich hinter ihm auf. «Wo ist er getötet worden?»

Hawks ging an ihnen vorbei und blieb rund einen Meter von Mulder entfernt stehen. «Der Blutspur nach zu schließen – wie gesagt, es hat geregnet –, scheint es, als hätte man ihm hier die Kehle durchgeschnitten, und er hat noch ein oder zwei Schritte gemacht und vielleicht versucht, zur Straße zurückzukommen. Er hat es nur bis zu der Stelle geschafft, wo Agent Mulder jetzt ist.» Hawks trat zurück, um Scully Platz zu machen. «Das Problem ist, daß das Licht der Straßenlaternen nicht weit in die Gasse hineinreicht. Höchstens ein oder zwei Meter, und ich wette, daß Grady nicht allzuviel gesehen hat.»

«Mulder?»

Mulder erhob sich langsam und beobachtete Scully, die sich umdrehte, bis sie der rechten Mauer den Rücken zuwandte.

«Der Mörder hat ungefähr hier gestanden.»

Hawks runzelte die Stirn. «Woher wissen Sie das?»

«Aus dem Autopsiebericht.» Ihr Blick wanderte über den Boden, die gegenüberliegende Mauer und wieder zurück auf den Boden. «Wenn Ihr Doc Junis recht hat, dann muß es so sein. Können Sie mir Ihren Stift borgen?»

Der Polizeichef sah Mulder fragend an, und als dieser keine Reaktion zeigte, reichte er Scully einen Kugelschreiber, den sie in die rechte Hand nahm, als sei er ein Messer, mit dem sie nicht zustoßen, sondern eine schneidende Bewegung ausführen wollte.

«Die Fotos waren nicht allzu aussagekräftig», fuhr sie fort, fast so, als führte sie ein Selbstgespräch. «Aber passen Sie auf ...» Sie dirigierte Hawks, bis er mit dem Rücken zur Straße stand, dann baute sie sich vor ihm auf, und bevor er reagieren konnte, fuhr sie mit dem Stift direkt vor seiner Kehle blitzschnell durch die Luft.

Hawks zuckte zurück.

Scullys Entschuldigung bestand aus einem sardonischen Lächeln. «Kein Blut an den Mauern. Es war nur ein einziger Schnitt, der mit großer Kraft durchgeführt wurde und sowohl die Karotis als auch die Jugularvene durchtrennt hat. Das würde zwar keine Blutfontäne verursachen, aber eine gewisse Menge Blut hätte trotzdem auf die Mauern spritzen müssen, wenn er mit dem Gesicht zur Gasse oder zur Straße gestanden hätte.» Sie gab Hawks den Stift zurück. «Aber da war kein Blut.» Sie deutete zum Gassenende. «Und dort hinten auch nicht.»

«Es hat geregnet», erinnerte Hawks. «Und außerdem ist mindestens eine Stunde vergangen, bis man ihn entdeckt hat.»

Scully nickte. «Aber anscheinend war die Blutspur trotz dieser Zeit immer noch ziemlich deutlich zu sehen gewesen, zumindest den Bildern nach zu schließen.» Sie hob den Kopf, kniff die Augen zusammen und deutete mit dem Kinn auf das etwas überstehende Dach der gegenüberliegenden Häuserwand und die durchhängenden Kupferdachrinnen. Auch wenn es geregnet hatte, hätte es eines heftigen Schauers und eines starken Windes bedurft, um die Gasse dermaßen zu überspülen. Scullys Blick richtete sich wieder auf Mulder. «Er stand mit dem Gesicht zur Mauer.»

Und das, so wußte Mulder, war verdammt merkwürdig.

Wenn Scully recht hatte, mußte Grady Pierce nahezu blind gewesen sein, um den Angreifer nicht zu sehen.

Es sei denn, der Angreifer ist unsichtbar gewesen.

«Nein», sagte Scully, die Mulders Gesichtsausdruck richtig deutete. «Es gibt eine andere Erklärung.»

Er verzichtete auf eine Antwort, ging langsam und vorsichtig zum Ende der Gasse und stocherte mit einem Finger an dem Zaun herum. Das Holz war stark vermodert, weich und schwammig, und es wies keinerlei Spuren auf, die darauf hindeuteten, daß irgend jemand über den Zaun geklettert war oder auch nur den Versuch unternommen hätte.

Also mußte der Mörder die Gasse auf dem gleichen Weg verlassen haben, auf dem er sie betreten hatte.

«Pierce muß ihn gekannt haben», meinte Scully.

«So, wie es aussieht, gibt es keine andere vernünftige Erklärung», stimmte Hawks zu. Er lachte schnaubend und zog seinen Gürtel hoch. «Es sei denn, Sie glauben Elly.»

«Die Zeugin», stellte Mulder fest.

«Wenn Sie sie so bezeichnen wollen. Ich würde allerdings nicht mein Leben darauf verwetten.» Hawks führte sie auf den Bürgersteig zurück. «Sehen Sie, Elly ist das, was wir in unserem wissenschaftlichen Kleinstadtjargon eine Matschbirne nennen. Er lachte erneut und schüttelte den Kopf. «Elly Lang ist ein liebes Mädchen, aber sie hat da diese Theorie.»

«Und die lautet?»

«O nein. Ich will Ihnen den Spaß nicht verderben. Das ist etwas, das Sie aus erster Hand hören müssen.»

Die *Wohnung* im Erdgeschoß war fast so dunkel wie der sich nähernde Sturm.

Die einzelne Lampe mit dem safranfarbenen Schirm auf dem schiefen Tischchen erhellte nur den Bereich des kleinen Sofas, auf dem Elly Lang saß. Hawks stand im Durchgang zum Wohnzimmer mit dem Rücken zu der winzigen Diele lässig an die Wand gelehnt, die Hände in den Taschen vergraben. Scully saß in einem Queen-Anne-Ohrensessel, der nach Staub und Schimmel roch, Mulder auf einem gepolsterten Fußschemel. Er hatte sich vorgebeugt, die Hände um die Knie geschlungen.

Ein kleines Wohnzimmer, eine Kochnische am Ende der kurzen Diele, ein Badezimmer und ein Schlafzimmer, das kaum groß genug war, um einem Einzelbett und einer Kleiderkommode Platz zu bieten, der zwei ihrer fünf Schubladen fehlten. Gerahmte Bilder an den Wänden, eine Kaminimitation ohne Holzscheite, auf dem Sims eine unordentliche Sammlung von Plastik- und Keramikpferden, ein Fransenteppich, der an einigen Stellen durchgescheuert war und seine ursprüngliche Farbe nur noch erahnen ließ. Vor dem Erkerfenster ein vergilbter und verstaubter Vorhang, am Saum und den Rändern eingerissen. Kein Fernseher, nur ein kleiner tragbarer Radiowecker auf dem niedrigen Tischchen unter der Lampe.

Elly Lang trug verblichene Gesundheitsschuhe mit dicken Sohlen, zur Hälfte heruntergerollte Acrylsocken und ein schlichtes, formloses braunes Kleid ohne Gürtel. Ihr Alter war unmöglich zu schätzen. Bei der gegenwärtigen Beleuchtung hätte sie eine Greisin sein können mit dem zahnlosen Unterkiefer, den eingefallenen Wangen und den schmutzigweißen

Haarsträhnen. Keine Spur von Make-up. Sie hatte die Hände steif im Schoß gefaltet. Keine Uhr oder Ringe.

Aber Mulder beobachtete ihre Augen. Sie waren alles andere als alt und von einem merkwürdig blassen Grau, das sie beinahe durchsichtig aussehen ließ.

«Ein Kobold», sagte die Frau mit einem ruckartigen Nicken und einem Blick in Richtung des Polizeichefs, der besagte: *Wagen Sie es nicht, mir zu widersprechen.*

Mulder nickte. «In Ordnung.»

Sie schloß ein Auge zur Hälfte und betrachtete ihn mißtrauisch. «Ich hab *Kobold* gesagt.»

Er nickte erneut. «Okay.»

«Sie leben in den Wäldern, müssen Sie wissen.» Ihre Stimme war leise und rauh, das Krächzen einer Halloweenhexe aus Kindertagen. «Sie sind zur gleichen Zeit wie die Armee gekommen, 1916 oder 1917, so genau weiß ich das nicht mehr. Kurz vor meiner Geburt.» Sie richtete sich gerade auf und verschwand dabei fast im Schatten, bis auf ihre glänzenden Augen und den Strich ihrer blutleeren Lippen. «Manchmal passieren Dinge, die sie nicht mögen.»

«Was für Dinge?» fragte Mulder geduldig.

«Das weiß ich nicht. Ich bin kein Kobold.»

Er lächelte kaum merklich, und kaum merklich lächelte sie zurück.

«Miß Lang ...»

«Ms.», korrigierte sie ihn. «Ich bin nicht blind. Ich lese Zeitung.»

«Es tut mir leid, *Ms.* Lang. Was meine Partnerin und ich wissen wollen, ist, was Sie in dieser Nacht gesehen haben. In der Nacht, als Grady Pierce gestorben ist.»

«Gottlosigkeit», antwortete sie, ohne zu zögern.

Mulder wartete, den Kopf zur Seite geneigt, und beobachtete ihre Augen und Lippen.

«Ein gottloser Mann, das war Grady Pierce. Jedes Wort aus seinem Mund war frevelhaft. Besonders wenn er getrunken hatte. Was er …», sie schürzte mißbilligend die Lippen, «… und die meiste Zeit getan hat. Hat immer von seinen Gespenstern gequatscht, von seinen dummen Gespenstern. Als wäre er der einzige Mensch auf der Welt gewesen, der sie gesehen hat.» Ein langsames geringschätziges Kopfschütteln. «Er hat nie auf mich gehört, müssen Sie wissen. Ich hab's ihm gesagt, hundertmal hab ich ihm gesagt, er soll zu Hause bleiben, wenn die Kobolde unterwegs sind, aber er hat nie auf mich gehört. Nie.»

«Sie waren draußen?» fragte Mulder ruhig und respektvoll.

«Natürlich. Das ist meine Aufgabe, müssen Sie wissen.»

Er sah sie fragend an.

«Ich markiere sie», erklärte die Frau. «Die Kobolde. Wenn ich sie sehe, markiere ich sie, damit dieser sogenannte Polizist sie einsperren kann, bis sie in der Sonne verbrennen. Aber das tut er nie, müssen Sie wissen.» Sie drehte den Kopf, und Mulder spürte einen weiteren Blick. «Hätte dem komischen Kauz das Leben retten können, wenn er die Markierten geschnappt hätte.»

«Ich habe so ein Gefühl, daß sich das ändern wird, Ms. Lang», sagte Scully.

«Verdammt richtig, das wird es!» fauchte die alte Frau.

«Was haben Sie gesehen?» hakte Mulder behutsam nach.

Elly Lang rutschte herum und lehnte sich in dem kleinen Sofa zurück. Ihre Finger begannen, sich ineinander zu verflechten.

«Ich war auf dem Heimweg.»

«Von wo?»

«Von der *Company G.*»

Mulders Miene verriet keinerlei Gefühlsregung. «Und ist das … eine Kneipe?»

«Eine Cocktailstube und Restaurant, junger Mann. Benutzen Sie den Verstand, den Gott Ihnen geschenkt hat. Ich gehe nicht in Kneipen. Hab ich noch nie getan und werde ich auch nie tun.»

«Entschuldigen Sie. Natürlich.»

«Es liegt östlich von diesem scheußlichen Schuppen, in den Grady immer gegangen ist und wo sich nur Huren und alte Männer rumtreiben. Um die Ecke in der Marchant Street. Ein sehr hübscher Laden.» Ihre Lippen verzogen sich zu einem Lächeln. «Ich kenne den Besitzer persönlich.»

Mulder hörte, wie sich der Chief ungeduldig regte. Scullys Kleidung raschelte leise, als sie in ihrem Sessel herumrutschte.

Elly räusperte sich, um wieder Mulders Aufmerksamkeit zu erregen. «Ich hab Grady vor mir gesehen, wie er in die Gasse zwischen *McConnel's* und dem *Orion Shop* gegangen ist. Der *Orion Shop* ist geschlossen, müssen Sie wissen. Da ist man mit dem Wechselgeld betrogen worden. Und die Sachen, die sie dort verkauft haben, hätten nicht mal einer Kuh gepaßt. Die Kobolde haben sie weggejagt. Das machen sie manchmal, Räuber und Diebe verjagen.»

Die Finger verknoteten sich.

Von den Fenstern her klang das leise Tröpfeln von Regen auf.

«Es war mir natürlich egal. Das mit Grady, meine ich. Er hat immer unanständige Sachen zu mir gesagt, ob er betrunken oder nüchtern war, deshalb hab ich mich überhaupt nicht darum gekümmert, als er in der Gasse verschwunden ist. Ich bin einfach weitergegangen, hab mich nicht getraut stehenzubleiben. Heutzutage ist es für eine Frau nachts auf der Straße nicht mehr sicher, müssen Sie wissen.» Sie sah zu Scully hinüber, die zustimmend nickte. «Dann hab ich eine Stimme gehört.»

«Von der anderen Straßenseite?»

«Er hat gebrüllt, junger Mann. Grady Pierce hat immer gebrüllt. Das hat ihm die Armee angetan. Die hat ihn taub gemacht, glaube ich. Deshalb hat er immer gebrüllt, auch, wenn er gar nicht gebrüllt hat, wenn Sie wissen, was ich meine.»

Mulder betrachtete den Teppich. «Haben Sie verstanden, was er gesagt hat?»

Sie schnaubte. «Ich kümmere mich nicht um Sachen, die mich nichts angehen. Er hat gebrüllt, das war alles, und ich bin einfach weitergegangen.»

Ihre Finger verflochten sich erneut und verharrten plötzlich. Mulder sah, wie sich ihre linke Ferse hob und senkte, lautlos auf den Boden klopfte.

«Ich hab rübergesehen. Ganz normale Neugier, daß man wissen will, wen ein Betrunkener in einer Gasse anbrüllt.»

Mulder bemerkte, wie sich ihre Hände ineinander verkrallten, so fest, daß er schon fürchtete, sie könnte sich die Knochen brechen. Er wollte sie ergreifen, sie beruhigen, aber er wagte nicht, sich zu bewegen.

«Ich konnte ihn nicht sehen, nur ein Bein, das ins Licht geragt hat. Aber den Kobold hab ich gesehen.»

«Das haben Sie bestimmt.»

Die Ferse hörte auf, auf den Boden zu klopfen, die Finger entflochten sich.

«Sie brauchen nicht so gönnerhaft zu sein, Mr. Mulder. Ich mag's nicht, wenn man mich gönnerhaft behandelt. Der Kobold ist aus der Wand rausgekommen, hat den alten Mann gegen das Bein getreten und ist die Straße entlanggerannt.»

«Haben Sie die Polizei gerufen?»

Sie schnaubte. «Natürlich nicht. Ich wußte doch, was die gesagt hätten. Ich muß nicht noch mal eingesperrt werden, nicht in meinem Alter. Ich werde hier sterben, in diesem Haus, nicht in irgendeiner verdammten Zelle.»

Mulder schenkte ihr wieder ein Lächeln. «Aber später haben Sie doch angerufen, nicht wahr?»

Die alte Frau lehnte sich noch weiter zurück, bis ihr Gesicht vollkommen im Schatten lag. «Ja. Ja, das hab ich getan. Mein verdammtes Gewissen wollte mich einfach nicht in Ruhe lassen, obwohl ich wußte, daß sie nichts gegen den Kobold unternehmen würden.»

«Ms. Lang?» meldete sich Scully zu Wort.

Mulder richtete sich vorsichtig auf.

«Ms. Lang, wie hat der Kobold ausgesehen?»

«Er war schwarz, Kind», sagte Elly.

«Sie meinen …?»

«Nein, kein Neger, das meine ich nicht. Ich meine es genau so, wie ich es gesagt habe. Er war schwarz. Vollkommen schwarz. Er hatte überhaupt keine Farbe.»

Sie standen auf dem Gehweg vor dem Haus. Schräg gegenüber auf der anderen Straßenseite spielte eine Handvoll lärmender Kinder in einem Park Baseball. Der kurze Regenschauer hatte aufgehört und nur die Wolken und den Geruch nach nassem Asphalt zurückgelassen.

Hawks wirkte peinlich berührt. «Sie trinkt», sagte er leise. «Wie ein Fisch. Das ist alles, was sie tut, wenn sie nicht gerade Kobolde markiert.» Er stieß ein Lachen aus, das halb verlegen, halb belustigt klang. «Orange Sprühfarbe, können Sie sich das vorstellen? Meistens sitzt sie dort drüben im Park und sieht den Kindern beim Ballspielen zu. Diese Bank da auf dem Rasen an der dritten Lauflinie ist ihr Stammplatz. Aber auf einmal packt es sie, und ich habe nicht die leiseste Ahnung, was der Auslöser ist. Dann läuft sie durch die Stadt und besprüht die Leute mit oranger Farbe. Und dann kommt sie zu mir und fordert mich auf, die Kobolde einzusperren.»

Er wartete, bis sie in seinem Streifenwagen saßen, bevor er sich einen Zahnstocher in den Mundwinkel klemmte und losfuhr.

«Sehen Sie, fast jeder hier kennt Elly, deshalb sperren wir sie nicht ein und unternehmen auch sonst nichts gegen sie. Wir kommen für die Kleidung auf oder was immer sie sonst ruiniert hat, und damit ist die Angelegenheit für uns in der Regel erledigt. Kein nennenswerter Schaden.» Er grinste, ohne den Zahnstocher aus dem Mund zu nehmen. «Man könnte es Lokalkolorit nennen.»

«Sie glauben also nicht, daß sie irgend etwas gesehen hat?» fragte Mulder von der Rücksitzbank her.

«Ich wollte, ich wüßte es, wirklich. Wir haben das natürlich überprüft, konnten aber nichts entdecken. Ich persönlich glaube, daß sie nur einen Schatten gesehen hat. Es hat geregnet, und es war windig ... das ist alles.»

Sie schwiegen, während der Chief zur Polizeistation zurückfuhr.

«Aber was», meldete sich Scully schließlich zu Wort, «wenn sie doch etwas gesehen hat?»

Der Zahnstocher hüpfte von einem Mundwinkel in den anderen. «Einen schwarzen Kobold, Agent Scully? Was, zur Hölle, soll ich denn damit anfangen?» Hawks wartete erst gar nicht eine Antwort ab. «Wie ich schon gesagt habe, sie war betrunken, wie immer, und es waren nichts als Schatten.»

Mag sein, dachte Mulder, aber wo immer ein Schatten ist, muß auch etwas dasein, das ihn wirft.

«Ist sie die einzige?» erkundigte sich Scully umvermittelt.

Mulder sah den Polizeichef zusammenzucken. «Die einzige ... was?»

«Ist sie die einzige, die den Kobold gesehen hat?»

Sie passierten einen weiteren kleinen Park, in dem ein improvisiertes Baseballspiel eine kleine Zuschauergruppe angezogen hatte.

«Nein», murmelte Hawks leise. «Gottverdammt noch mal, nein, es gibt noch mehr.»

10.

Major Joseph Tonero liebte seine Schwester, auch wenn sie in bezug auf Männer einen erschreckenden Geschmack bewies. Da ihr Vater verschwunden und ihre Mutter Invalidin war, war ihm automatisch die Rolle des Familienoberhaupts zugefallen. Es machte ihm nichts aus, und es war seiner Funktion in der Armee nicht unähnlich: Streitigkeiten zwischen Leuten schlichten, die eigentlich alt genug sein sollten, um es besser zu wissen, Befehle erteilen, die geschickt als nachdrückliche Empfehlungen verkleidet waren, und Pläne für die Zeit schmieden, wenn er seine Uniform gegen einen maßgeschneiderten Anzug eintauschen konnte, der sich gut in Capital Hill machen würde.

Aus diesem Grund war er nicht allzu beunruhigt über den Wutausbruch, den Rosemary Elkhart in seinem Büro im Walson Hospital hatte. Er lehnte sich einfach in seinem Sessel zurück, faltete die Hände im Schoß und ließ die Frau zetern und durch den eichenholzgetäfelten Raum auf- und abmarschieren, bis sie sich endlich in einen Armsessel fallen ließ. Ihr Laborkittel klaffte auf, als sie die Beine übereinanderschlug, und er starrte sie ungeniert an.

Nicht, daß er ihre Schenkel zum ersten Mal sah.

«Du willst mir also mitteilen», stellte er ruhig fest, «daß du verärgert bist.»

Sie sah ihn finster an, aber sie schaffte es nicht, diesen Gesichtsausdruck lange beizubehalten. Schließlich schüttelte sie lachend den Kopf. «Du verblüffst mich, Joseph. Du verblüffst mich wirklich.»

«Wieso?»

Rosemary suchte nach Worten, blinzelte und schlug sich hilflos gegen die Stirn. «Nach allem, was hier auf dem Spiel steht, mußt ausgerechnet du das FBI anfordern. Leonard denkt schon daran, sich nach Brasilien abzusetzen.»

Das Lächeln, mit dem er sie bedachte, war ungekünstelt. Verstellung war bei ihr nicht nötig; sie kannte alle Tricks seines Metiers und hatte ihm noch ein paar eigene beigebracht. «Genaugenommen war nicht ich es persönlich, der das FBI angefordert hat.

Aber fast, sagte ihre Miene.

Er wischte ihren wortlosen Einwand mit einer Handbewegung beiseite. «Ich mache mir keine Sorgen wegen der Bundesbullen, Rosie, und das solltest du auch nicht tun. Sie kommen her, lesen die Berichte, sehen sich einen Tatort an, der seit einer Woche kalt ist ...»

«Und was ist mit der Kuyser? Sie ist eine Zeugin.»

«Ach, tatsächlich?»

«Okay, keine besonders ernstzunehmende Zeugin, zugegeben», lenkte sie ein. Sie spielte mit dem Saum des Kittel über ihren Knien. «Aber was ist mit Leonard?»

Toneros Gesicht wurde härter. «Wir brauchen ihn. Mir gefällt es nicht, dir gefällt es nicht, aber das Projekt braucht ihn.» Er stand auf, kam um den Schreibtisch herum, stellte sich hinter sie und begann, ihre Schultern zu massieren, während er einen unbestimmten Punkt auf der Wand anstarrte. «Sobald dieses kleine Problem ...»

Rosemary stieß ein rauhes Lachen aus.

«... erst einmal gelöst ist, sobald du dich wieder besser fühlst, werden wir uns um Dr. Tymons kümmern.»

Sie legte den Kopf auf die Seite und küßte seine Hand. «Ich kann es schaffen, Joseph, das weißt du. Es ist nicht aussichtslos.»

«Du hast mein volles Vertrauen, Rosie.»

«Eine kleine Anpassung, das ist alles.»

«Wie ich es mir gedacht habe.»

Sie drehte sich um und sah zu ihm auf. «Eine Woche, vielleicht zwei.»

Sein Blick wanderte zu ihrem Gesicht, seine linke Hand glitt über ihre Wange und unter ihr Kinn. «Und … Begrenzung?»

Rosemary schmiegte sich in seine Hand, die Augen halb geschlossen. Wenn sie eine Katze wäre, dachte Tonero, würde sie jetzt schnurren.

«Keine.»

Seine Hand verharrte.

«Das können wir nicht, Joseph», sagte sie und stemmte sich aus dem Sessel hoch. «In diesem Punkt müssen wir uns auf Leonards Urteil verlassen.»

«Das haben wir bereits getan. Zweimal.»

«Wenn wir es begrenzen, haben wir verloren.»

Tonero seufzte lautlos. Er wußte es, es war nur so unsauber, so unkontrolliert. Aber wenn das Projekt funktionieren und das Verteidigungsministerium überzeugt werden sollte, konnten sie nicht mit einem psychotischen Versuchsobjekt aufwarten. Er hatte kaum eine andere Wahl. Tymons würde auch weiterhin die Kontrolle ausüben müssen, bis sie Perfektion erreicht hatten.

Es sei denn …

Er ergriff ihre Hand und führte sie zur Tür. «Rosie, sollte es zu einem weiteren Fehlschlag kommen, glaube ich nicht, ihn noch schützen zu können.»

Ihr Lächeln war so echt wie das seine zuvor, und er mußte einen Schauder unterdrücken, als er es sah. «Das wird nicht nötig werden, Joseph.»

Sie küßte ihn schnell und verschwand, aber ihr Duft schwebte noch eine Weile im Raum. Tonero kostete ihn einige Sekunden lang aus, bevor er zu seinem Schreibtisch zurückkehrte. Im Augenblick war das Problem mit Tymons und dem Projekt noch seine geringste Sorge. Es wäre ihm auch ziemlich egal gewesen, wenn das Versuchsobjekt den halben gottverdammten Staat ausgelöscht hätte. Vom richtigen Standpunkt aus betrachtet und mit Hilfe ein paar geschickter Argumente würde dies erst recht den unschätzbaren Wert des Projektes beweisen. Er hatte Rosie nicht belogen; seine Sorgen wegen der FBI-Agenten waren genauso unbedeutend.

Das eigentliche Problem bestand in diesem Arschloch Carl Barelli. Der Idiot hatte ihn heute morgen bereits zweimal angerufen, um einen Termin mit ihm zu vereinbaren, und er kannte diese Sorte Mann sehr gut. Wenn Barelli keinen Termin bekam, würde er trotzdem auf dem Militärstützpunkt auftauchen und genug Krawall veranstalten, um selbst Tote aufzuwecken.

Ganz zu schweigen davon, daß er auch diejenigen aufmerksam machen würde, die beim besten Willen nichts von dem Tymons-Projekt zu erfahren brauchten.

Wer im Dunkeln arbeiten will, der schaltet keinen Scheinwerfer an.

Das war heutzutage das Problem mit diesen gottverdammten Reportern; sie glaubten, die gottverdammte Verfassung gehörte ihnen. Barelli mußte besänftigt werden. Dabei würde sich die Anwesenheit des FBI als hilfreich erweisen, wie auch die Zusicherung, daß er, Tonero, die Untersuchungen überwachte und in ständiger Verbindung mit dem CID und den zivilen Behörden blieb. Das würde er ohnehin tun, schließlich war er kein Trottel. Und die Tatsache, daß er Ulman für eine ausgemachte Null gehalten hatte, sollte ihn nicht davon abhalten, seiner Schwester so viel Trost wie möglich zu spenden.

Trotzdem, sollte sich Angie noch einmal mit einem Armeeangehörigen einlassen, würde er höchstpersönlich dafür sorgen, daß der Wichser nach Südkorea versetzt wurde.

Tonero nahm in seinem Sessel Platz, griff nach dem Telefon und trommelte mit der anderen Hand nachdenklich auf die Schreibtischplatte. Er würde sich mit Carl zu einem späten Mittagessen treffen, mit ihm einen kleinen Rundgang veranstalten, ihm ein bißchen auf die Schultern klopfen, ein paar gemeinsame Tränen über den Verlust von Angies Liebe vergießen und den Hurensohn so schnell wie möglich von seinem Stützpunkt entfernen. Barelli sollte sich gefälligst wieder um seinen eigenen Mist kümmern und über Basketball oder Hockey schreiben oder worüber auch immer er im April berichtete.

Zum Teufel noch mal, er war schließlich bloß ein Cousin, kein echtes Familienmitglied.

Kobolde, dachte Elly nervös, die Kobolde sind wieder da.

Sie stand in der Kochnische und starrte aus kurzsichtigen Augen auf den Kalender, der an der Kühlschranktür hing. Daß die Regierungsleute ihr nicht glauben würden, hatte sie gleich gewußt. Niemand glaubte ihr, aber morgen war wieder Samstag, und die Kobolde würden zurückkommen.

Elly Lang hatte es satt, die einzige zu sein, die sie sah.

Dieser junge Mann allerdings könnte vielleicht überzeugt werden. Er hatte diesen Blick, den Blick desjenigen, der glaubte, der die Dinge sehen wollte. Alles, was sie tun mußte, war, einen Kobold zu markieren und ihn ihm zu zeigen.

Mehr würde nicht nötig sein. Sobald er einmal Bescheid wußte, würden auch die anderen kommen.

Sie leckte sich über die Lippen, beugte sich zu dem Schränkchen unter dem rostigen Waschbecken hinab und kramte eine neue Sprühdose hervor, die sie schüttelte, bevor sie den Deckel abnahm, und im Waschbecken ausprobierte.

Die Sprühdose funktionierte.

Elly Lang kicherte. Ihre blassen Augen hatten auf einmal einen harten stahlgrauen Farbton angenommen.

«Und als er dann nach Kalifornien gegangen ist», erzählte Babs Radnor mit einem leicht schleppenden Tennesseeakzent, «habe ich mir einen Anwalt besorgt, das Bankkonto geräumt, das Motel übernommen und mich, wie du sehen kannst, der Muße verschrieben.»

Sie saß auf ihrem übergroßen Bett, zwei aufgeschüttelte Kissen im Rücken. Babs war beinahe beängstigend dünn. Das kurze schwarze Haar trug sie hinter die Ohren gekämmt. Sie hatte harte schwarze Augen und eine von zuviel Alkohol und Zigaretten heisere Stimme. Mit der rechten Hand bedeckte sie ihre Brüste sittsam mit einem geblümten Laken, während sie in der linken einen Schwenker mit Bourbon und Eis hielt.

«Aber ich bin keine Säuferin», behauptete sie und schwenkte das Glas. «Wie die Franzosen gönne ich mir nur zu jedem Essen einen kleinen Schluck. Das soll gut für Herz und Kreislauf sein.»

Carl stand vor der niedrigen Frisierkommode mit den zwölf Schubfächern, betrachtete sein Spiegelbild und versuchte, mit seiner Krawatte zurechtzukommen. «Die Franzosen trinken Wein, Babs. Wein.»

Sie zuckte die Achseln. «Wen kratzt das schon? Es funktioniert, oder? Also wen schert's?»

Er widersprach ihr nicht. Obwohl er sie noch keine vierundzwanzig Stunden kannte, wußte er schon, daß sie es nicht vertrug, wenn man ihr widersprach oder sie korrigierte. Sie hatte auch nicht übertrieben, als sie ihm versichert hatte – ohne sich schüchtern und zurückhaltend zu geben –, daß er den Abend in ihrer Gesellschaft sehr viel angenehmer verbringen würde als vor einem Fernseher, selbst wenn der kostenlos die Kabelsender empfing.

Es war auf jeden Fall tausendmal besser, als für ein Zimmer zu bezahlen.

Außerdem ermöglichte es ihm, Mulder und dessen Team im Auge zu behalten. Wie Babs bereits unter Beweis gestellt hatte, wußte sie alles über jeden, der in ihrem Motel abstieg. Und wenn sie irgend etwas noch nicht wußte, fand sie es heraus. Sonst gab es hier kaum etwas für sie zu tun, hatte sie ihm gestanden.

«Wie auch immer, ich schätze, noch ein oder zwei Jahre, dann verkaufe ich das Motel und setze mich nach Phoenix oder Tucson ab, irgendwohin in diese Gegend. Warst du schon mal in Arizona, Süßer?»

Er schüttelte den Kopf, verfluchte seine Krawatte und riß sie sich mit einem Ruck vom Kragen. Wahrscheinlich würde der Major mit ihm sowieso nicht in einen schicken Laden gehen. Es bestand nicht gerade eine große Zuneigung zwischen ihnen, und das war ihm auch herzlich egal. Tonero war ein ehrgeiziger kleiner Dreckskerl, und Carl verspürte jedesmal ein unangenehmes Kribbeln, wenn sie sich trafen. Er begriff nicht, wie es möglich war, daß Angie von derselben Mutter abstammte. Trotzdem hatte der Kerl einigermaßen vernünftig geklungen, als er ihn endlich ans Telefon bekommen hatte, und dieses Mittagessen würde ihm die Gelegenheit geben, die Stelle zu sehen, an der Frankie gestorben war.

Sobald er das erst einmal erledigt und das Terrain erkundet hatte, würde er den nächsten Schritt unternehmen können.

Wie auch immer der aussehen mochte.

«Andererseits soll in San Diego das Wetter perfekt sein», plauderte Babs weiter. Sie lachte heiser. «Das Problem ist nur, San Diego liegt in Kalifornien. Dort haßt man Leute, die rauchen und trinken und etwas Anständiges essen, zum Beispiel Steaks und so was. Ich weiß nicht, ob ich das aushalten könnte. Außerdem bin ich nicht sonderlich scharf auf Erdbeben.»

Barelli drehte sich zu ihr um und breitete die Arme aus. «Also? Sehe ich gut genug aus, um mich mit einem Major zu treffen?»

Sie wackelte mit ihren dichten Augenbrauen. «Zum Anbeißen gut, wenn du mich fragst.»

Er lachte, setzte sich auf die Bettkante und umfaßte die Hand, mit der sie das Laken festhielt, mit den seinen. Das Laken begann herunterzurutschen. «Wie wäre es, wenn ich dich zum Abendessen ausführe, sobald ich diese Angelegenheit erledigt habe?»

«Na klar. sicher.»

«Wirklich, Babs, das würde mir Spaß machen. Gibt es hier in der Nähe irgendwas Hübsches?»

Sie sah ihn aufmerksam an. Das Bettlaken glitt bis zu ihrer Hüfte herab.

«Wenn es dir nichts ausmacht, ein bißchen zu fahren ...»

Die Art, wie sich seine Augen weiteten, verriet ihr, daß er sich bemühen mußte, sie von ihren Brüsten fernzuhalten. «Ein bißchen?»

«Eine Stunde?»

«Wohin kommen wir in einer Stunde?»

«Nach Atlantic City. Da gibt es ein paar wirklich nette Läden an der Promenade und am Taj.» Sie streckte ihm die Zunge raus, lachte und zog seine Hände auf ihre Brüste. «Nur damit du nicht vergißt.»

Er küßte sie lange und zärtlich. «Als ob ich das könnte», flüsterte er.

«Lügner.»

«Vielleicht.» Er löste sich von ihr und stand auf. «Aber ein verdammt hübscher, nicht wahr?»

Sie lachte nicht, lächelte nicht einmal.

Barelli beugte sich über sie und küßte sie noch einmal, kurz, aber genauso eindringlich. «Bis dann.»

«Ich werde hier sein, Schatz. Es gibt hier nichts, wohin ich sonst gehen könnte.»

Er warf ihr eine Kußhand von der Tür her zu, schloß sie hinter sich und eilte den langen, in Gold und Königsblau gehaltenen Flur entlang. Babs' Wohnung lag über dem Empfangsbüro, direkt hinter der Kronenfassade, und er benutzte die Hintertreppe, um zu seinem Wagen zu gelangen, den er hastig dort geparkt hatte, als dieser rothaarige Agent kurz nach ihm vor dem *Royal Baron* aufgetaucht war. Barelli ging davon aus, daß er Mulder früher oder später über den Weg laufen würde, aber im Augenblick zog er «später» vor. Wie er vermutete, würden sich die Agenten kaum länger als ein paar Tage hier aufhalten, nicht bei einem Fall, der so kalt wie dieser war, und wahrscheinlich würden sie mindestens einmal hier essen.

Während des Essens würden sie sich unterhalten, und worum sich das Gespräch auch immer drehte, er würde es spätestens nach einer Stunde wissen.

Die Situation war perfekt, und beinahe fürchtete er, daß sie einfach ein bißchen zu perfekt war.

Aber er würde trotzdem nicht davonlaufen. Zum Teufel, er hatte ein kostenloses Zimmer und eine Frau zu seiner Verfügung, und er würde eine weitere Gelegenheit bekommen, sich an Dana ranzumachen. Was, zur Hölle, konnte er noch verlangen?

Den Mörder zu schnappen, beantwortete er sich seine eigene Frage, während er langsam um das Gebäude herum fuhr. Den Mörder, das ist es, was ich will.

Dann ging ihm ein anderer Gedanke durch den Kopf. Er beugte sich vor, blickte an dem Motel hoch und sah Babs vor ihrem Schlafzimmerfenster stehen. Er lächelte ihr zu und winkte, und als sie zurückwinkte, warf er ihr noch einmal eine Kußhand zu, bevor er auf die Straße einbog und beschleunigte.

Was für ein Tag würde das für ihn werden! Mittagessen mit einem uniformierten Drecksack, der seinen Cousin für einen Wichser hielt, ein paar Nachforschungen in der Stadt anstellen, Abendessen in Atlantic City und anschließend ein Schäferstündchen in einem Bett, das groß genug war, um darauf ein Haus zu bauen.

Das Leben, so fand Carl Barelli, konnte gar nicht mehr besser werden.

Leonard stand am Ende des Kellerflurs und lauschte.

Er hatte keine Ahnung, was er zu hören erwartete. Außer dem leisen Dröhnen der Generatoren, die den Komplex mit Strom versorgten, gab es hier nie irgendwelche Geräusche.

Trotzdem lauschte er weiter und wünschte sich, der Flur wäre heller erleuchtet.

Eine einzige Glühbirne über dem Eingang, eine am anderen Ende. Das war alles. Mehr waren auch nicht nötig. Er und Rosemary waren die einzigen, die den Kellertrakt benutzten, und ihr einziger Besucher war Major Tonero.

Trotzdem glaubte er, daß es außer dem Rasseln seines Atems noch andere Geräusche hätte geben müssen.

Du machst dich selbst verrückt, schalt er sich verärgert, als er das Projektbüro ansteuerte. Allerdings hatte er auch Grund genug dazu. Es hatte so viele Erfolge und Fehlschläge gleichermaßen gegeben, daß er oft nicht wußte, ob er jubeln oder heulen sollte. Rosemary half ihm da auch nicht weiter. Ständig nörgelte sie an ihm herum, trieb ihn an und ermahnte ihn überflüssigerweise immer wieder, daß es diesmal klappen mußte, oder aber jede Form der Unterstützung würde sich in nichts auflösen, als hätte es sie nie gegeben.

Und ihm, so fürchtete er, würde es nicht anders ergehen.

Nach drei Metern hatte er die erste von drei Türen auf der rechten Seite des Flurs erreicht – auf der linken Seite gab es keine.

Die erste Tür führte in sein Privatbüro. Sie bestand aus mattem Stahl und war durch nichts gekennzeichnet. Die zweite Tür sah genauso aus, hinter ihr befand sich das Projektzentrum. Er warf einen kurzen Blick durch das Drahtglasfenster und sah, daß der Raum leer war. Rosemary mußte noch beim Mittagessen sein.

Die dritte Tür war geschlossen. Tymons betrachtete sie nervös, sah kurz in Richtung Ausgang und entschied, daß er sich Gewißheit verschaffen mußte.

Eine Hand in die Tasche geschoben, um zu verhindern, daß seine Schlüssel klirrten, spähte er durch das verstärkte Glas des Gucklochs.

Niemand saß in dem Sessel oder hinter dem Schreibtisch, der jetzt bis auf den Stift und den Schreibblock leergeräumt war. Das Bett konnte er nicht einsehen.

Er legte den Schalter neben dem Türrahmen um, klopfte leicht mit den Knöcheln gegen das Fenster und zuckte mit einem erstickten Aufschrei zurück, als ihn unvermittelt ein Gesicht von der anderen Seite der Glasscheibe her angrinste.

«Jesus», sagte er und schloß kurz die Augen. «Du hast mich zu Tode erschreckt.»

Über der Tür war ein Mikrophon in den Beton eingelassen, daneben ein Lautsprecher.

«Entschuldigung.» Die Stimme klang verzerrt und geschlechtslos. «Ich hab gerade Pause. Ich dachte, ich schau mal vorbei. Tut mir leid.»

Das entsprach nicht der Wahrheit.

«Wie geht es dir?» Tymons näherte sich wieder der Tür, so vorsichtig, als gehörte das Gesicht einem übermenschlichen Ungeheuer, das den Stahl beim geringsten Anlaß zerschmettern könnte. Dummerweise war die Tür nicht abgeschlossen. Er könnte den Raum jederzeit betreten, wenn er das wollte. Wenn er den Mut dazu aufbrachte.

«Was glauben Sie denn, wie es mir geht?»

Tymons weigerte sich, den Köder zu schlucken, die Aufforderung, sich schuldig zu fühlen. Diese Art von Gefühlen war in ihm gestorben, als er das erste Kapuzineräffchen zu Versuchszwecken lebendig gehäutet hatte. Es hatte ihm natürlich keinen Spaß gemacht, aber darum ging es auch nicht.

Schuldgefühle wären bei dem Projekt ein unbezahlbarer Luxus gewesen.

«Wann werde ich die Ergebnisse sehen?» Es war keine Bitte, kaum eine richtig Frage.

«Später», versprach Tymons. Er kreuzte die Finger unter dem Fenster. Nur für alle Fälle.

«Ich fühle mich ziemlich gut.»

«Du siehst auch gut aus.» Er erwiderte das Lächeln.

«Ich habe es auch schon fast geschafft.»

Tymons nickte. Das hatte er jede Woche gehört, jeden Monat. «Das solltest du auch lieber. Die anderen ...» Gegen seinen Willen mußte er grinsen. «Sie sind etwas verärgert.»

«Es war nicht *mein* Fehler. *Sie* sind der Doktor.»

Auch das hatte er schon oft genug gehört. Jede Woche, jeden Monat.

«Aber ich werde mich darum kümmern.»

Tymons starrte die Gestalt an und hob warnend einen Finger. «Du wirst nichts in dieser Richtung unternehmen, hast du verstanden? Überlasse diese Dinge mir.»

Der Gesichtsausdruck seines Gegenübers veränderte sich nicht, aber Tymons konnte die Verachtung trotzdem erkennen und wandte den Blick ab.

«Ich möchte meine Bücher wiederhaben, bitte.»

Tymons schüttelte den Kopf. «Das hat nicht funktioniert, und das weißt du auch. Die Bücher, die Musik, das Fernsehgerät. Zuviel Ablenkung. Du mußt dich auf deine Konzentrationsfähigkeit konzentrieren.» Er lachte verhalten in sich hinein. «So wie sie war.»

«Ich *kann* mich konzentrieren, verdammt noch mal. Ich konzentriere mich so sehr, daß mir der Kopf platzt.»

Tymons nickte mitfühlend. «Ich weiß, ich weiß, und wir werden uns später darüber unterhalten. Aber im Augenblick bin ich beschäftigt.»

Obwohl die Stimme verzerrt klang, war der Sarkasmus darin unüberhörbar. «Eine weitere kleine Anpassung?»

Leonard antwortete nicht. Er schaltete die Gegensprechanlage ab, winkte flüchtig und eilte zu seinem Büro. Sobald er es betreten hatte, verriegelte er die Tür, ließ sich in den Sessel hinter seinem Schreibtisch fallen, schaltete den Computer ein, lehnte sich zurück und schloß die Augen.

Die Sache lief falsch. Es gab keine Fortschritte, und keine gottverdammte Anpassung würde jemals funktionieren.

Er seufzte und sah auf seine Uhr; ihm blieben noch fast zwei Stunden, bevor Rosemary erscheinen würde. Jede Menge Zeit, um Kopien vom Rest seiner Dateien zu ziehen. Zeit genug, um die .45er Armeepistole zu nehmen, die Tonero ihm gegeben hatte, damit zur dritten Tür zurückzugehen und sie zu benutzen.

Genug Zeit, um zu verschwinden.

Schließlich, dachte er mit einem tonlosen Lachen, war er ein Experte auf diesem Gebiet. Doch dann fiel sein Blick durch den *Blue Boy*, und er fuhr zusammen.

Das Zimmer war leer.

«Verdammt!» Er legte einen Schalter unter der Arbeitsplatte um. Die in die Decke des Nachbarzimmers eingebetteten Lampen flammten auf. Alle Farben und Schatten lösten sich auf.

Das Zimmer war immer noch leer. Sein Versuchsobjekt war verschwunden.

Wie ein Gespenst, dachte Tymons und schielte nervös zur Tür, das verdammte Ding bewegt sich wie ein Gespenst.

Nach all der Zeit konnte er sich noch immer nicht dazu durchringen, es als menschliches Wesen zu betrachten.

11.

Der Himmel überzog sich noch stärker, graue und schwarze Wolken ballten sich zusammen, trieben wieder auseinander und drohten gemeinsam mit dem Wind einen Regen an, der den Schauer vom Morgen harmlos aussehen lassen würde.

Scully fühlte sich unwohl, während sie mitten auf der schmalen befestigten Straße stand. Der Wald, der sich von allen Seiten dicht an die Straße heranschob, behagte ihr genausowenig wie der schwache Ozongeruch, der ihr verriet, daß der hereinbrechende Sturm von einem Gewitter begleitet werden würde.

Sie hatten wie geplant in dem kleinen Restaurant gegessen. Weder Scully noch Mulder waren über das, was die anderen zu berichten hatten, überrascht oder erfreut gewesen. Webber und Andrews hatten nichts in Erfahrung bringen können, das nicht bereits aus den Untersuchungsberichten hervorging. Niemand hatte irgend etwas gesehen oder gehört. Viele Ladenbesitzer hatten sich an Grady erinnert, die meisten nicht gerade mit Wohlwollen. Einige hatten Ulmans Bild erkannt, aber das war auch schon alles gewesen. Sie wußten, daß er auf dem Militärstützpunkt stationiert war. Was für eine großartige Erkenntnis!

Keine Wunder. Und niemand hatte etwas von Kobolden erwähnt.

Hawks hatte ihnen erzählt, daß während der letzten Monate einige Kinder und ein paar Erwachsene gemeldet hatten, sie hätten … irgend etwas durch die Stadt schleichen sehen. Da jeder von Elly Langs Besessenheit wußte, bezeichneten sie es als Kobold.

«Aber das hat überhaupt nichts zu bedeuten», hatte er ruhig versichert. «Geschichten dieser Art entwickeln eine gewisse Eigendynamik.»

Gegen zwei Uhr nachmittags war das Licht noch düsterer geworden, als wäre die Abenddämmerung bereits hereingebrochen. Mulder hatte beschlossen, den Ort, an dem der Corporal getötet worden war, noch vor Ausbruch des Sturms in Augenschein zu nehmen. Aus einem spontanen Einfall heraus hatte sich Andrews bereiterklärt, ins *Royal Baron* zurückzukehren, um die Besitzerin zu befragen. Es sei möglich, hatte sie erklärt, daß Ulman das abgelegene Motel für Wochenendeskapaden benutzt und dabei vielleicht den Zorn einiger Ehemänner erregt hätte. Chief Hawks hatte sich sofort erboten, sie hinzufahren und mit der Inhaberin bekanntzumachen.

«Achten Sie darauf, daß sie nicht in Schwierigkeiten gerät», hatte Mulder ihn später im Wagen gebeten.

Die Idee hatte Scully von Anfang an nicht gefallen. Auf der Herfahrt hatte Webber ihnen berichtet, daß Andrews die Befragungen – so kurz sie auch gewesen waren – durch ihr unverändertes Auftreten «ein wenig schwierig» gemacht hätte. Es sei denn, sie hatten Männer befragt.

Jetzt stand Webber etwa zwanzig Meter von ihr entfernt auf der Straße, die Hände in den Taschen vergraben, und spielte die Rolle des Jeeps, in dem die Zeugin gesessen hatte. So wie der Wind sein Haar zerzauste und an seinem Mantel riß, bot er einen jämmerlichen Anblick, ungefähr so jämmerlich, wie Scully zumute war.

Mulder drehte gerade seine dritte Runde um den Baum, aus dem angeblich der Arm mit der Waffe gekommen war. Es war nicht schwer gewesen, ihn zu finden. An dem dicken Stamm hingen noch immer die zerfetzten Überreste des gelben Bandes, mit dem der Tatort abgesperrt worden war.

Scully warf einen Blick zum Himmel empor, der noch tiefer herabgesunken zu sein schien.

Nichts bewegte sich im Wald, außer den Blättern, den kahlen Ästen und dem langsam, aber stetig zunehmenden Wind. Hinter ihr erzitterte das Auto unter einer heftigen Windbö.

Sie drehte sich langsam um die eigene Achse und schüttelte den Kopf. Der Corporal war betrunken gewesen. Aus irgendeinem Grund war er dort unten beim Graben aus dem Wald gekommen, war hier heraufgetaumelt und ... getötet worden.

Mulder kam zu ihr herüber und winkte Webber herbei. «Sehen Sie?» fragte er.

Die Straße besaß die Form eines langgestreckten Bogens, der westlich von Marville von der Countystraße abzweigte, hier direkt an der Grenze des Militärgeländes vorbeiführte und nach einer Meile wieder auf die Landstraße stieß. Während Grady möglicherweise nur ein zufälliges Opfer gewesen war, konnte sich Scully beim besten Willen nicht vorstellen, daß Ulman einfach nur zum falschen Zeitpunkt am falschen Ort gewesen sein sollte.

Der Mörder mußte ihm durch den Wald gefolgt sein.

«Sein Tod war geplant», sagte sie.

Mulder nickte. «Ja, das glaube ich auch.»

Webber trabte heran. «Also, ist er hohl, oder was?»

Scully runzelte die Stirn. «Was? Der Baum?»

«Natürlich. Diese Frau hat gesehen ...»

Scully ergriff ihn sanft am Arm, drehte ihn herum und deutete auf die Stelle, von der er gerade gekommen war. «Es gibt hier keine Straßenlaternen, und der Mond hat nicht geschienen. Alles, was sie von dort aus gesehen haben kann, war das, was der Lichtstrahl aus der Taschenlampe des Corporals ihr gezeigt hat.» Sie wartete.

Webber nickte. «Okay. Aber was hat sie hier draußen gemacht?»

Mulder verkniff sich eine Antwort. Er grunzte nur und kehrte zu dem Baum zurück.

«Also», erwiderte Scully, während sie zusah, wie Mulder den Baum erneut umkreiste, wobei er sich zwischen den Weißbirken auf beiden Seiten hindurchzwängen mußte, «sie könnte eine Komplizin sein. Sie könnte auf den Mörder gewartet haben.»

Wie sie es nicht anders erwartet hatte, gab sich Webber mit der Erklärung nicht zufrieden. «In diesem Fall hätten sie beide wissen müssen, daß Ulman genau zu diesem Zeitpunkt hier auftauchen würde. Aber das haben sie nicht gewußt, stimmt's?»

«Stimmt.»

«Warum also war sie dann hier? Nur ein unglücklicher Zufall?»

«Vermutlich war es das.» Sie erinnerte ihn daran, daß Fran Kuyser, die sogenannte Zeugin, betrunken gewesen war und Heroin genommen hatte. Nicht gerade die zuverlässigste Augenzeugin, die sie sich wünschen konnten.

«Wann werden wir sie aufsuchen?»

Scully hob kurz die Schultern. «Später, vielleicht auch erst morgen. Nach dem, was der Chief gesagt hat, würde sie uns in ihrem derzeitigen Zustand sowieso nichts erzählen können.»

«Eine verfahrene Situation», stellte Webber fest. Er bewegte sich unruhig. «Können Sie mir eine Frage beantworten?»

Sie nickte.

«Sind die Fälle, die Sie bearbeiten … ich meine, sind die immer so verrückt? So chaotisch, meine ich.» Er schüttelte mit Nachdruck den Kopf. «Ich meine …»

Gegen ihren Willen mußte Scully lachen. «Ja. Zumindest manchmal.»

«Liebe Güte», sagte Webber.

«Raus damit.»

Mulder klopfte gerade mit den Fingerknöcheln gegen den Stamm und musterte sorgfältig die überstehende Rinde, aber Scully wußte, daß er mehr als nur den Baum sah. Er nahm das Gesamtbild in sich auf, in dem der Baum lediglich das Zentrum darstellte.

«Diese alte Frau, von der Sie mir erzählt haben», sagte Webber. Aus irgendeinem Grund hatte er die Stimme gesenkt.

Scully sah ihn nicht an. «Ms. Lang. Was ist mit ihr?»

«Sie hat gesagt ... ich meine, sie hat von Kobolden gesprochen.»

Diesmal warf sie ihm einen scharfen Blick zu. «Es gibt keine Kobolde, Hank.»

Aber sie wußte, was er dachte. Sie und Mulder bearbeiteten die X-Akten, und das bedeutete, daß dieser Fall übernatürliche Elemente beinhalten konnte. Dabei spielte es keine Rolle, daß es für das sogenannte Paranormale rationale Erklärungen gab, sobald man sich die Mühe machte, diese Vorkommnisse genauer zu untersuchen. Es spielte auch keine Rolle, daß sich das Außergewöhnliche als nichts anderes als das Gewöhnliche in einer merkwürdigen Verkleidung entpuppte. Es war die Rede von Kobolden gewesen, und Scully war sich nicht mehr sicher, ob Hank nicht ein bißchen daran glaubte.

Mulders Mantel hatte sich in einem Gebüsch verheddert. Er riß ihn ärgerlich frei und zog ihn dann aus.

Ein heiseres Krächzen von oben ließ Scully aufblicken. Zwei Krähen flogen, dem stürmischen Wind zum Trotz, gemächlich über die Straße.

«Diese Gegend ist irgendwie unheimlich», meinte Hank und ließ die Schultern kreisen, um die feuchte Kälte zu vertreiben.

Es gab nichts, was Scully dagegen hätte einwenden können. Sie konnten kaum dreißig Meter weit in den Wald hineinsehen. Wenn hier draußen schon Zwielicht herrschte, mußte es dort drinnen stockdunkel sein.

Sie schob die Hände in die Taschen und rief Mulders Namen. Hier würden sie nichts finden. Die Spur war viel zu kalt, zumindest im Augenblick.

Er hörte sie nicht. Kobolde, dachte sie, bitte nicht, Mulder.

«Ich hole ihn», erbot sich Webber und lief los, bevor sie antworten konnte.

Er hatte noch keine drei Schritte getan, als der erste Schuß aufpeitschte.

Scully stieß einen Warnschrei aus, ging mit einem Sprung hinter dem Wagen in Deckung und drückte sich gegen den hinteren Kotflügel. Sie hatte die Waffe schon in der Hand, bevor ihr überhaupt bewußt wurde, sie gezogen zu haben.

Ein zweiter Schuß riß eine Kerbe in den Asphalt vor Hanks Füßen. Er schrie auf und wich so schnell zurück, daß er stürzte.

Scully schob sich vorsichtig hoch, spähte aus zusammengekniffenen Augen in den Wind und versuchte, die Position des Schützen auszumachen. Alles, was sie wußte, war, daß er irgendwo im Wald östlich von ihnen stecken mußte. Sie feuerte einen schnellen blind gezielten Schuß in diese Richtung ab, der mit einer wilden Salve beantwortet wurde, die den Straßenbelag aufspritzen ließ und sie zwang, wieder in Deckung zu gehen. Im selben Moment krabbelte Webber um die Motorhaube herum und duckte sich keuchend neben Scully.

«Sind Sie okay?» fragte sie.

Er nickte, zuckte zusammen und nickte noch einmal.

An einem seiner Schuhe war Blut.

Webber bemerkte ihren Blick und zuckte die Achseln. «Nur ein Asphaltsplitter, der meinen Knöchel getroffen hat, das ist alles.» Er grinste. «Ich werde es überleben.»

Sie konnte sehen, daß er Angst hatte, aber sie registrierte auch den Adrenalinschub.

Es folgte eine weitere Salve, diesmal in Mulders Richtung. Scully schob sich erneut hoch und erwiderte das Feuer, während Hank über ihren Kopf hinweg schoß.

Nichts, sie konnte niemanden entdecken.

Es handelte sich zweifellos um eine automatische Waffe, dem Bellen nach zu schließen, etwas kleineres Kaliber als eine Uzi. Vielleicht ein M-16. Was im Moment allerdings keinen großen Unterschied machte. Kugeln schlugen in den Kofferraum, wanderten höher und ließen die Rückscheibe zersplittern.

«Mulder!» schrie Scully in die anschließende Stille hinein.

Keine Antwort.

Hank zupfte sie am Ärmel. «Der Benzintank», warnte er.

Sie zählten bis drei und schoben sich zur Motorhaube vor. Als das nächste Magazin in Mulders Richtung abgefeuert wurde, nutzte Scully die Gelegenheit, um geduckt über die Schotterböschung zu huschen und zwischen den Bäumen unterzutauchen, wo sie sich mit der Schulter gegen den Stamm einer dicken Färbereiche drückte. Webber bezog rechts von ihr etwas tiefer im Wald Position.

«Dort!» rief er und schoß auf einen Punkt direkt hinter dem Ende des Grabens auf der anderen Straßenseite.

Zuerst konnte Scully nichts entdecken, doch dann ... Sie rieb sich schnell mit der Hand über die Augen. Ein Schatten zwischen den tanzenden Blättern. Oder eine vollkommen schwarze Gestalt. Der Schemen verharrte reglos, bis Hank erneut schoß. Dann war er verschwunden.

Scully sah nach links, und ihr Atem stockte.

«Er ist getroffen!» rief sie Webber zu. «Mulder ist getroffen!»

Beim ersten Schuß erstarrte Mulder vor Schreck und Überraschung. Beim zweiten ließ er sich zu Boden fallen, die Waffe im Anschlag. Er hörte, wie Scully und Hank das Feuer erwiderten, konnte aber nicht sehen, wo der Schütze steckte. Die Eiche, die Birke und das Unterholz versperrten ihm die Sicht. Tief gebückt bewegte er sich schnell nach links und ließ sich erneut zu Boden fallen, als eine Geschoßgarbe dicht über ihm Zweige und Blätter zerfetzte. Umherfliegende Splitter regneten ihm ins Haar und stachen ihm in die Wangen.

Mulder legte schützend einen Arm über den Kopf und wartete ab, bis sich das Feuer wieder auf die Straße konzentrierte. Dann sprang er auf, rannte los und zog sich, nur seinem Instinkt folgend, tiefer in den Wald zurück, huschte von Baum zu Baum, während er nach dem Mündungsblitz Ausschau hielt. Dabei gab er zweimal kurz hintereinander einen Schuß in der Hoffnung ab, die Aufmerksamkeit des Schützen von Scully und Hank abzulenken.

Er hörte Glas splittern, dann Scullys Stimme.

Eine Kiefer bot ihm Deckung, aber er löste sich sofort wieder von ihr, als sich der Angreifer erneut auf sein ursprüngliches Ziel konzentrierte.

Also hatte er Glück gehabt. Der Schütze hatte nicht bemerkt, daß er tiefer in den Wald eingedrungen war und einen Bogen geschlagen hatte. Mulder nutzte die Atempause, um erneut nach ihm Ausschau zu halten, und knurrte leise, als er zuerst das Mündungsfeuer und dann eine dunkle Gestalt entdeckte, die sich an den verkohlten Baumstamm eines vom Blitz getroffenen Baumes schmiegte. Aus dieser Entfernung konnte er nicht erkennen, wer es war, denn die Gestalt war völlig in Schwarz gekleidet, von der Skimaske bis zu den Schuhen.

Seiner Meinung nach sah sie nicht nach einem Kobold aus.

Der Wind wurde stärker.

Mulder arbeitete sich weiter östlich in den Wald vor und hoffte, daß die im herannahenden Sturm peitschenden Äste und wirbelnden Blätter für ausreichend Lärm und Ablenkung sorgten, um es ihm zu ermöglichen, nahe genug für einen gezielten Schuß heranzukommen.

Wieder hörte er Scully etwas rufen und Hank antworten. Er konnte sie zwar nicht verstehen, nahm aber die Angst in ihren Stimmen wahr.

Die schwarze Gestalt zog sich schießend zurück.

Mulder fluchte und lief schneller, so tief geduckt, wie er konnte, ohne das Gleichgewicht zu verlieren. Es war mittlerweile viel zu dunkel, alles war in Bewegung.

Er mußte das Ziel erreichen, bevor der Schütze verschwunden war.

Am Südrand einer kleinen Lichtung lehnte er sich an einen Baumstamm und atmete ein paarmal tief durch, um ruhiger zu werden und einen klaren Kopf zu bekommen. Er wartete, bis das Feuer verstummte.

Es kehrte keine Stille ein. Der Wind heulte und fauchte durch den Wald, wirbelte Zweige und altes Laub über die Lichtung.

Mulder wußte, daß er die Lichtung überqueren mußte. Sie zu umrunden würde zuviel Zeit kosten. Er atmete noch einmal tief ein, stieß die Luft aus und löste sich gebückt aus der Dekkung des Baumes. Erst als er die Lichtung bereits zur Hälfte überquert hatte, sein Ziel anvisierte und den Finger schon um den Abzug zu krümmen begann, wurde ihm bewußt, daß der Schütze nicht mehr da war.

Verdammt! dachte er und richtete sich langsam auf, ohne seinen Augen zu trauen, die Pistole noch immer im Anschlag. Er blinzelte gegen den Wind und warf enttäuscht eine Hand in die Luft.

Hinter ihm bewegte sich etwas.

Als er sich umdrehen wollte, traf ihn ein harter Gegenstand an der Schläfe, ein kurzer Schlag, der ihn in die Knie gehen ließ. Die Pistole entglitt seiner Hand. Reflexartig schlug er mit dem rechten Arm wild um sich und traf irgend etwas Weiches, aber er konnte nicht mehr richtig sehen, weil vor seinen Augen blendende, schmerzhaft grelle Lichter tanzten.

Aber etwas sah er doch, und das ließ ihn zögern.

Plötzlich traf ihn ein Stoß in den Rücken, der ihn beinahe zu Fall brachte. Er schlug erneut wild um sich, verlor das Gleichgewicht und fiel auf die rechte Schulter, bevor ihn etwas mit der Brust auf den Boden preßte.

Ein Kichern in seinen Ohren, rauh und unmenschlich.

Und dann eine Stimme, kurz bevor ihn ein Fuß in die Rippen trat. «Mulder, halt die Augen offen.»

12.

Er bekam keine Luft.

«Mulder!»

Seine Augen tränten, als er versuchte, sich mit den Händen hochzustemmen. Er konnte nicht einatmen.

«Mulder!»

Gebt es auf, sagte er seinen Armen, rollte sich statt dessen auf den Rücken, blinzelte hektisch, um den Schleier vor seinen Augen zu vertreiben, und spuckte aus, als ihm ein Blattfetzen zwischen die Lippen geriet.

Keine Luft.

Stimmen, normale, besorgte Stimmen. Dann hörte er, wie wieder sein Name gerufen wurde, und er sah – oder glaubte zu sehen –, daß Scully links und irgend jemand anderer rechts von ihm kniete.

«Ich kann kein Blut entdecken», stellte Webber fest.

«Mulder?»

Er versuchte, ein beruhigendes Lächeln hervorzubringen, aber es war zu anstrengend, und so ließ er sich in eine Ohnmacht fallen, um sich eine Weile in der Dunkelheit auszuruhen.

Als er wieder zu Bewußtsein kam, vernahm er Autosirenen und Rufe, in der Ferne das Rauschen eines Funkgerätes. Der Wind hatte sich gelegt, aber es war immer noch finster wie in der Nacht. Scully war verschwunden, aber Webber lungerte in der Nähe herum. Mulder stöhnte, um ihn auf sich aufmerksam zu machen.

«Hoch», stieß er hervor und streckte einen Arm aus, als sich der junge Mann über ihn beugte.

«Ich weiß nicht, Scully hat gesagt ...»

«Hoch», wiederholte er störrisch, und Webber half ihm auf die Beine.

Es war ein Fehler. Sein Kopf schien anzuschwellen, um dem darin wütenden Feuer genügend Platz zu geben. Mulder taumelte und sträubte sich nicht, als Webber ihn behutsam zu einem Baumstumpf am Nordrand der Lichtung führte und ihn aufforderte, sich zu setzen. Bittere Gallenflüssigkeit stieg brennend in seiner Kehle hoch, und er würgte, ohne etwas hervorzubringen. Er spuckte aus, legte einen Arm über seine Beine und bettete die Stirn in der geöffneten Hand.

«Jesus», flüsterte er.

Webber hockte sich neben ihn. Die Sorge hatte sein Gesicht um ein paar Jahre altern lassen. Mulder warf ihm einen kurzen Seitenblick zu und lächelte schwach.

«Ich werd's überleben.»

Webber sah nicht sonderlich überzeugt aus. Trotzdem berichtete er, daß eine Militärpolizeistreife, von dem Schußwechsel angelockt, unmittelbar nach dem Ende des Feuergefechts aufgetaucht war. Einige Minuten später waren noch weitere Patrouillen erschienen, und jetzt führte Scully die Männer und den Captain durch die Wälder. Als Mulder den Kopf hob, sah er die silbernen Lichtkegel von Taschenlampen im Unterholz herumstochern und hörte leise Stimmen. Hinter den Bäumen konnte er ein halbes Dutzend Jeeps und Einsatzfahrzeuge der Militärpolizei und einen einzelnen zivilen Streifenwagen erkennen, auf dessen Dach noch das Blaulicht rotierte.

«Chief Hawks», bestätigte Webber Mulders Vermutung.

Mulder nickte und wünschte im gleichen Augenblick, er hätte es nicht getan, denn das Feuer in seinem Kopf schwoll erneut an und ebbte nur langsam wieder ab. Vorsichtig tastete er über seine Schläfe, wo sich bis zum Abend eine gewaltige Beule bilden würde. Kein Blut. Dann schlug er die Jacke zurück, knöpfte das Hemd auf und versuchte, einen Blick auf seine Rippen zu werfen.

«Verdammt», sagte Webber. «Was hat der Kerl benutzt, einen Ziegelstein?»

«So hat es sich jedenfalls angefühlt.» Mulder zuckte zusammen, als er die lädierte Rippenpartie sondierte, aber er wußte sofort, daß nichts gebrochen war. Wie sich eine gebrochene Rippe anfühlte, war etwas, das man nie vergaß.

«Knöpfen Sie das Hemd wieder zu, Mulder. Sie holen sich noch eine Lungenentzündung.»

Er lächelte Scully zu, die herbeigeeilt kam. Sie wirkte verärgert, allerdings mehr über den Wind, der ihr das Haar in die Augen peitschte, als über ihren Partner.

«Werden Sie mich untersuchen, oder was?»

«Bitte, Mulder», sagte sie, «der Tag war schon schlimm genug für mich.»

«Was ist passiert?» Er nickte in Richtung der Suchmannschaft.

«Der Heckenschütze ist verschwunden. Kein Wunder. Sie haben hinter der nächsten Straßenbiegung niedergedrücktes Unterholz gefunden, wo er vermutlich seinen Wagen versteckt hatte.» Sie kramte in ihrer Manteltasche herum und zog eine Patronenhülse hervor. «M-16.»

«Armee?»

«Nicht unbedingt», warf Webber ein. «Es ist nicht mehr so schwer, die Dinger auch außerhalb der Streitkräfte zu bekommen. Polizisten, Gangster, Sammler.» Er zuckte die Achseln. «Auch Soldaten, die aus der Armee ausscheiden, schmuggeln manchmal solche Waffen mit nach Hause.»

Mulder knurrte so etwas wie «nur einmal im Leben einen unkomplizierten Fall haben» und meinte dann: «Schön, vielleicht sollten wir das überprüfen. Wie viele können ...?»

Webber unterbrach ihn mit einem Stöhnen. «Machen Sie keine Witze, Mulder, es ist Wochenende. Das heißt, daß hier acht- bis neuntausend Reservisten herumlaufen. Und Sie möchten ein Gewehr finden, mit dem erst kürzlich geschossen worden ist?»

«Hank, Sie erstaunen mich. Woher wissen Sie das?»

Webber zuckte erneut die Achseln. «Aus den Befragungen. Ich wette, die Leute aus der Stadt wissen über das, was auf dem Militärstützpunkt vor sich geht, genauso gut Bescheid wie die Soldaten, die dort arbeiten.»

«Wohl nicht ganz», murmelte Mulder. Er setzte sich gerade auf und stieß zischend die Luft aus, weil sich die Schmerzen hartnäckig hielten.

«Was ich nicht begreife», sagte Scully, «ist, wie der Schütze Sie vor uns erreichen konnte.» Sie wirkte verlegen. «Ich habe Ihren Mantel auf dem Boden gesehen und gedacht, Sie wären es.»

«Fehlanzeige.»

«Das habe ich auch schon gemerkt. Ich weiß nicht, womit der Kerl Sie erwischt hat, aber er hat genau gewußt, was er tat. Er hätte Ihnen problemlos den Schädel spalten können.» Sie runzelte die Stirn. «Ich verstehe immer noch nicht, wie er so schnell die Position wechseln konnte. Sie waren bestimmt …»

«Nein. Ich meine, es war nicht der Schütze.»

«Was?» fragte Scully verblüfft.

«Es war nicht der Heckenschütze, Scully. Ich habe den Schützen noch gesehen, bevor es mich erwischt hat.» Er zuckte, als er wieder seine Schläfe berührte. «Von der Seite, Scully. Ich wurde seitlich getroffen, von dort drüben. Aber zu diesem Zeitpunkt war der Schütze noch vor mir.»

Scully steckte die Patronenhülse wieder ein. Die Zweifel auf ihrem Gesicht waren unübersehbar. «Der Kobold, richtig?»

«Sie haben es erfaßt. Ich habe ihn nur ganz flüchtig gesehen, aber glauben Sie mir, das hat gereicht.»

Webber wäre fast in Gelächter ausgebrochen, beherrschte sich aber, als Scully verärgert den Kopf schüttelte. «Mulder, Sie sind gerade niedergeschlagen worden, schon vergessen? Was auch immer Sie gesehen oder zu sehen geglaubt haben, wäre sehr fragwürdig, und das wissen Sie.»

Mulder stand mit Webbers zögerlicher Hilfe auf und hielt nach den Suchscheinwerfern der Militärpolizisten Ausschau, konnte sie aber nicht mehr entdecken. «Es war eine Hand und ein Teil des Unterarms. Die Haut hat wie ... Rinde ausgesehen.»

Scully öffnete den Mund, um irgend etwas zu sagen, überlegte es sich jedoch anders und wartete.

«Ich habe ihn auch *gehört.*»

Sie beugte sich zurück und hob eine Augenbraue. «Hat er Ihnen eine Nachricht übermittelt?»

«Es war eine Stimme, wie ich sie noch nie gehört habe.» Er schloß kurz die Augen, um sie sich deutlicher ins Gedächtnis zurückzurufen, und spürte, wie sich Webbers Hand leicht um seinen Arm schloß und ihm Halt gab. «Ich weiß es nicht. Sie war rauh und leise, als hätte er Schwierigkeiten, die Wörter auszusprechen.» Als er die Augen öffnete, starrte ihn Scully finster an, die Arme vor der Brust verschränkt. «Ehrlich.»

«Ich bezweifle nicht, daß Sie irgend etwas gehört haben, aber ich ...»

«Das ist ein Witz, nicht wahr?» unterbrach Webber nervös. Er sah von einem zum anderen. «Nur so eine Art Spaß zwischen Ihnen, stimmt's?»

Mulder schüttelte den Kopf. «Nein, Hank. Tut mir leid.»

«O Mann», stöhnte Webber. «Warten Sie nur, bis Licia davon erfährt.»

Carl Barelli jagte wutentbrannt durch die Wälder zurück nach Marville.

Zuerst hatte dieser scheinheilige Drecksack Tonero versucht, ihm den Fraß in der Offiziersmesse als genießbares Essen zu verkaufen, anstatt mit ihm in ein vernünftiges Restaurant zu gehen, dann hatte er irgendeinen salbungsvollen Scheißdreck über Familienzusammenhalt und darüber abgesondert, daß Angies Seelenfrieden wichtiger sei, als sich in die offiziellen Untersuchungen einzumischen, und dann hatte er auch noch die Frechheit besessen, Carl zu dessen Wagen zu geleiten und ihm lächelnd zu empfehlen, wieder nach Hause zu fahren und über Basketball oder was auch immer zu schreiben.

Barelli hatte, außer sich vor Wut, hinterm Lenkrad gesessen und überlegt, ob er im Gefängnis landen würde, wenn er zurückkehrte und dem Scheißkerl eine Gerade auf das schwammige Kinn verpaßte.

In diesem Augenblick war ein Militärpolizist zu Tonero gerannt, und die beiden waren hastig in einen Wagen gestiegen. Gleich darauf hatten Sirenen geheult, und mit Gewehren bewaffnete Männer waren aus dem Hauptgebäude der Militärpolizei herausgestürzt. Nach einer angemessenen Wartezeit war er ihnen gefolgt.

In die gottverdammten Wälder.

Dort hatte ihm ein gottverdammter Militärpolizist mit gezogener .45er nahegelegt, sich etwas anderes zu suchen, worüber er berichten könnte. Dieses Gebiet sei für Zivilisten gesperrt.

«Bastarde», fluchte Barelli vor sich hin, immer wieder, bis er plötzlich grinsen mußte.

Er hatte einen Streifenwagen aus der Stadt vor Ort gesehen, was bedeutete, daß sich die örtliche Polizei in die Angelegenheit eingeschaltet hatte, und das wiederum bedeutete …

Barelli lachte laut auf, und als er vor der Polizeistation parkte, hatte sich seine Laune bereits erheblich verbessert. Er überprüfte kurz seine Frisur und den Sitz seiner Krawatte sowie des Jacketts im Rückspiegel, und dann war er auch schon im Polizeigebäude, wo er den beiden Männern an den Schreibtischen im Untergrund und dem Sergeant weiter vorn zulächelte, der selbst dann nicht gelangweilter hätte aussehen können, wenn er tot gewesen wäre.

«Ich würde gern den Chief sehen», sagte Carl so höflich, wie es seine Anspannung zuließ.

Sergeant Nilsson erklärte ihm mürrisch, daß der Chief unterwegs sei und es keinen Sinn hätte, hier auf ihn zu warten. Er selbst wäre beschäftigt, die Hälfte seiner Leute hätte sich irgendeine Erkältung eingefangen und der Rest hätte genug mit der üblichen Arbeit zu tun.

Im Hintergrund rauschte ein Funkgerät unbeachtet vor sich hin, während ein linkischer junger Polizist in einem Einsatzbuch blätterte.

Carl lächelte weiterhin freundlich. «Vielleicht können Sie mir dann helfen, Sergeant. Ich arbeite für den *Jersey Chronicle.* Meine Name ist Carl Barelli, und ich …»

Nilssons gelangweilter Gesichtsausdruck verflog. «Barelli? Der Sporttyp aus der Zeitung?»

Verbüffend, dachte Carl selbstgefällig, *absolut verblüffend.*

«Genau, Sergeant. Aber heute interessiere ich mich für den Tod eines Freundes. Corporal Frank Ulman.»

«Mann, ja», erwiderte der Sergeant grinsend. «Sie wollen also etwas über die Kobolde hören, richtig?»

Barellis Lächeln blieb weiterhin unverändert. «Richtig. Können Sie mir helfen?» Der Polizist lehnte sich in seinem Stuhl zurück und hakte die Daumen unter den Gürtel. «Was immer Sie wissen wollen, Mr. Barelli, Sie brauchen bloß zu fragen.»

Tonero blieb im Fond des Dienstwagens sitzen und sah zu, wie sich die Militärpolizisten langsam und methodisch zur Straße zurückarbeiteten. Er hatte seinen Fahrer mit dem Auftrag losgeschickt, sich ein bißchen umzuhören und nach Möglichkeit die eine oder andere Bemerkung aufzuschnappen. Das war sinnvoller, als mit dem zuständigen Captain zu sprechen. Tonero kannte den Mann und wußte, daß sich der Militärpolizist kein Wort entlocken lassen würde.

Der Wagen schaukelte leicht, als ihn eine Windbö traf.

Tonero warf einen kurzen Blick auf den schmalen Streifen Himmel zwischen den Bäumen und hoffte, daß er von hier verschwinden konnte, bevor der Sturm losbrach.

Dies schien nicht gerade einer seiner besten Tage zu werden. Tymons war ängstlich, Rosemary wurde ungeduldig, und er wußte ohne jeden Zweifel, daß Barelli erst abziehen würde, wenn er irgend etwas ausgegraben hatte, was sein schmales Reportergehalt aufbessern konnte.

Der Major seufzte über all die Unannehmlichkeiten, mit denen er sich seit dem Erwachen herumschlagen mußte, und er seufzte noch einmal, als die Beifahrertür geöffnet wurde und sich Tymons in den Wagen zwängte, während Rosemary auf den Rücksitz neben ihn glitt.

«Wir haben von der Sache gehört», sagte Tymons. Die Anspannung ließ seine Stimme merkwürdig hoch klingen.

«Was ist los?» erkundigte sich Rosemary um einiges ruhiger.

«Ich bin mir nicht sicher. Soweit ich weiß, hat irgend jemand versucht, die FBI-Leute zu erledigen.»

Tymons stöhnte.

«Das hat nichts mit uns zu tun», fauchte Rosemary ihn an. «Jesus, Leonard, benutzen Sie Ihr Gehirn!»

«Wir sollten es abbrechen», gab der Wissenschaftler zurück. «Wir haben total die Kontrolle verloren. Es bleibt uns nichts anderes übrig, als die Sache abzubrechen.» Er verdrehte den Oberkörper, um den Major ansehen zu können. «Joseph, das FBI wird jetzt nicht mehr verschwinden, und das wissen Sie auch. Jetzt geht es ihnen nicht mehr darum, nur kurz vorbeizuschauen und dann so schnell wie möglich nach Washington zurückzukehren. Sie werden überall herumschnüffeln, und sie werden irgend etwas finden.»

Tonero legte beschwichtigend eine Hand auf Rosemarys Bein. «Leonard, ich möchte, daß Sie mir zuhören.»

«Joseph, wir …»

«Diese Leute», erklärte Tonero und deutete auf die Militärpolizisten, «suchen nach einem Attentäter, okay? Nicht nach uns oder dem, was wir machen. Es gibt keine Verbindung zu uns, und es kann keine Verbindung hergestellt werden. Denken Sie nach, Doktor, benutzen Sie Ihren Verstand.»

Tymons fuhr zusammen, als hätte man ihm ins Gesicht geschlagen. «Ich weiß nicht … Sie werden Fragen stellen.»

«Das ist kein Problem», entgegnete Rosemary. «Wir sorgen einfach dafür, daß niemand da ist, der sie beantworten kann.»

Tonero betrachtete sie erstaunt.

Sie zuckte die Achseln. «Mag sein, daß wir die Situation nicht hundertprozentig unter Kontrolle haben, aber eine gewisse Kontrolle bleibt uns immer noch.» Sie lächelte kalt. «Ein paar einfache Vorschläge sollten ausreichen.»

«Jesus!» Tymons stieß die Tür auf. «Sie sind verrückt, Rosemary. Und als Leiter des Projekts verbiete ich es.» Er schmetterte die Tür hinter sich zu und stolzierte steifbeinig davon.

Tonero sah ihm nicht nach, es war ihm egal, wohin Tymons ging. Was ihn interessierte, war die Frau neben ihm. Irgendwie hatte sie sich während der letzten Stunden verändert, ganz gewaltig verändert. Er war sich zwar nicht ganz sicher, worin die Veränderung bestand, aber er glaubte, daß sie ihm gefiel.

«Du solltest lieber gehen», sagte er leise.

«Und das Problem?»

Er schenkte ihr sein strahlendstes Lächeln. «Eine Kleinigkeit, Rosie, nicht der Rede wert.» Er tätschelte ihr Knie. «Mach, was du für richtig hältst. Du mußt dir nur sicher sein, in Ordnung? Was immer du tust, du mußt dir dabei nur sicher sein.» Auf einmal grunzte er und ergriff ihren Arm, um sie zurückzuhalten. Nicht weit von seinem Wagen entfernt sah er einen Mann und eine Frau aus dem Wald kommen. Sie stützten einen zweiten Mann, der einen etwas mitgenommenen Eindruck machte. Scheiße, dachte er.

«Rosie, ich glaube, du solltest lieber noch eine Weile hier bleiben.»

«Sie sind nicht tot, Mulder», beschwerte sich Scully. «Machen Sie sich nicht so schwer.» Trotzdem konnte sie ein Lächeln über sein melodramatisches Stöhnen nicht unterdrükken. Er mochte sich in vielerlei Hinsicht von anderen Männern unterscheiden, wenn es aber darum ging, den Todkranken und Schwerverletzten zu spielen ...

Irgend jemand rief sie, und sie blieben mitten auf der Straße stehen.

«Sieh an», flüsterte Mulder, «sieh an.»

Ein Mann in Uniform kam auf sie zu. Als er nahe genug herangekommen war, verlangte er mit ruhiger Stimme Auskunft über Mulders Zustand. Scully verzog unwillig das Gesicht.

«Verzeihung», bat der Mann und verbeugte sich schuldbewußt. «Ich bin Joseph Tonero, Agent Scully. Spezialprojekte der Luftwaffe.» Er wandte sich mit einem Lächeln Mulder zu. «Dieser Vorfall ist sozusagen während meiner Wache passiert, und ich entschuldige mich dafür, daß ich so lange gebraucht habe, um hier zu erscheinen. Ein verspätetes Mittagessen mit einem alten Freund ... Aber es ist wohl überflüssig, Ihnen zu versichern, wie besorgt ich bin. Ist mit Ihnen alles in Ordnung?» Bevor irgend jemand antworten konnte, rieb er sich die Hände. «Gut, gut. Ein furchtbare Vorstellung, was passieren würde, wenn wir einen FBI-Agenten verloren hätten.»

Sein Lächeln sollte warmherzig wirken, aber Scully nahm es ihm nicht ab. Dieser Mann machte eher den Eindruck eines Politikers als eines Karrieresoldaten, entschied sie nach einer kurzen Musterung, und seine medizinischen Kenntnisse reichten gerade zum Anlegen eines Verbandes.

Kurz darauf tauchten zwei weitere Personen hinter ihm auf, ein großer kahlköpfiger Zivilist, der für ihren Geschmack zu nervös wirkte, und eine blonde Frau mit scharfgeschnittenen Zügen, die ein militärisches Gebaren an den Tag legte, obwohl auch sie Zivilistin war. Sie gaben sich bis auf ein paar gemurmelte oberflächliche Bemerkungen, die ihr Mitgefühl ausdrükken sollten, ziemlich wortkarg.

Der Major stellte die beiden als Mitglieder seines Teams vor und bot den Agenten ihre Unterstützung an, sollte sich die Notwendigkeit ergeben. Scully versicherte ihm, daß sie die Situation im Griff hätten, dankte ihm aber für seine Hilfsbereitschaft.

«Wir wollten Sie im Anschluß an unsere Ermittlungen heute nachmittag ohnehin aufsuchen», fügte sie hinzu.

Mulder öffnete den Mund, klappte ihn aber wieder zu, als sie sich vor ihn schob und ihm warnend mit der Ferse auf den Fuß trat.

«Trifft es zu, daß Corporal Ulman zu Ihrem Stab gehört hat?»

Der Major wurde ernst. «Das ist korrekt, Agent Scully. Ein tragischer Verlust. Er war ein guter Mann. Ich habe eng mit dem Kommandanten der Militärpolizei in diesem Fall ...»

«Er wollte Ihre Schwester heiraten», warf Mulder über Scullys Schulter hinweg ein.

Tonero zögerte nicht einen Herzschlag lang. «Sie haben darüber gesprochen, ja. Aber ganz im Vertrauen, ich glaube nicht, daß es wirklich dazu gekommen wäre.» Er seufzte. «Natürlich bin ich es meiner Schwester trotzdem schuldig, Sie in jeder nur erdenklichen Form zu unterstützen.»

Niemand erwähnte das Telefonat mit Senator Carmen.

«Wer hat Sie angegriffen?» erkundigte sich Dr. Elkhart unvermittelt und scharf.

«Sie waren zu zweit», antwortete Mulder, bevor Scully ihn daran hindern konnte.

«Tatsächlich?» Der Major hielt seine Mütze fest, die ihm ein Windstoß vom Kopf zu reißen drohte. «Ich hatte keine Ahnung.»

Zu Scullys Erleichterung verzichtete Mulder auf weitere Einzelheiten. Sie sah, wie Dr. Tymons Elkhart irgend etwas zuflüsterte und dann davoneilte, wobei er sich mit einer Hand den Nacken massierte.

«Major», sagte Scully, «es ist zwar noch zu früh für eine genaue Diagnose, aber falls Agent Mulder mehr Hilfe braucht, als ich allein ihm geben kann ...»

«Walson ist größtenteils geschlossen», unterbrach der Major sie steif. «Wir beschränken uns mittlerweile in erster Linie auf ambulante Behandlungen und haben nur noch sehr wenige Langzeitpatienten. Die Etatkürzungen, Sie wissen ja, wie das ist.» Er zuckte bedauernd die Achseln. Dann kehrte sein Lächeln zurück, und er klatschte einmal in die Hände. «Aber das Wichtigste ist, daß Sie in Ordnung sind, Agent Mulder.» Er wandte sich erneut Scully zu. «Er ist doch in Ordnung, oder?»

Sie nickte. «Allerdings könnte er jetzt etwas Ruhe vertragen, Major. Wenn Sie und Dr. Elkhart nichts dagegen haben, würde ich ihn jetzt gern in sein Zimmer bringen.»

Der Major nickte, schüttelte jedem die Hand, zog Elkhart mit sich und blieb nur noch einmal stehen, um ein kurzes, aber lebhaftes Gespräch mit dem Captain der Militärpolizei zu führen, der die Suche leitete.

«Was denken Sie über diese Sache?» fragte Mulder, als sie wieder allein waren.

«Ich denke», erwiderte Scully, ohne sich umzudrehen, «daß es eine Schießerei gegeben hat und der Major hier mit Wissenschaftlern statt mit Ärzten aufgetaucht ist.»

Sie untersuchte das Auto, mit dem sie gekommen waren, betrachtete die zersplitterte Heckscheibe, die Einschußlöcher und den zerfetzten platten Reifen. «Hank», sagte sie leise, «besorgen Sie uns eine Mitfahrgelegenheit zu unserem Motel.» Dann sah sie Mulder an, und im gleichen Moment wußte sie, was er dachte:

Sie genießen keinen Schutz, Mr. Mulder, Sie genießen noch immer keinen Schutz.

13.

Es dauerte eine Weile, bis es Webber schließlich gelang, sie zum Royal Baron zurückzubringen. Dort verordnete Scully Mulder in ihrer Funktion als Ärztin einen Eisbeutel und Aspirin und forderte ihn auf, sich ins Bett zu legen und dort zu bleiben, während sie Dr. Junis einen Besuch abstattete. Mulder protestierte nicht. Ihr war klar, daß er nicht schlafen würde. Er würde zu sehr damit beschäftigt sein, das Offensichtliche so hinzubiegen, daß schließlich ein Kobold dabei herauskam.

Sie fand Licia in ihrem gemeinsamen Zimmer, die gerade dabei war, ihre Notizen zu übertragen, die sie während ihres Gesprächs mit Babs Radnor gemacht hatte. «Kurzschrift», erklärte sie entschuldigend. «Anders kann ich mir die Aussagen nicht merken, und ich hasse Recorder.» Als sie die Unterlagen in ihrer Aktentasche verstaute, erkundigte sich Scully, was sie – falls überhaupt – in Erfahrung gebracht hätte.

«Sie hat völlig uninteressiert gewirkt», beschwerte sich Licia, und ihr Tonfall verriet, was sie von einem solchen respektlosen Verhalten hielt. «Und obwohl sie Trainingsgeräte in einem Raum unter ihrem Büro aufgestellt hat – angeblich benutzt sie sie auch gelegentlich –, säuft sie wie ein Loch.» Dann lächelte sie. «Aber sie hat den Corporal gekannt.»

«Wie?»

Das Lächeln wurde zu einem selbstgefälligen Grinsen. «Wie es scheint, hat sich der Corporal trotz seiner Verlobung mit der Schwester des Majors hin und wieder hier vergnügt. So ungefähr jedes Wochenende.»

«Hat sie gesagt, mit wem er hier war?»

«Nein, und sie hat kaum etwas gesehen. Anscheinend war der Corporal sehr vorsichtig. Ich weiß allerdings nicht, ob das irgend etwas mit unserem Fall zu tun hat.»

Scully drängte Andrews, in ihren Mantel zu schlüpfen, und schob sie zur Tür hinaus. Webber würde auf Mulder aufpassen, für den Fall, daß der Attentäter einen zweiten Versuch unternahm oder Mulder beschloß, auf eigene Faust loszuziehen.

Sie nahmen den zweiten Wagen. Scully informierte Andrews über das, was sich in der Zwischenzeit ereignet hatte, wobei sie Licias wütende Kommentare geflissentlich überhörte.

Die Fahrt gab ihr Gelegenheit, in Ruhe nachzudenken.

Offensichtlich hatten sie es mit zwei verschiedenen Tätern zu tun. Abgesehen davon, daß Mulder nicht von dem Heckenschützen niedergeschlagen worden war, war sie überzeugt, daß der Mörder von Pierce und Ulman nicht plötzlich seine bevorzugte Waffe gewechselt hatte. Dazu konnte er viel zu gut mit dem Messer umgehen. Und ein Messer war persönlicher, erforderte eine größere Nähe, während ein Gewehr distanziert und anonym war und nur wenig oder gar keinen Kontakt zu dem Opfer erforderte.

Auf dem Rückweg zum *Royal Baron* hatten Mulder und Webber ihren Überlegungen zugestimmt, aber keiner von beiden hatte eine vernünftige Erklärung dafür finden können, warum sie sich plötzlich mit zwei verschiedenen Gegnern auseinandersetzen mußten.

«Vielleicht beschützt irgend jemand diesen Kobold», gab Andrews zu bedenken.

«Es ist kein Kohold», fauchte Scully. «Bitte, fangen Sie jetzt nicht auch noch damit an. Es reicht, daß Mulder schon Hank auf solche Gedanken gebracht hat.»

«Was soll ich dann machen? Ihn Bill nennen?»

«Das ist mir völlig egal. Aber benutzen Sie nur nicht die Bezeichnung Kobold!»

Andrews schüttelte lachend den Kopf. «Junge», sagte sie, «er geht Ihnen wirklich ganz schön auf die Nerven, nicht wahr?»

Scully gab keine Antwort.

Der Bungalow des Doktors war in einem kaum besseren Zustand als die seiner Nachbarn. Was ihn wohltuend von den anderen Häusern abhob, war der große Vorgarten, dessen Gestaltung und Farbenpracht viel Arbeit und Sorgfalt verrieten.

Der Arzt saß auf dem Geländer der winzigen Veranda und rauchte eine Zigarette. Er schien um die Anfang Fünfzig zu sein, hatte das ergrauende Haar glatt aus der Stirn zurückgekämmt und trug trotz des Windes und der kühlen Witterung nur ein Hemd und Jeans. Bis auf die erstaunlich muskulösen Arme, die gar nicht zum Rest seines Körpers passen wollten, war er hager.

«Popeye, der Seemann», murmelte Andrews, als sie sich ihm über den schmalen, mit Schieferplatten gepflasterten Weg näherten.

Scully hätte beinahe laut aufgelacht. Andrews hatte recht; alles, was dem Mann noch fehlte, um das Bild zu vervollständigen, wären eine Maiskolbenpfeife und eine Matrosenmütze gewesen.

«Die Sache hat Ihnen ziemlich zu schaffen gemacht, was?» fragte er statt einer Begrüßung und nickte in Richtung eines Polizeifunkgerätes, das auf dem kleinen Tisch hinter ihm stand. «Entweder das, oder Oprah hat mich als Talkgast entdeckt.» Er grinste.

Scully mochte ihn auf Anhieb. Sie verschwendete keine Zeit mit Geplänkel und kam sofort auf seine Untersuchungsberichte zu sprechen.

Dr. Junis beantwortete ihre Fragen freimütig und ignorierte auch die Tatsache, daß Andrews ihn kaum eines Blickes würdigte und gelangweilt die Wälder betrachtete.

Das Gespräch dauerte nicht lange. Junis stimmte mit Scullys Rekonstruktion des Mordes an Pierce überein und entschuldigte sich sogar dafür, keine besseren Fotos gemacht zu haben. Außerdem äußerte er die Vermutung, daß die bei der Tat benutzte Waffe kein gewöhnliches Messer gewesen sein konnte.

«Natürlich war es höllisch scharf», sagte er, «aber dem Schnitt nach zu urteilen, vermute ich, daß es größer als die Messer war, die man für gewöhnlich in der Küchenschublade findet.»

«Was für ein Messer also?» fragte Scully.

«Ich weiß es nicht. Ich habe darüber nachgedacht, aber ich weiß es immer noch nicht.»

Schließlich kam sie zu dem Punkt, an dem sie wußte, daß sie eine ganz bestimmte Frage stellen mußte, und ausnahmsweise einmal war sie froh, daß Mulder nicht anwesend war. «Sie haben ein paar Notizen am Rand des Untersuchungsberichts gemacht.»

Er lachte und schnippte die Zigarettenkippe auf den Rasen. «Ja. Sie meinen den Kobold.»

«Was hat das mit dem Fall zu tun? Soweit es Ihre Untersuchungen betrifft, meine ich.»

«Nicht viel.» Er zog eine weitere Zigarette aus der Hemdtasche und steckte sie sich zwischen die Lippen, ohne sie anzuzünden. «Nichts. Ich bin nur vorher bei Elly Lang gewesen, um ihr ein mildes Beruhigungsmittel zu geben, und sie hat von nichts anderem gesprochen.» Ein kurzer Seitenblick. «Sie haben schon davon gehört, was?»

«Wir haben auch mit ihr gesprochen, ja.»

Junis sah einem Lieferwagen nach, der nach Westen fuhr. «Halten Sie sie nicht für verrückt, Agent Scully. Ignorieren Sie sie nicht einfach. Ich weiß nicht, was sie gesehen hat, aber die Frau ist nicht dumm.»

«Sie war betrunken, Dr. Junis.»

Der Arzt lachte unvermittelt lauthals los, bis seine Augen zu tränen begannen und sich sein Gesicht bedrohlich rot verfärbte. «Tut mir leid.» Er wischte sich mit dem Ärmel über die Augen und schloß die Hände um das Geländer. «Gott, entschuldigen Sie, bitte. Elly? Betrunken? Das haben Sie bestimmt von Todd Hawks gehört. Nein, auf keinen Fall. Sie geht nur in diese Kneipe, weil sie Gesellschaft sucht. Ihre Familie ist tot, und sie hat keine richtigen Freunde. Sie trinkt nur eine einzige Bloody Mary, an der sie sich den ganzen Abend lang festhält, bis sie bereit ist, nach Hause zu gehen. Diese Frau ist noch nie in ihrem Leben betrunken gewesen.»

«Was hat es dann mit der Sprühfarbe auf sich?»

Junis sah einem weiteren vorbeifahrenden Lastwagen hinterher. «Sie tut es, weil sie an die Kobolde glaubt, Agent Scully. Sie glaubt so fest daran, wie Sie davon überzeugt sind, daß es so etwas nicht gibt. Das bedeutet aber nicht, daß sie unzurechnungsfähig ist.»

Scully war sich da längst nicht so sicher, aber sie wußte nicht genug über Elly Lang, um das Thema weiterzuverfolgen. Stattdessen erkundigte sie sich nach der anderen Zeugin.

«Fran?» Junis Blick richtete sich auf den Garten. «Ich könnte Sie zu ihr bringen, wenn Sie wollen, aber sie würde Ihnen kaum helfen.»

«Warum nicht?»

Die Miene des Arztes wurde härter. «Sie ist in dieser Nacht verdammt knapp an einer Überdosis Heroin vorbeigekommen. Ich habe sie in eine Einrichtung in der Nähe von Princeton gebracht.» Er schwieg einen Moment lang. «Eine psychiatrische Rehabilitationsanstalt, nebenbei. Wir haben nichts dergleichen in der Gegend. Sie war ziemlich fertig.» Er zündete die Zigarette an. «Von der Überdosis wird sie sich höchstwahrscheinlich erholen, aber was diese andere Sache betrifft ... Es wird sehr lange dauern, bevor man sie wieder entlassen wird.»

Großartig, dachte Scully, genau das, was ich gebraucht habe, eine Süchtige, die vermutlich nicht einmal ihr eigenes Spiegelbild erkennen würde. Womit eine Befragung von Fran Kuyser ganz ans Ende ihrer Liste rutschte.

«Sitzen Sie oft hier?» fragte Andrews auf einmal, ohne sich die Mühe zu machen, Junis dabei anzusehen.

Er nickte Scully zu, durch den plötzlichen Themenwechsel nicht im geringsten irritiert. «Könnte man wohl sagen, wenn ich so darüber nachdenke. Es macht mir Spaß zuzusehen, wer hier vorbeifährt, wer wohin geht. Die Leute vom Militärstützpunkt oder von McGuire haben ihre eigenen Militärärzte, und die anderen ...» Er zuckte die Achseln. «Es sind nicht mehr viele übriggeblieben, aber ich schätze, das haben Sie mittlerweile selbst schon bemerkt.»

Was Scully noch bemerkte, war, daß ihm das anscheinend nichts ausmachte. Obwohl er noch zu jung war, um an den Ruhestand zu denken, schien er sich damit abgefunden zu haben, daß seine Praxis ihm keinen Alterssitz in einer besseren Gegend einbringen würde, und aus irgendeinem Grund schien er darüber nicht traurig zu sein.

«Oh, es hat auch seine Vorzüge», fügte er zu ihrer Überraschung hinzu, «und es ist tausendmal besser, als bei den Streitkräften zu arbeiten.»

Scully konnte ihm nur beipflichten, bedankte sich für sein Entgegenkommen und sagte ihm, wo er sie erreichen könnte, falls ihm noch irgend etwas einfiel.

«Das wußte ich bereits», erwiderte er grinsend.

Als sie wieder in ihrem Wagen saßen, schüttelte Andrews ungläubig den Kopf. «Hier kann man ja nicht mal husten, ohne daß es sofort alle wissen. Privatsphäre gleich Null.» Sie erschauderte demonstrativ. «Das ist für meinen Geschmack etwas zu unheimlich.»

Scully brummte eine unbestimmte Antwort, aber sie hatte nicht wirklich zugehört. Irgend etwas stimmte hier nicht, etwas, das ihr und den anderen bisher entgangen war. Sie glaubte nicht, daß es direkt mit den Morden zu tun hatte, und es war auch nur eine Kleinigkeit, aber trotzdem schien es irgendwie wichtig zu sein. Sie wußte, daß es Mulder ebenfalls angesprungen hatte und daß es ihn trotz des Anschlags beschäftigte. Und vielleicht war ihm in der Zwischenzeit sogar klargeworden, was es war ...

Solange er es nur nicht als einen verdammten Kobold bezeichnet, fügte sie in Gedanken düster hinzu.

Als sie das Motel erreichten, brannten bereits alle Lampen. Die Kronenfassade blinkte, der Parkplatz war in ein mattes silbriges Licht getaucht, das die Wolkendecke noch niedriger und dichter erscheinen ließ, als sie ohnehin schon war.

Scully bat Andrews, ihre Aufzeichungen der Befragung von Babs Radnor zu holen, und öffnete gerade noch rechtzeitig die Tür zu Mulders Zimmer, um ihn sagen zu hören: «... eine ganze Menge Schweinereien.»

«Was für Schweinereien?» wollte sie wissen. «Und warum liegen Sie nicht im Bett?»

Er saß hemdsärmlig mit dem Rücken zur Wand an dem winzigen Tischchen des Zimmers, Papiere vor sich ausgebreitet. Webber lag auf dem Bett mit einem Stapel Kopfkissen im Rükken, einen Notizblock auf den angezogenen Knien.

«Hi, Scully», rief Mulder. «Ich bin wieder in Ordnung.»

Webber wich ihrem vorwurfsvollen Blick aus, als sie sich in

den zweiten Stuhl fallen ließ. «Sie sind noch nicht in Ordnung, und Sie haben gearbeitet.» Aber wie immer war es reine Zeitverschwendung, ihn zurechtweisen zu wollen. Es gab nur zwei Arten, wie er darauf reagierte: entweder mit dem Gesichtsausdruck des verletzten kleinen Jungen oder einem schiefen listigen Grinsen, und in beiden Fällen tat er sowieso, was er wollte.

Er entschied sich für das Grinsen. «Wir haben uns über Major Tonero informiert.»

«Es ist mehr als seltsam», warf Webber vom Bett her ein. «Seine Dienststelle bestätigt, daß er der Leiter einer Abteilung der Luftwaffe für Spezialprojekte ist, wie er uns erzählt hat, aber man will uns nicht verraten, was das bedeutet.»

«Womit eine Menge Schweinereien gedeckt werden könnten», fuhr Mulder fort. Er schüttelte den Kopf. «Seltsam und seltsamer. Warum wird ein Major der Luftwaffe, der nicht einmal zum medizinischen Personal gehört, einem Luftwaffenhospital auf einem Armeestützpunkt zugeteilt? Der zudem hauptsächlich als Ausbildungslager für Reservisten und als Sammelstelle für schnelle Eingreiftruppen dient, die nach Übersee verlegt werden?» Bevor sie etwas darauf erwidern konnte, zeigte er mit dem Finger auf sie. «Und sagen Sie jetzt nicht, daß es dafür eine vollkommen rationale Erklärung gibt.»

O Gott, dachte sie, er hat mal wieder einen seiner Anfälle.

«Und», fügte Webber eifrig hinzu, «warum sollte er sich derart für den Anschlag interessieren? Und warum waren auch seine Mitarbeiter am Tatort? Diese beiden Akademiker, Wissenschaftler, was auch immer.»

Scully musterte ihn so lange, bis er verlegen stotterte: «Also … das ist doch eine gute Frage, oder?» Er kratzte sich am Hinterkopf. «Ich meine, stimmt doch … oder?»

«Ja, Hank, das ist eine gute Frage», versicherte Mulder, als

Scully nicht antwortete. «Und ich wette, daß ich auch eine mögliche Antwort darauf weiß.»

«Mulder», sagte Scully leise und warnend. «Interpretieren Sie nicht mehr in diese Sache hinein, als sie beinhaltet.»

«Oh, das habe ich nicht vor», protestierte er friedlich. «Ich will nicht einmal andeuten, daß diese Kobolde irgend etwas mit dem Major zu tun haben könnten.» Er lehnte sich in seinem Stuhl zurück. «Ich werde nicht einmal darüber nachdenken.»

«Natürlich werden Sie das nicht mehr tun», gab sie zurück. «Weil Sie das bereits getan haben. Und hören Sie mir jetzt zu, wir haben einen …»

In diesem Augenblick betrat Andrews das Zimmer, entschuldigte sich mit einem halbherzigen Lächeln für ihre Verspätung, setzte sich zögernd aufs Bett und fragte: «Und was jetzt?»

Scully sah auf ihre Uhr. «Ich denke, wir sollten eine kurze Pause einlegen und etwas essen.» Sie kam einem Einwand Mulders mit einem strengen Blick zuvor. «Es hat schon viel zuviel Aufregung gegeben, und ich möchte, daß wir uns beruhigen, bevor wir uns alle in den Sätteln wiederfinden.»

«Was?» fragte Hank verständnislos.

«Eine Umschreibung für Verwirrung», erklärte Mulder, die Hände im Nacken verschränkt. *«Er sprang auf sein Pferd und ritt in alle Richtungen davon.»* Er zwinkerte. «Scully mag solche klugen Sprüche. Sie hortet eine ganze Sammlung Glückskekse zu Hause.»

Hank lachte, Andrews schnaubte nur und schüttelte den Kopf.

Scully gab sich Mühe, nicht darauf zu reagieren, denn sie erkannte die Zeichen. Mulder steigerte sich in eine Idee hinein, und die Bruchstücke des Puzzles begannen, sich vor seinem inneren Auge zu einem Bild zusammenzusetzen. Das Problem war jedoch, daß dabei nur allzuoft ein Bild herauskam, das niemand außer ihm erkennen konnte.

Das war es, was die Zusammenarbeit mit ihm so faszinierend und gleichzeitig so verdammt ärgerlich machte. In solchen Situationen war es ratsam, ihn gewähren zu lassen und seinen Gedankengängen so gut wie möglich zu folgen, anstatt ihn davon abbringen zu wollen. Zumindest für eine Weile. Deshalb schlug sie vor, sich in einer halben Stunde zu einer Tasse Kaffee im Restaurant zu treffen, und ihr Tonfall duldete keinen Widerspruch. Andrews verschwand wortlos, und Scullys Gesichtsausdruck veranlaßte Webber zu der Erkenntnis, daß es eine gute Idee wäre, einen kleinen Spaziergang zu unternehmen.

Sobald sie allein waren, wurde Mulder ernst. «Ich habe ihn gesehen, Scully. Das ist kein Witz, ich habe ihn wirklich gesehen.»

«Mulder, fangen Sie nicht schon wieder damit an.»

Er legte die Hände auf die Tischplatte. «Wie Sie wissen, bin ich nicht der einzige. Selbst Chief Hawks hat zugegeben, daß es noch andere gegeben hat.» Er hob eine Hand, als sie etwas erwidern wollte. «Ich habe ihn gesehen, okay, nur ganz flüchtig, aber ich habe ihn auch berührt. Es war keine Einbildung, kein Wunschdenken. Ich habe ihn berührt, Scully. Er war wirklich da.»

Sie lehnte sich nachdenklich zurück. «Ich bin bereit, Ihnen zu glauben, daß da wirklich jemand war. Aber es war kein Kobold, kein übernatürliches Wesen.»

«Diese Haut ...»

«Hören Sie, Mulder, Fort Dix ist ein Ausbildungslager. Das bedeutet, daß es dort Experten für alle Arten von Waffen und Tarnung gibt. Keine Ahnung, wie ausgefeilt ihre Techniken sind, aber höchstwahrscheinlich beinhalten sie sehr viel mehr, als sich nur etwas Farbe ins Gesicht zu schmieren.»

Mulder versuchte aufzustehen, zog eine Grimasse und ließ sich zurücksinken. «Meine Jacke.»

Er hatte sie auf die Kommode geworfen. Scully griff danach und untersuchte sie.

«Ich habe ihn zweimal getroffen, einmal ziemlich kräftig.» Er beugte sich vor und betrachtete die Jacke im Licht. «Sie weist keinerlei Spuren auf, Scully. Keine Farbe, kein Öl, nichts.»

Sie ließ die Jacke auf das Bett fallen. «Na und? Möglicherweise ein Anzug. Hauteng, vielleicht aus Latex. Keine Kobolde, Mulder, nur verkleidete Menschen.» Sie deutete auf das Bett. «Legen Sie sich hin.»

Als er nur müde nickte und ihrer Aufforderung unbeholfen und ohne zu murren nachkam, wußte sie, daß es ihm immer noch nicht gutging. Sie ging ins Badezimmer, holte ihm ein Glas Wasser und Aspirin und sah zu, wie er die Tabletten hinunterspülte.

«Was ist mit dem Major und seinen Mitarbeitern?» fragte er. Seine Augenlider flatterten. «Hank hat recht, die Sache riecht irgendwie faul.»

«Später», wehrte sie ab. «Sie tun niemandem einen Gefallen, wenn Sie in diesem Zustand nachdenken, am wenigsten sich selbst.» Ihr Stirnrunzeln vertiefte sich. «Ruhen Sie sich ein bißchen aus. Das meine ich ernst. Ich komme später vorbei und sehe nach Ihnen.»

«Was ist mit den anderen?»

«Ich denke, wir kommen schon zurecht», sagte sie lächelnd. «Irgendwie wursteln wir uns schon durch.» Sie öffnete die Tür und sah noch einmal über ihre Schulter.

Mulder hatte die Augen nicht geschlossen. Er starrte an die Decke. Dann wanderte sein Blick zu seiner Partnerin. «Scully, was ist, wenn ich recht habe?»

«Ruhen Sie sich aus.»

«Was, wenn ich recht habe? Was, wenn sie wirklich dort draußen sind?»

Scully trat auf den Flur hinaus, die Hand an der Türklinke. «Das sind sie nicht, Mulder. Um Gottes willen, ruhen Sie sich jetzt aus, bevor ich …»

«Woher wollen Sie das wissen? Sie können sie nur nicht sehen, Scully. Sie sind irgendwo dort draußen unterwegs, und Sie können sie nicht sehen.»

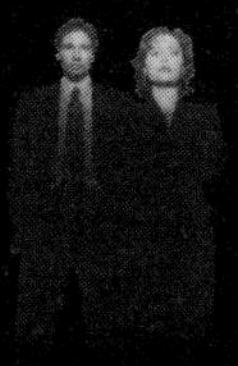

14.

Der Raum war leer.

Rosemary hatte nicht wirklich erwartet, irgend jemanden dort vorzufinden. Dazu lag der Zwischenfall in den Wäldern noch nicht lange genug zurück, und außerdem war es nicht so leicht, unbemerkt von hier zu verschwinden.

Womit sie jedoch nicht gerechnet hatte und was ihr angst machte, waren die Zerstörungen.

Sie stand auf der Türschwelle, rieb sich geistesabwesend mit einer Hand über den Arm und spürte, wie ihr ein leichter Schauder über den Rücken lief. Obwohl sie nichts davon hörte, hätte sie schwören können, den Ansturm des Windes auf das Hospital zu spüren und das Gewicht des Gebäudes auf ihren Schultern lasten zu fühlen.

Die Vorstellung machte sie wütend, aber sie konnte sie nicht abschütteln.

Verdammt, dachte sie und fuhr sich erschöpft mit der Hand über die Augen.

Die Matratze war an mehreren Stellen aufgeschlitzt, die Füllung über den Boden verstreut. Der Schreibtisch stand auf dem Kopf, ein Bein war abgerissen. Vom Stuhl war kaum mehr als ein Haufen Splitter übriggeblieben.

Der *Blue Boy* war von der Wand gerissen und zerfetzt worden. Dort, wo er gehangen hatte, prangte ein in schwarzen Lettern hingekritzelter Satz:

Ich warte auf Sie.

Major Tonero saß an seinem Schreibtisch, die Hände auf der Schreibunterlage gefaltet, und starrte das Telefon an.

Er war weder in Panik geraten, noch fühlte er sich übermäßig zuversichtlich, aber seit er den Schauplatz der Schießerei verlassen hatte, hatte er angefangen, seine Möglichkeiten zu überdenken. Er war eine Weile in seinem Büro umhergewandert, und schließlich war ihm klargeworden, was er zu tun hatte. Und das ärgerte ihn. Nicht, daß er das Projekt für einen Fehlschlag hielt, dazu hatten sie viel zuviel gelernt und große Fortschritte erzielt. Nein, was ihn ärgerte, war …

Das Telefon klingelte.

Er lauschte dem Läuten reglos.

Nach dem siebten Klingeln räusperte er sich und griff nach dem Hörer.

«Guten Tag, Sir», meldete er sich, um gleich darauf unaufgefordert eine detaillierte Zusammenfassung der Vorkommnisse dieses Nachmittags zu liefern, gefolgt von seiner Einschätzung über die Verbindung zu den beiden Vorfällen, von denen er den Verantwortlichen bereits berichtet hatte. Er sprach flüssig und ausdruckslos, ohne irgendwelche Emotionen. Nachdem er geendet hatte, hörte er zu.

Er unterbrach seinen Gesprächspartner kein einziges Mal, antwortete nur, wenn er etwas gefragt wurde, den Rücken steif durchgedrückt, die freie Hand noch immer flach auf die Schreibunterlage gelegt.

Die Stimme am anderen Ende der Leitung klang ruhig, ein gutes Zeichen, aber Tonero empfand trotzdem keine Erleichterung.

Es verging eine halbe Stunde, bis das Gespräch den entscheidenden Punkt erreichte und die letzte Frage gestellt wurde.

Tonero nickte. «Ja, Sir, mit Ihrer Erlaubnis.» Er atmete langsam und tief durch. «Ich glaube, es ist an der Zeit, andere Einsatzorte ins Auge zu fassen. Es bieten sich mehrere an, die ich bereits in meinem Bericht vom Dezember erwähnt habe. Dieser hier ist ohne unser Verschulden zu gefährlich geworden. Außerdem befürchte ich, daß die Fremdpersonen auf dem Gelände nicht abziehen werden, erst recht nicht nach dem Vorfall an diesem Nachmittag.

Daß sie dem FBI unterstellt sind, bedeutet, daß wir sie weder kontrollieren können noch die Mittel besitzen, ihre Ermittlungen erfolgreich einzuschränken. Trotzdem zweifle ich nicht daran, daß es uns gelingen wird, den Transfer unbemerkt abzuwickeln. Danach können die FBI-Leute alles untersuchen, was sie wollen. Sie werden überhaupt nichts finden.»

Wieder hörte er seinem Gesprächspartner zu, und zum ersten Mal lächelte er.

«Ja, Sir, ich glaube, Sie haben recht, mal gewinnt man, mal verliert man. Aber wir sind immer noch um Lichtjahre weiter als vorher. Ich denke, das spricht für einen abschließenden Erfolg unserer Bemühungen.»

Sein Lächeln vertiefte sich. «Danke, Sir, ich weiß das zu schätzen.»

Das Lächeln erlosch schlagartig. «Unverzichtbar? Nein, Sir, um ehrlich zu sein, das ist er nicht. Ich fürchte, seine Objektivität und uneingeschränkte Loyalität sind nicht mehr gewährleistet, und, offen gestanden, er hat die Nerven verloren. Ich glaube nicht, daß eine weitere Versetzung im Interesse des Projekts wäre. Dr. Elkhart hat sich allerdings als äußerst hilfreich erwiesen. Ihr Ausscheiden wäre ein schwerer Verlust.»

Er hörte schweigend zu.

«Achtundvierzig Stunden, Sir.» Er nickte.

Tonero legte den Hörer zurück auf die Gabel und blieb lange Zeit reglos sitzen. Dann sackte er plötzlich in sich zusammen, als hätte er einen heftigen Schlag auf die Schultern erhalten.

«Jesus!» flüsterte er.

Seine Hände begannen zu zittern, und auf seiner Stirn glitzerte Schweiß.

Barelli saß am Fenster des Imbisses und fragte sich, ob er nicht einfach seine Zeit vergeudete. Nicht, daß er seinen Fähigkeiten als Reporter mißtraute, daran hatte er nicht den geringsten Zweifel. Aber auch nachdem er eine Stunde bei dem Polizeisergeant zugebracht und auf alles geachtet hatte, worüber in der Polizeistation gesprochen worden war, hatte er praktisch nichts Neues erfahren – Frankie war tot, der Mörder war noch immer auf freiem Fuß, und niemand hatte auch nur die geringste Ahnung, was überhaupt los war.

Und dann diese Koboldscheiße ... Jesus Christus, für wen halten die mich eigentlich?

Der Stundenzeiger der runden Wanduhr über der Kasse näherte sich der Sechs, als Barelli an seinem kalten Kaffee nippte und den Verkehr betrachtete. Das schlechte Wetter hatte anscheinend niemanden abgeschreckt. Männer in Uniform und Soldaten in Zivil, die sich bemühten, nicht wie Soldaten auszusehen, schlenderten oder fuhren vorbei, strömten in den Imbiß oder in die Bars oder standen vor dem Kino an der Straßenkreuzung gegenüber dem Polizeirevier herum.

Ein Freitagabend irgendwo auf dem Land.

Barellis Magen beschwerte sich über die Unmengen an Kaffee, die er getrunken hatte. Der Reporter schob sich eine Tablette gegen Sodbrennen in den Mund, zerkaute sie geistesabwesend und überlegte, was er als nächstes tun sollte. Da war natürlich noch die Verabredung mit Babs Ragnor, die er einhalten mußte. Falls er es wollte. Und im Augenblick sah es so aus, als wäre dies das einzige, was ihm diese Stadt zu bieten hatte.

Nach einer weiteren Tablette und einem weiteren Blick auf den

Verkehr legte er ein paar Dollarnoten auf den Tisch und verließ den Imbiß.

Mürrisch betrachtete er den verhangenen Himmel. Er haßte diese Art von Tagen. Entweder es regnete endlich und klarte dann auf, oder aber die Wolken verzogen sich. Alles, nur nicht dieses Wetter.

Als sich Barelli auf den Weg zum Polizeirevier machte, wo noch immer sein Wagen geparkt war, kam ihm eine alte Frau entgegen, die einen dicken schwarzen Mantel und ein ebenfalls schwarzes Kopftuch trug. Sie hatte eine große Handtasche an ihre Brust gepreßt, und was Barelli darin entdeckte, ließ ihn auf der Stelle stehenbleiben und sich langsam umdrehen.

Es war die orangefarbene Kappe einer Sprühdose, und man brauchte kein Genie zu sein, um zu erraten, wer die Frau war.

Er eilte ihr hinterher und holte sie ein. «Miß Lang?»

Sie blieb stehen und betrachtete ihn. «*Ms.* Lang, wenn es Ihnen nichts ausmacht. Und wer sind Sie?»

«Ich bin Reporter», erklärte er mit seinem wärmsten Lächeln und freundlichsten Tonfall. «Ich untersuche diese ...», er senkte vertraulich die Stimme, «... diese Sache mit den Kobolden.»

Er wartete geduldig und sah zu, wie sie angestrengt überlegte, ob er es aufrichtig meinte.

Ein Bus röchelte vorbei. An der Straßenkreuzung stimmten drei junge Soldaten von der Luftwaffe ein Lied an.

Elly Lang beäugte ihn mißtrauisch. «Sie halten mich für verrückt?»

«Ein Freund von mir ist getötet worden. Ich finde das überhaupt nicht verrückt.» Als sie keine Anstalten machte weiterzugehen, berührte er sie leicht am Arm. «Es würde mich freuen, wenn ich Sie zum Abendessen einladen dürfte.»

«Um mich dabei auszuquetschen, stimmt's?» zischte sie.

Er lächelte jungenhaft. «Ja, und um Ihnen Gesellschaft zu leisten.»

Sie schüttelte den Kopf. «Sie können mir nichts vormachen, Mister. Aber ich werde kein kostenloses Essen ausschlagen.» Sie ergriff seinen Arm und führte ihn über die Straße. «Sind Sie geizig, oder gehen wir in ein gutes Restaurant?»

Barelli verkniff sich ein Lachen und versprach ihr statt dessen das beste Abendessen, das die Stadt zu bieten hatte, was sie vorläufig zu befriedigen schien. Er hatte so ein Gefühl, als ob dies ein äußerst informativer und lohnender Abend werden würde – solange ihm nicht Mulder oder Scully in die Quere kam.

Tonero war weder in seinem Büro, noch wußte Rosemary, wo sonst auf dem Militärstützpunkt er sich aufhielt, aber sie zwang sich dazu, nicht in Panik zu geraten. Es war immer noch Zeit genug, Korrekturen vorzunehmen, Zeit genug, etwas von der Arbeit zu retten, in die sie so viele Jahre ihres Lebens investiert hatte.

Sie kehrte ins Krankenhaus zurück, nickte der Empfangsschwester zu und ging den Flur entlang bis zu einem Aufzug mit der Aufschrift NUR AUTORISIERTES PERSONAL. Sie zog ein Schlüsselbund aus der Tasche und steckte einen silbernen Schlüssel in einen vertikalen Schlitz, wo sich normalerweise die Ruftasten befunden hätten. Als die Tür zur Seite glitt, warf sie rasch einen Blick zurück in den Flur und betrat die Kabine.

Der Lift fuhr nach unten. Rosemary machte sich nicht die Mühe, auf die Etagenanzeige zu achten. Der Fahrstuhl hielt ohnehin nur auf drei Ebenen, im ersten Stock, wo sich das Büro des Majors befand, im Erdgeschoß und im Keller.

Die Kabine kam mit einem Rucken zum Stehen, die Tür öffnete

sich. Dr. Elkhart spähte nervös in den nur schwach erleuchteten Gang.

Heute abend erschien er ihr länger und das Klappern ihrer Absätze auf dem Betonboden lauter als sonst. Das einzige andere Geräusch war das Dröhnen von Motoren in der Ferne.

Wie für ein unsichtbares Publikum, strich sie sich beim Gehen den Laborkittel über der Brust glatt und fuhr sich mit einer Hand über das Haar. Zuversicht nach außen und innen war der Schlüssel zum Gelingen. Solange sie sich an ihren Plan hielt, gab es nichts zu befürchten.

Tymons Büro war verschlossen. Sie öffnete die Tür zum Projektzentrum und hätte beinahe laut aufgeschrien, als sie ihren Kollegen über einen der Computer gebeugt stehen sah.

«Jesus, Leonard», sagte sie und betrat den Raum. «Ich wußte nicht, daß Sie hier sind. Was haben Sie ...?»

Er drehte sich zu ihr um, und sie entdeckte einen rechteckigen schwarzen Metallblock von etwa zwanzig Zentimetern Länge in seiner rechten Hand. In der linken hielt er eine Pistole.

«Bleiben Sie, wo Sie sind, Rosemary. Bleiben Sie nur ... wo Sie sind.»

«Leonard, was, zum Teufel, tun Sie da?»

Er lächelte schwach. «Ich korrigiere nur ein paar Dinge, das ist alles.»

Sie sah sich in dem Raum um, konnte jedoch nichts Ungewöhnliches entdecken, bis ihr Blick auf den ersten Monitor fiel. Obwohl der Computer in Betrieb war, war der Bildschirm leer. Wie auch der zweite.

Tymons fuchtelte mit der rechten Hand herum. «Es ist so einfach, daß ich nicht verstehe, wieso ich nicht schon früher darauf gekommen bin.» Er hielt den Metallblock hoch. «Warum sich die ganze umständliche Arbeit machen, wenn man nicht mehr als einen Magneten braucht?»

«Mein Gott, Leonard!»

«Einmal darüberfahren, und das war's.» Er ließ den Magneten auf die Arbeitsplatte fallen. «Puff, alles weg.»

Die Wut und vor allem die Angst vor dem, was Joseph tun würde, wenn er davon erfuhr, raubten ihr die Sprache.

«Das Problem ist ...», sagte Tymons und schoß eine Kugel in den ersten Computer.

Rosemary zuckte zusammen, aber die Pistole hielt sie davon ab zu fliehen.

«... daß niemand jemals etwas davon erfahren wird. Es hat keinen Sinn, sich an die Presse oder ans Fernsehen zu wenden, weil kein Mensch diese Sache glauben würde.»

Er feuerte einen weiteren Schuß ab. Kunststoff- und Glassplitter regneten auf den Boden.

Sie wich einen Schritt zurück.

Tymons warf ihr einen wehmütigen Seitenblick zu. «Ich werde es trotzdem versuchen. Auch wenn es noch so aussichtslos ist, ich werde es wirklich versuchen.»

«Das können Sie nicht», stieß sie aus trockener Kehle rauh hervor. Sie räusperte sich und setzte erneut an. «Das können Sie nicht.» Ihre linke Hand wanderte zitternd von der Brust zur Kehle und wieder zurück. «All die Jahre, Leonard, all die Arbeit, die wir geleistet haben. All die Zeit. Um Gottes willen, denken Sie an all die Zeit!»

«Und all die Fehlschläge», erwiderte er tonlos. «Die vielen Fehlschläge nach all der Zeit.» Er spuckte aus. «Begraben, Rosemary. Wir mußten unser Versagen begraben.»

Er hat den Verstand verloren ... Mein Gott, er hat den Verstand verloren!

«Hören Sie, Leonard, wenn es das ist, was ... Wenn Ihnen die Arbeit gleichgültig ist ... denken Sie an ...» Sie deutete mit dem Daumen zur Decke. «Sie können es nicht tun.»

«Warum nicht? Meinen Sie wegen dieser dämlichen Eide, die wir geleistet haben?» Er feuerte auf den dritten und letzten Monitor und hob eine Schulter an, um sein Gesicht vor den umherfliegenden Splittern zu schützen. «Bedeutungslos, Rosemary. Wenn ich hier fertig bin, haben sie keine Bedeutung mehr.»

«Ich werde alles abstreiten», drohte sie. «Ich werde gegenüber jedem, dem Sie davon erzählen, behaupten, von nichts zu wissen.»

Tymons richtete sich gerade auf. «Meine liebe Frau Doktor, es tut mir leid, aber dazu werden Sie nicht mehr lange genug leben.»

Rosemary wich hastig zurück, bis sie mit dem Rücken gegen die Wand stieß, die offene Tür zu ihrer Rechten. Sie konnte keinen klaren Gedanken fassen, konnte kaum noch atmen. Im Inneren eines der zerstörten Computer war ein kleiner Schwelbrand ausgebrochen. Ein dünner Rauchfaden stieg auf.

«Man wird Ihnen auf den Fersen sein, Leonard», sagte sie und schluckte mühsam, um die aufkommende Übelkeit zu unterdrücken, die ihr den Magen umzudrehen drohte. «Selbst wenn es Ihnen gelingen sollte, den Stützpunkt zu verlassen, werden Sie sich nicht lange verstecken können. Eine Woche, vielleicht einen Monat.» Schweiß rann ihr beißend in die Augen, aber sie wagte nicht, ihn wegzuwischen. «Sie haben gerade Ihr eigenes Todesurteil unterschrieben.»

Er zuckte die Achseln. «Als ob mich das kümmern würde, Rosemary. Glauben Sie, das schert mich einen Dreck?»

Ohne jegliche Vorwarnung leerte er das Magazin in die Arbeitsplatten. Der Lärm war ohrenbetäubend, die Zerstörung nahezu total. Gegen ihren Willen schrie Rosemary auf, mehr aus Wut als aus Angst, und riß die Hände hoch, um ihr Gesicht vor den umherfliegenden brennenden Bruchstücken zu schützen. Bevor sie sich versah, hatte Tymons bereits das leere Magazin gegen ein neues aus der Tasche seines Laborkittels ausgewechselt.

Er richtete die Waffe auf ihr Gesicht.

Ihre Augenlider flatterten und schlossen sich. *Das ist Wahnsinn*, war alles, was sie denken konnte, *das ist Wahnsinn.*

«Gehen Sie.»

Sie regte sich nicht, begriff nicht, was er meinte.

«Rosemary, verschwinden Sie.»

Als sie die Augen wieder öffnete, hatte er die Waffe sinken lassen, aber die Resignation, die in seiner Stimme mitgeklungen war, spiegelte sich nicht in seinem Gesicht wider.

«Vielleicht», sagte er, «werden Sie länger als ich überleben.»

Abscheu verzerrte ihre Züge, aber aus Angst, daß er seine Meinung ändern könnte, verzichtete sie auf eine Erwiderung. Auch wenn sie am liebsten vor Verzweiflung über die Vernichtung ihrer Arbeit getobt hätte, hoffte sie noch verzweifelter, lebend hier herauszukommen.

«Gehen Sie», flüsterte er und winkte mit der Waffe in ihre Richtung.

Ohne weiteres Zögern stürzte sie taumelnd zur Tür hinaus. Sie hatte kaum zwei Schritte getan, als sie sich selbst gegen den Fußknöchel trat und hart gegen die Wand prallte. Sie schrie auf, mehr vor Überraschung als vor Schmerz, und im gleichen Moment hörte sie einen Schuß.

Dann einen zweiten.

Sie rannte los, den schmerzenden Arm an den Körper gepreßt, während sie mit der freien Hand in ihrer Tasche nach den Schlüsseln kramte.

Vor dem Fahrstuhl angekommen, glitt der Schlüssel zweimal an der Kontrolltafel ab, bevor es ihr gelang, ihn in den Schlitz zu schieben. «Komm schon, verdammt! Komm schon, komm schon!»

Endlich glitt die Tür zur Seite, und sie hechtete in die Kabine, wirbelte herum und steckte den Schlüssel ein zweites Mal in den Schlitz. Erst als sich die Tür zischend geschlossen hatte, wurde ihr bewußt, daß sie nicht allein war.

Nein, dachte sie, nicht auch das noch!

«Wissen Sie», sagte die krächzende Stimme hinter ihr, «ich werde allmählich ziemlich gut darin. Finden Sie nicht auch?»

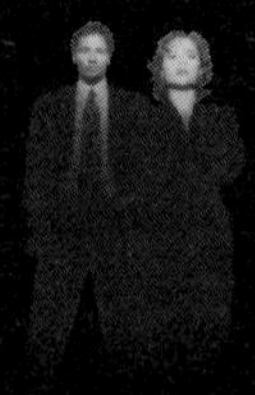

15.

Andrews war nicht im Zimmer, als Scully zurückkehrte, und sie beschloß, ihren eigenen Ratschlag zu beherzigen und sich ein wenig von den Strapazen des Nachmittags zu erholen. Vielleicht gelang es ihr, den Grund für den Überfall herauszufinden, wenn sie eine Weile allein sein konnte. Das alles ergab einfach keinen Sinn.

Falls es nur ein Einschüchterungsversuch gewesen war, eine Warnung, sich fernzuhalten und die Nachforschungen einzustellen – aus welchen Gründen auch immer –, würde die Rechnung nicht aufgehen, und das mußte auch dem Unbekannten klar sein. War der Anschlag jedoch ernst gemeint gewesen, hatte er sein Ziel ebenfalls verfehlt, und Scully konnte sich einfach nicht davon überzeugen, daß der Heckenschütze absichtlich danebengeschossen hatte.

Es sei denn, er war kein Experte.

Sie strich sich mit einer Hand das Haar zurück und rieb sich über den Nacken. Es hatte ein kräftiger Wind geweht, der eine Menge Laub und Unrat aufgewirbelt hatte. Alles war in Bewegung gewesen, die Bäume im Hintergrund und die Ziele davor. Außerdem hatten sie und Webber zurückgeschossen.

Also haben wir vielleicht nur ganz einfach Glück gehabt …

Diese Vorstellung beunruhigte sie noch mehr als alle anderen Möglichkeiten. Besonders, da der Schütze sie und Webber jederzeit hätte töten können, bevor sie zwischen den Bäumen in Deckung gegangen waren.

Sie hatten weitaus länger als Mulder völlig ungeschützt mitten auf der Straße gestanden.

Aber er hat uns nicht erschossen …

Je länger sie darüber nachdachte, desto mehr gelangte sie zu der Überzeugung, daß es dem Unbekannten nur darum gegangen war, sie und Webber in Schach zu halten, sie so gut wie möglich matt zu setzen.

Sein eigentliches Ziel war es, Mulder zu erschießen.

Was hatte der Mann am Jefferson Memorial gesagt?

Sie genießen keinen Schutz, Mr. Mulder, Sie genießen noch immer keinen Schutz.

«O Mann», flüsterte sie, «o Mann!»

Denk nach! Sie benötigte einen klaren Kopf, um die ganze Angelegenheit logisch zu analysieren, sonst würde sie noch genauso paranoid wie ihr Partner werden.

Aber während sie unter der Dusche stand, war es nicht der Heckenschütze, auf den sie sich konzentrierte. Aus irgendeinem Grund kreisten ihre Gedanken unablässig um den zweiten Angreifer, der Mulder niedergeschlagen hatte. Die Erklärung, die sie ihm dafür geliefert hatte, traf höchstwahrscheinlich zu oder kam der Wahrheit zumindest sehr nahe. Was unter keinen Umständen so etwas wie einen Kobold einschloß.

Und trotzdem …

Sie gab einen Laut von sich, der fast wie ein Knurren klang.

Es wäre nicht das erste Mal, daß sie zu der unangenehmen Erkenntnis gezwungen wurde, daß solche Erklärungen nur der verzweifelte Versuch waren, eine rationale Begründung für einen mysteriösen Vorfall zu finden.

Sie knurrte erneut, drehte sich um und ließ den heißen Wasserstrahl auf ihren Rücken und ihre Schultern prasseln, die Augen halb geschlossen. Ihr Atem wurde ruhiger, als sie die Erinnerung an die Schießerei in den Hintergrund ihrer Gedanken verdrängte.

Dampf wallte sanft um sie herum auf, kondensierte an dem

schmalen Milchglasfenster in der weißgekachelten Wand, rann in dünnen Bächen über die durchsichtige Schiebetür der Duschkabine.

Sie spürte und hörte nichts außer dem Prasseln des Wassers.

Der perfekte Zeitpunkt für den guten alten Norman Bates, dachte sie plötzlich, sich unbemerkt ins Bad zu schleichen, das Messer zum Zustoßen bereit erhoben. Und sie, fast taub und blind, eingelullt durch den Dampf und die wohlige Wärme, würde nichts bemerken, bis es zu spät war. Sie würde nichts bemerken, weil alles, was sie sah, ein verwaschener Schemen neben der Tür war ... vielleicht ... eine Gestalt, die dort stand und geduldig auf den richtigen Augenblick wartete.

Natürlich ist der Umriß nichts anderes als die Badehandtücher, die an einem Haken neben der Tür hängen ...

Sie wußte es.

Nein, sie nahm es an ...

Sie schloß kurz die Augen und verfluchte Mulder dafür, sie so verrückt gemacht zu haben, daß sie schon Gespenster sah. Allen guten Vorsätzen zum Trotz hielt sie die Luft an, um sich zu sammeln. Dann öffnete sie die Tür der Duschkabine einen winzigen Spalt weit.

Nur um ganz sicherzugehen.

«Mulder, ich schwöre, ich drehe dir den Hals um», flüsterte sie erleichtert und gleichzeitig ein bißchen verärgert, als sie die Handtücher sah. Es gab keine einzige Stelle in dem winzigen Badezimmer, wo irgend jemand sich hätte verbergen können.

Der Dampf umfing sie, verwirbelte in langsamen gespenstischen Schwaden und erzeugte einen Moment lang die Illusion, als stünde sie in dünnem Bodennebel.

Sie fröstelte.

Es war kühl hier. Und der Dampf waberte und schlängelte an ihr vorbei, weil die Badezimmertür offenstand ...

Er wollte nicht schlafen. Es gab viel zuviel zu tun. Aber schließlich war der Schmerz abgeebbt, hatte Müdigkeit Platz gemacht, und Mulder konnte seine Gedanken nicht mehr vernünftig zusammenhalten. Sie trieben, verblaßten und tanzten durcheinander.

Mulder, halt die Augen offen!

Haut blitzte wie Schnappschüsse vor seinem inneren Auge auf, zu schnell, als daß er sie hätte festhalten können, Haut, die wie Rinde aussah, ohne sich so rauh anzufühlen, ohne die Struktur von Rinde zu besitzen. Allerdings war der Kontakt nur sehr kurz gewesen …

Mulder.

Die Müdigkeit und die vergangene Zeit ließen die Stimme gedämpft klingen, und obwohl sie niemandem gehörte, den er kannte, klang sie irgendwie vertraut, rauh und gepreßt, als litte ihr Besitzer – der Kobold – entweder unter leichten Schmerzen oder hätte sich noch nicht an seine neue Stimme gewöhnt.

Halt die Augen offen, Mulder!

Wenn die Warnung ernst gemeint war, warum war er dann nicht wie die anderen vor ihm getötet worden?

Er wußte es nicht, und die Stimme und der Alptraum wollten ihn nicht loslassen.

Rosemary konnte sich nicht mehr länger beherrschen. Ihre Knie gaben nach, und sie sank mit dem Rücken zur Wand der Kabine kraftlos zu Boden.

«Sind Sie in Ordnung?» Die Stimme klang rauh und tat in den Ohren weh.

Sie nickte.

«Was ist passiert?»

Weg, dachte sie, alles weg, alles ist verloren, Joseph wird mich umbringen, und alles ist verloren, verdammt, alles weg.

«Dr. Elkhart, was haben Sie?»

Sie hob den Kopf und machte eine resignierte Geste.

«Dr. Elkhart, sagen Sie doch etwas. Sie machen mir angst.»

«Mein Liebes», erwiderte sie und stieß ein leises freudloses Lachen aus, «du hast gar keine Ahnung, was Angst wirklich bedeutet.»

Ein Rascheln, eine Bewegung, eine weiche Hand, die über ihr Fußgelenk strich.

«Kann ich Ihnen helfen?»

Rosemary wollte schon den Kopf schütteln, hielt dann aber inne. Sie starrte auf die Fahrstuhltür und sah in der glänzenden Stahlfläche ihrer beider Spiegelbilder, bis zur Unkenntlichkeit verzerrt. Es dauerte nicht lange, bis sie spürte, wie sich ihre Lippen zu einer Art Lächeln verzogen.

«Ja», sagte sie schließlich. «Ja, mein Liebes, ich glaube, das kannst du.»

Die Handtasche lag auf dem Boden zwischen Toilette und Duschkabine. Scully beugte sich vor, schob einen Arm durch den Spalt, öffnete mit fliegenden Fingern die Tasche, zog die Pistole hervor, richtete sich wieder auf und betrachtete angestrengt die leicht geöffnete Badezimmertür. Dann drehte sie mit der linken Hand die Wasserhähne zu und drückte mit dem rechten Handgelenk die Kabinentür auf.

Sobald sie auf der Fußmatte stand, griff sie sich ein Handtuch und schlang es sich hastig um den Körper. Es bot ihr zwar keinerlei Schutz, aber sie fühlte sich nicht mehr ganz so verwundbar. Ihre Zähne klapperten, und ihre Unterlippe zitterte, als die Kälte ihr eine Gänsehaut verursachte.

Sie schaltete die Badbeleuchtung aus.

Das Tröpfeln des Wassers vom Duschkopf klang übermäßig laut.

Die einzige Lichtquelle im Zimmer stammte von der Messingtischlampe auf dem Nachtschränkchen zwischen den beiden Betten, die sie selbst angeknipst hatte.

Sie konnte keinen Laut und keine Bewegung wahrnehmen.

Mit der linken Hand öffnete sie so langsam wie möglich die Tür, bis sie hindurchschlüpfen konnte, huschte gebückt über die Schwelle und kauerte sich hinter das erste Bett. Der Lauf ihrer Pistole wanderte durch das Zimmer, aber es war niemand da.

Verlaß dich nicht auf Vermutungen, beschwor sie sich selbst, verlaß dich nie auf Vermutungen.

Obwohl sie sich mittlerweile wie ein Volltrottel vorkam – *verlaß dich nie auf Vermutungen, Scully* –, kroch sie geduckt um das Fußende herum, um sicherzustellen, daß ihr Besucher sich nicht zwischen den Betten versteckt hatte. Nachdem sie sich davon überzeugt hatte, daß sie wirklich allein war, setzte sie sich auf die Matratze und versuchte, sich zu erinnern, ob sie nicht vielleicht versehentlich vergessen hatte, die Badezimmertür zu schließen. Vielleicht hatte sie sie auch geschlossen, und der Riegel war nicht richtig eingerastet, oder aber Andrews war zurückgekehrt, hatte das Rauschen der Dusche gehört und Scully nicht stören wollen.

Aber wenn letzteres zutraf, warum hatte Andrews die Tür dann überhaupt geöffnet?

Wasser tropfte aus ihrem Haar und lief ihr über den Rücken.

«In Ordnung», sagte sie laut, nur um den beruhigenden Klang ihrer eigenen Stimme zu hören. «Alles in Ordnung, du bist allein.»

Sie schaltete die Deckenlampe ein, um die Schatten im Zimmer zu vertreiben, und trocknete sich, so schnell sie konnte, bei weit geöffneter Badezimmertür ab. Das Anziehen ging noch schneller – Bluse, Rock und eine dazu passende weinrote Jacke. Danach hatte sie sich fast wieder beruhigt und betrachtete sich im Spiegel der Ankleidekommode, während sie die Bluse über ihrer Brust glatt strich. Eines Tages, beschloß sie, würde sie sich modebewußter kleiden, FBI hin oder her.

Sie kehrte ins Badezimmer zurück, fuhr sich mit einer Bürste durchs Haar und übte vor dem Spiegel den Vortrag, den sie Mulder darüber halten würde, was seine dämlichen Ideen bei ihr bewirkten.

Es half ihr nicht. Ihr Spiegelbild zeigte den gleichen sardonischen Gesichtsausdruck, mit dem auch er sie ansehen würde, wenn er ihr zuhörte. Falls er ihr überhaupt zuhören würde. Als sie die Bürste weglegte, hatte sie beschlossen, daß dieser Vorfall etwas war, von dem ihr Partner nichts zu erfahren brauchte.

Mit einem schiefen Grinsen ging sie wieder ins Schlafzimmer. dann zuckte sie zusammen und keuchte auf, als sie aus den Augenwinkeln heraus die Gestalt erblickte, die ihr im gleichen Tempo und Abstand folgte.

«Hör mir genau zu», sagte Rosemary eindringlich. Sie deutete mit dem Daumen auf die Tür. «Tymons versucht, uns zu vernichten. Er hat Angst, und er ist ein Feigling. Er macht sich keine Gedanken über dich, mich oder das Projekt. Er will … er will, daß wir alle sterben.»

Es folgte ein Moment der Stille. Sie hielt den Atem an und betete.

«Er konnte mich von Anfang an nicht leiden, wissen Sie?» Die Stimme klang noch immer rauh, aber jetzt schwang unterdrückte Wut in ihr mit. «Er hat mich für zu … emotionell gehalten.»

Rosemary stimmte ihm mit einem Nicken zu.

Ein Kichern. «Er hat wirklich Angst vor mir, müssen Sie wissen.»

«Ja, ich weiß.»

Das Kichern brach unvermittelt ab. «Was kann ich tun? Ich bin nicht dumm, Dr. Elkhart. Ich weiß, was passiert, wenn Sie mir nicht mehr helfen. Was kann ich tun?»

Sie versuchte nachzudenken, die Prioritäten zu setzen, durch die sie sich retten konnte.

«Brauchen Sie ihn? Dr. Tymons?»

«Nein.» Sie zögerte nicht eine Sekunde lang. «Nein, wir brauchen ihn nicht.»

«Andere?»

«Drei», sagte sie, ohne darüber nachdenken zu müssen. Ein würgendes Husten erregte ihre Sorge und ließ sie aufstehen. Sie fragte sich, ob sie wirklich damit durchkommen konnten. «Schaffst du es, mein Liebes? Fühlst du dich gut genug?»

«Ich schaffe es, wirklich. Aber es wird einige Zeit brauchen. Vielleicht ein paar Tage. Ich kann nicht ...»

Das Husten wurde stärker und krampfartig. Rosemary streckte ein Hand aus und legte sie ihrem Gegenüber auf die Schulter, bis es vorbei war.

«Es ist in Ordnung», flüsterte sie. «Es wird alles gut werden.»

Und sie glaubte daran. Es würde gutgehen. Alles würde sich wieder einrenken.

Dann nannte sie die Namen.

Scullys rechte Hand zuckte schon zu der Pistole auf dem Bett, als sie begriff, daß die Bewegung nur ihr Spiegelbild im Spiegel der Ankleidekommode war.

Zu viele Spiegel hier, dachte sie säuerlich und zielte auf ihr Abbild, wie um ihm zu befehlen, jemand anderen zu erschrecken.

Und dann erstarrte sie.

Irgend etwas war an der Wand hinter ihr. Eine schwache Bewegung, die ihr vermutlich entgangen wäre, wenn sie nur zufällig in diese Richtung gesehen hätte.

Sie fixierte die Wand durch den Spiegel, wartete und hoffte, daß es nur der vorbeihuschende Schatten eines Autoscheinwerfers gewesen war.

Dann bewegte es sich wieder. Sie wandte sich um und ging zwischen den Betten hindurch auf die Wand zu …

Die Motte flatterte langsam mit den Flügeln und begann, zur Decke aufzufliegen.

Scully fuhr sich fasziniert mit der Zungenspitze über die Lippen, stieg auf das Bett, wartete, bis sie ihr Gleichgewicht gefunden hatte, und wandte den Blick ab.

Als sie wieder hinsah, dauerte es einige Sekunden, bis sie das Tier erneut ausfindig gemacht hatte.

«Sieh an», flüsterte sie. Ein zögerndes Lächeln huschte über ihr Gesicht, bevor sie von der Matratze in die Höhe sprang und die Motte in der hohlen Hand fing.

Sie spürte das Zittern der Flügel auf ihrer Haut, sprach leise auf das Insekt ein, ging zur Tür, öffnete sie und entließ es in die Freiheit. Dann strich sie sich nachdenklich über das Kinn.

Es war noch ein weiterer Test erforderlich, und die Schritte draußen auf dem Flur ließen sie schnell handeln.

Scully ließ die Deckenlampe brennen, schaltete das Nachttischlämpchen aus, setzte sich auf das von der Tür am weitesten entfernte Bett und schob sich bis zum Kopfende zurück, die Füße überkreuzt. Aus dieser Position konnte sie von sich selbst kaum noch etwas sehen, den Raum dagegen schon.

Ein Schlüssel drehte sich im Schloß. Sie konnte es deutlich hören, bewegte sich aber nicht.

Die Tür schwang auf, und Licia trat ein. «Scully?»

Scully öffnete den Mund, blieb jedoch stumm.

Andrews steuerte die Badezimmertür an. «Scully, sind Sie da drin? Hören Sie, wollen Sie mich den ganzen Abend mit diesem Jungen allein lassen? Sie sollten sich anhören …»

Sie öffnete die Tür und verstummte mitten im Satz, seufzte, drehte sich um und quietschte auf, als sie Scully auf dem Bett sitzen sah, die Pistole auf sie gerichtet.

«Jesus!» Sie griff sich an die Brust. «Allmächtiger Gott, Scully! Ich habe Sie gar nicht gesehen. Warum, zum Teufel, haben Sie nichts gesagt?»

Scully lächelte. «Sie haben mich nicht gesehen?»

Andrews zog ein finsteres Gesicht. «Natürlich nicht. Es war dunkel. Sie sitzen im Dunkeln.»

Scully rückte näher an den Lichtkegel der Hängelampe heran. «Nicht ganz. Aber jetzt sehen Sie mich, nicht wahr?»

Andrews wußte nicht, was sie darauf antworten sollte. Ihre Lippen bewegten sich lautlos. Schließlich sagte sie: «Nun ... ja, ich denke, schon.» Sie lachte über sich selbst. «Natürlich sehe ich Sie. Das Licht war ...»

Scully glitt vom Bett, steckte die Pistole in ihre Handtasche zurück und griff nach ihrem Mantel. «Gehen Sie zu Hank», bat sie. «Wir treffen uns bei Mulder.»

«Schon wieder?»

«Schon wieder.» Sie schob Andrews sanft, aber unerbittlich auf den Flur hinaus. «Gott steh mir bei, aber ich habe so ein Gefühl, daß Mulder recht hat.»

Andrews riß die Augen auf. «Was die Kobolde betrifft?»

«So etwas in der Richtung.» Scully konnte kaum glauben, daß sie das sagte. «Ja, so etwas in der Richtung.»

16.

Mit nichts als einem kurzen dünnen Handtuch, das er sich um die Hüften geschlungen hatte, betrachtete sich Mulder in dem dampfbeschlagenen Spiegel. Er sah mitgenommen und vielleicht ein bißchen zu blaß aus, aber keineswegs wie ein Mann, der beinahe umgebracht worden war. Gleich zweimal am selben Nachmittag. Wie auch immer ein Mann in einer solchen Situation aussehen sollte. Er stellte sich auf die Zehenspitzen und atmete scharf ein, als er das Ausmaß der Prellung unterhalb seiner Rippen sah. Der nächste Morgen würde ihm höllisch zu schaffen machen, keine Frage.

Er trocknete sich vorsichtig ab, um weder die Schmerzen der Prellung noch das Hämmern in seinem Kopf anzuheizen und weil er, wie Scully bereits vermutet hatte, dieses Gefühl der Vorahnung, dieses typische Kribbeln verspürte, das den wirklichen Beginn der Jagd ankündigte.

Wie er vermutete, würde Webber in diesem Augenblick vor Ungeduld fiebern, und Andrews würde mit sich selbst kämpfen. Das war nur zu verständlich. Ein paar gewöhnliche Nachforschungen hatten einen mörderischen Schußwechsel nach sich gezogen, und wahrscheinlich strömte das Adrenalin noch immer durch ihre Adern. Zweifellos wollten sie jetzt Taten sehen, keine methodischen Untersuchungen anstellen. Dabei würde es für sie keine Rolle spielen, daß am Tatort außer Patronenhülsen keine Spuren gefunden worden waren und dort, wo man ihn niedergeschlagen hatte, nicht einmal das.

Handeln. Etwas unternehmen, am Ball bleiben. Sich in Ruhe

hinzusetzen, Kaffee zu trinken und über die Dinge zu reden war in ihren Augen mit Sicherheit nicht die angemessene Vorgehensweise.

Mulder zog sich an und ließ dabei den Blick durch den Raum schweifen, ohne die Möbel oder die schmuddeligen Wände wirklich wahrzunehmen. Während er sich der wohltuenden Wirkung des heißen Wassers hingegeben hatte, waren ihm ein paar Ideen und Ahnungen durch den Kopf gegangen.

Nur Ideen und Ahnungen, die größtenteils ziemlich unklar waren.

Aber seine Fieberträume – anders konnte man sie nicht bezeichnen – wollten ihn trotzdem nicht loslassen. Jedes Pochen in seinem Schädel, jeder Stich seiner geprellten Rippen erinnerte ihn daran, was er gesehen hatte.

Was er tatsächlich gesehen und sich nicht nur eingebildet hatte.

Er schlüpfte steif in sein Jackett, stopfte die Krawatte in eine Tasche, griff nach seinem Mantel – und verharrte.

Was er jetzt tun sollte, war, sich direkt ins *Queen's Inn* zu begeben, um sich mit den anderen zu treffen. Oder aber er konnte sich für eine Weile davonstehlen, um Scullys ärztlicher Aufmerksamkeit zu entgehen, und …

Plötzlich ging die Tür auf.

Mulder stolperte rückwärts, stieß gegen die Bettkante und fiel auf die Matratze. Sein Kopf drohte zu explodieren.

«Jesus!» keuchte er wütend.

Scully sah ohne jedes Mitgefühl auf ihn herunter. «Ich habe eine Idee, Mulder.»

Major Tonero saß auf der Veranda seines bescheidenen Bungalows, eine Zigarette in der einen, einen Schwenker mit Scotch und Soda in der anderen Hand. Zwar hatte er nach der Begegnung mit den Agenten am Nachmittag mit einem Anruf des FBI gerechnet, war aber nicht gerade enttäuscht darüber, daß dieser ausgeblieben war. Ihre Aufmerksamkeit galt jetzt einem anderen Ziel. Wer auch immer den Anschlag verübt hatte, hatte ihm damit unabsichtlich einen großen Gefallen getan.

Jetzt mußte er Rosemary nur noch von seinem Gespräch mit ihren Vorgesetzten erzählen, dann konnten sie mit dem Umzug beginnen. Mit etwas Glück würden sie schon Sonntag nachmittag unterwegs sein.

Er nahm einen Schluck, blies einen Rauchring. Es war kühl heute abend, aber nicht so kühl, daß er im Haus geblieben wäre.

Tonero gefiel es hier draußen. Die wenigen Nachbarn, die er hatte, waren ruhig und derart unauffällig, sowohl bei Tag als auch bei Nacht, daß er manchmal das Gefühl hatte, seine Vorgesetzten hätten ihn in die Kulisse einer Fernsehserie aus den 50ern versetzt. Aber das war eindeutig besser, als bei *ihnen* zu wohnen, diesen kurzsichtigen und phantasielosen Offizieren, die für die Armee lebten und starben, ohne jemals zu begreifen, welche Möglichkeiten sich ihnen dort boten.

Er genehmigte sich einen weiteren Schluck auf diese Erkenntnis.

Wenn er seine Situation bedachte, blieben nur zwei Fragen offen: Was sollte er wegen Leonard Tymons und was wegen der Versuchsperson des Projekts unternehmen? Nun, es würde sich eine Antwort finden. Wie immer.

Ein Auto raste den Häuserblock entlang. Tonero runzelte die Stirn. Er hatte keine Lust, sich den ruhigen Abend verderben zu lassen. Die Falten auf seiner Stirn wurden noch tiefer, als das Auto mit quietschenden Reifen am Bordstein hielt.

Er beugte sich vor. Rosemary?

Es vergingen mehrere Sekunden, bis sie ausstieg und stolpernd auf das Haus zurannte. Er stand auf und war noch vor ihr an den Stufen, nahm sie in die Arme, beruhigte sie und brachte sie ins Haus.

«Leonard», keuchte sie und ließ sich schwer auf das Sofa fallen.

Sie sah furchtbar aus. Das Haar klebte ihr schweißnaß am Kopf› ihre Wangen waren unnatürlich gerötet und betonten auf eine unangenehme Weise ihre ohnehin schon blasse Gesichtsfarbe.

Scheiße, dachte er wütend. Warum, zum Teufel, können die Dinge nicht ein einziges Mal unkompliziert sein?

«Raus damit», forderte er sie leise auf.

Er hörte reglos zu, als sie ihm erzählte, was sich im Projektlabor abgespielt hatte, berührte sie nicht, als sie so heftig zu zittern begann, daß sie die Arme um ihren Oberkörper schlingen mußte, um sich halbwegs zu beruhigen, und sagte kein Wort, als sie schließlich geendet hatte und wie um Beistand flehend zu ihm aufblickte.

Major Tonero drehte sich um und sah zum Fenster hinaus auf den Rasen, die Hände hinter dem Rücken verschränkt. Als er sich ihr nach einer Weile wieder zuwandte, lächelte er. «Bist du dir sicher, daß er tot ist?»

«Er ... mittlerweile müßte er es sein.»

«Es existieren Sicherungskopien der Dateien, richtig?»

Rosemary fuhr sich mit einer Hand über das Gesicht und dachte angestrengt nach. «Ja.» Sie nickte zögernd. «Ja, natürlich. Obwohl ich nicht weiß, wie aktuell sie sind. Leonard hat immer ...»

«Das spielt keine Rolle.» Er trat einen Schritt auf das Sofa zu. «In seinem Büro?»

«Ja.»

Er massierte nachdenklich seine Nasenflügel. «Und was ist mit unserem Versuchsobjekt?» Seine Augen weiteten sich ein wenig, als er einen kurzen Blick zur Eingangstür warf.

«Nein, mach dir darüber keine Sorgen.» Sie holte langsam und tief Luft, ließ den Kopf erschöpft zurücksinken, schloß die Augen und knöpfte mit der linken Hand ihren Laborkittel auf, als behinderte er sie beim Atmen. «Wir waren im Fahrstuhl, und dann … ich weiß nicht, wo es jetzt ist.»

Tonero näherte sich ihr einen weiteren Schritt. «Gehe ich richtig in der Annahme, daß es ohne die nötige medizinische Betreuung irgendwann …» Ein Lächeln huschte über sein Gesicht und erlosch sofort wieder. «… vergehen wird?»

«Verdammt, Joseph, was ist mit dir los? Hast du mir überhaupt nicht zugehört?»

Er streckte ihr die Hände entgegen und machte eine auffordernde Geste, bis sie sie ergriff und sich von ihm hochziehen und in die Arme schließen ließ. Er küßte ihr aufs Ohr, auf die Wange und auf den Mund.

«Joseph?»

Sie fühlte sich kalt an, kalt vor Angst. Und sie zitterte am ganzen Körper.

Er berichtete ihr mit leiser Stimme von dem Anruf und den Problemen, die er gehabt hatte, bevor sie jetzt anscheinend beschlossen hatten, sich von selbst zu erledigen. Er sagte ihr, daß er sich während des Gesprächs bei den Verantwortlichen für sie eingesetzt hätte. Immer noch flüsternd, schlug er ihr vor, mit ihrem Wagen zurück zum Hospital zu fahren und die Disketten mit den Sicherungskopien aus Dr. Tymons Büro zu holen. Außer ihnen hatte zwar niemand Zutritt zu den Kellerräumen des Projekts, aber es war möglich, daß sie früher als beabsichtigt verschwanden.

«Wir könnten damit allerdings auch noch bis morgen warten», flüsterte er ihr zu, als sie sich eng an ihn schmiegte und seinen Kuß leidenschaftlich erwiderte.

Sie begann, sein Hemd aufzuknöpfen, und jetzt war sie es, die flüsterte. «Joseph, weißt du eigentlich, daß du manchmal ein arroganter Bastard sein kannst?»

«Aber aus gutem Grund, Dr. Elkhart. Und das solltest du nie vergessen.»

Barelli hatte fast ein schlechtes Gewissen, die alte Frau allein im *Company G* zurückzulassen, aber da jeder dort sie zu kennen und zu mögen schien, verschwand dieses Gefühl sofort wieder, als er im Freien stand.

Es war ein Abend voller Überraschungen.

Das Restaurant selbst, einen halben Straßenblock um die Ecke hinter *Barney's* gelegen, war ein niedriges, von hellblauen Neonlampen umrahmtes Gebäude. In dem großen Fenster zur Straße patrouillierte ein Neonkavallerist zwischen Schablonen-Lettern, die sich zu *Company G* zusammensetzten. Ein glänzender schwarzer Überzug auf der Glasscheibe machte das Fenster von außen blind, aber als sie hineingegangen waren, hatte Barelli eine angenehme Überraschung erlebt. Das Restaurant bestand aus einem einzigen großen Raum, sanft und indirekt erleuchtet, die Einrichtung war in schwarzem Kunststoff, Glas, glänzendem Chrom und Messing gehalten. Ein Tresen nahm die gesamte linke Wand ein, auf dem mit Teppich ausgelegten Boden stand eine Reihe von Tischen, die etwa zur Hälfte besetzt waren. Eine Tanzfläche nahm den größten Teil des hinteren Raumes ein, und vor der Rückwand erhob sich eine niedrige Bühne.

Auch das Dinner war mehr als nur ordentlich gewesen, die Getränke preiswert. Elly Lang hatte reichhaltig bestellt und bedächtig gegessen, als wollte sie das Essen über den ganzen Abend ausdehnen. Als er sich nach ihr erkundigt hatte, hatte sie gelächelt und ihm nicht viel mehr als das erzählt, was er durch das Gerede über sie ohnehin schon wußte.

Alles nur wegen der Kobolde.

Noch bevor sie ihr Essen beendet hatte, war ihm klar gewesen, daß er alles von ihr gehört hatte, was sie ihm sagen konnte. Es waren nicht nur bloße Floskeln gewesen, hatte sich aber wie eine Geschichte angehört, die sie schon hundertmal erzählt hatte und die sich nicht allzusehr von dem unterschied, was er auf der Polizeistation erfahren hatte.

Sie hatte ihn liebenswürdig entschuldigt, als seine Gedanken abzuschweifen begonnen hatten, und obwohl er im letzten Moment davon abgesehen hatte, sie auf die Wange zu küssen, hatte die Beinahegeste sie dazu gebracht, ihn mit einem Lachen wegzuscheuchen.

Jetzt überlegte er, ob er zur Polizeistation zurückkehren und sich mit der Funkdienstleiterin unterhalten sollte. Polizisten in dieser Funktion wußten in der Regel besser Bescheid als ihre Kollegen, und soweit er sich erinnerte, hatte Sergeant Nilsson ihm gesagt, daß dieser Dienst hauptsächlich von einer jungen Frau namen Maddy Vincent versehen wurde.

Genau in diesem Moment fiel ihm wieder seine Verabredung mit Babs Radnor ein.

«Scheiße», schimpfte er leise vor sich hin. «Verdammt!»

Er würde sich irgendeine Entschuldigung einfallen lassen müssen. Sein Ruf als Reporter hatte es ihr angetan, das wußte er, also würde sie vielleicht nicht allzu unglücklich sein, wenn er ihr versicherte, daß er nicht sofort wieder abreisen würde. Eine Verschiebung ihrer Verabredung auf den nächsten Tag erschien ihm als die beste Lösung.

Barelli eilte zur Hauptstraße und beschloß, auf die Fahrt zum *Royal Baron* zu verzichten. Ein Anruf würde ausreichen. Wenn er es geschickt anstellte und seiner Stimme den richtigen Tonfall verlieh, würde sie vielleicht um so aufgeregter und gespannter auf ihn warten.

Er fröstelte und wünschte, er hätte seinen Mantel mitgenommen. Mittlerweile war es richtig Nacht geworden. Am Himmel war nicht ein Stern zu sehen. Regen lag in der Luft. Die Häuser wurden von der Dunkelheit verschluckt, die Neonreklamen und Laternen verliehen den Straßen den nötigen Eindruck von Leben, der ihnen bei Tageslicht fehlte. Es waren gerade genügend Passanten unterwegs, um das Stadtviertel fast geschäftig erscheinen zu lassen. Ein Straßenbulle sprach mit einer Gruppe mißmutig dreinschauender Teenager, ein Streifenwagen rollte langsam nach Westen und ignorierte die Wagenschlange, die sich hinter ihm gebildet hatte, mehrere Geschäfte hatten geöffnet, hinter deren Schaufenstern undeutlich die Schemen von Kunden zu sehen waren.

Der Wind war eingeschlafen.

Trotzdem zog Barelli die Schultern hoch, eilte in westliche Richtung und brummte gereizt, als er die Polizeistation erreicht hatte, ohne eine öffentliche Telefonzelle zu finden. Er zuckte die Achseln und nutzte die erste Verkehrslücke, um auf die andere Straßenseite zu sprinten.

Nachdem er das Polizeigebäude betreten hatte, mußte er mehrere Minuten lang warten. Im Gegensatz zu seinem früheren Besuch herrschte heute abend Betrieb – zwei Polizisten führten zwei schwankende Betrunkene zu den Zellen im hinteren Teil des Gebäudes, aus dem Funkgerät drang ununterbrochen Geplapper, ein Mann in Zivilkleidung diskutierte mit zwei Frauen an seinem Schreibtisch, von denen eine einen blutigen Verband um die Hand trug. Als es Barelli endlich gelang, die Aufmerksamkeit des Sergeants am Empfangstisch zu erregen, wurde ihm unwirsch mitgeteilt, daß Officer Vincent nicht im Dienst sei und er sich bis morgen gedulden müsse.

Das konnte er nicht. Die Idee hatte sich in seinem Kopf festgesetzt, und jetzt konnte er sie nicht mehr einfach abschütteln.

Nach etlichen mit einem Lächeln getarnten Lügen über Vincents Wichtigkeit für seine Reportage erhielt er ihre Adresse und eine Wegbeschreibung. Ein paar Notizen in seinem Block überzeugten den Officer davon, daß der Reporter seinen Namen auch nicht falsch schreiben würde.

Als Barelli wieder auf dem Gehweg stand, wurde ihm bewußt, daß er außer Atem war.

Ruhig, Junge. Entspann dich, vermassel es dir jetzt nicht.

Zwei Straßenblocks weiter, dann einen rechts, hatte ihm der Sergeant gesagt. Ein kurzer Spaziergang, der ihm Zeit gab, sich die Fragen zurechtzulegen, die er stellen mußte.

Das Haus war nicht schwer zu finden; es war das einzige in der Straße, in dem kein Licht brannte.

Barelli klopfte, klingelte und ging sogar zur Hintertür, wo er wieder klopfte, aber Officer Vincent antwortete nicht.

Egal, dachte er und setzte sich auf die Eingangsstufen. Irgendwann muß sie ja nach Hause kommen, und dann warte ich bereits hier, um sie berühmt zu machen.

Er rauchte eine Zigarette und hörte eine Zeitlang einem furchtbaren Streit im Nachbarhaus zu seiner Linken zu. Dann wanderte er eine Weile umher, um sich warm zu halten, blieb aber ständig in Sichtweite des Hauses. Als er schließlich im Licht einer Straßenlaterne auf seine Uhr sah und feststellte, daß es erst ein paar Minuten nach acht war, kam ihm der Gedanke, daß unter Umständen noch Stunden vergehen konnten, bevor Maddy Vincent nach Hause kam. Es war Freitag abend, und sie war nicht verheiratet. *Was, zum Teufel, hab ich mir eigentlich gedacht?*

Er hatte fast schon die nächste Straßenkreuzung erreicht, als er stehenblieb, seine Dummheit verfluchte und zurücktrabte, wobei er seinen Notizblock aus der Jackentasche zog. Um ganz sicherzugehen, daß sie auch auf ihn warten würde, würde er ihr eine Nachricht hinterlassen. Nicht zu offensichtlich, lieber ein bißchen geheimnisvoll, um ihr Interesse zu wecken. Das Süßholzraspeln konnte er sich für später aufheben.

Es kostete ihn vier Versuche, bis er zufrieden war und die Seite aus dem Notizbuch herausriß. Das nächste Problem bestand darin, die Nachricht so zu deponieren, daß der Wind sie nicht in den nächsten Staat blies. Er beschloß, den Zettel zu falten und ihn zwischen Tür und Rahmen zu klemmen. Danach wischte er sich die Hände ab, drehte sich um und entdeckte den Schatten auf der Veranda.

«Wer, zum Teufel, sind Sie?»

«Das spielt überhaupt keine Rolle», erwiderte der Schatten.

Als Barelli die Klinge sah, war es längst zu spät, und alles, was er noch tun konnte, war, den Mund zu öffnen in dem aussichtslosen Versuch, zu schreien.

17.

Die einzelne Lichtquelle über dem Tisch erreichte kaum das erste Bett, das zweite überhaupt nicht.

Scully saß mit dem Rücken zum Fenster. Mulder neben der Tür, Webber auf der Kante der Ankleidekommode, Andrews auf dem ersten Bett.

Mulder gefiel die Situation nicht. Er konnte die Mienen der anderen nur erahnen. Sie erinnerten ihn zu sehr an Geister während einer Séance, die in der Dunkelheit schwebten, als trügen sie Schleier vor den Gesichtern.

Scullys Finger bewegten sich über die gemaserte Holzplatte. «Ich habe über eine Motte nachgedacht, die ich an der Wand entdeckt habe», begann sie. «Ich habe sie nicht sofort gesehen, nicht nur, weil sie ziemlich klein gewesen ist, sondern auch, weil ihre Färbung und Maserung fast mit der Farbe der Wand verschmolzen ist. Das hat mich an Tarnung und an den Kobold denken lassen, dem es gelungen war, sich für Pierce unsichtbar in der Gasse und für Mulder unsichtbar im Wald zu verstecken. Aber trotz allem kann ich einfach nicht glauben, daß man so etwas mit Tarnanzügen, Farbe, Holzkohle, Zweigen und Blättern zustande bringen kann. Und selbst, wenn es möglich wäre, wie konnten sie im voraus wissen, wo sich das Opfer aufhalten würde? Und ich glaube nicht», schloß sie, «daß man die erforderliche Ausrüstung in einem Paket auf dem Rücken mit sich herumschleppen könnte. Das wäre uneffektiv und hinderlich.»

Der Mörder – der Kobold – hätte unmöglich wissen können, daß Grady Pierce in genau dieser Nacht zu ebendiesem Zeitpunkt an der bewußten Gasse vorbeikommen würde. Webber hatte durch sein Gespräch mit dem Barkeeper herausgefunden, daß Noel den Ex-Sergeant ziemlich häufig persönlich nach Hause gebracht hatte. Und sie selbst hatten erst unmittelbar nach dem Mittagessen im Imbiß beschlossen, den Schauplatz des Mordes an Corporal Ulman aufzusuchen.

«Das wirft zwei Fragen auf», sagte Scully, den Blick gesenkt, als spräche sie mit dem Tisch.

«Woher konnte er also wissen, wo er sein mußte?» fragte Webber.

Scully nickte.

«Und wenn er nicht gerade Magie beherrscht», fügte Andrews in belustigtem Tonfall hinzu, «wie konnte er dann bereits ... die Sachen tragen, die er brauchte, um sich zu tarnen?»

Scully nickte erneut.

Mulder sah zu, wie sie mit den Fingern Kreise auf die Tischplatte malte.

«Lassen Sie uns vorläufig das Warum des Mordes zurückstellen. Ebenso das Wer.» Sie hob das Gesicht, das im Licht zu blaß wirkte, und Mulder wandte den Blick ab. «Das Wie jedoch ...»

Niemand sagte irgend etwas.

Auf dem Parkplatz hatte ein Auto eine Fehlzündung. Nur Webber zuckte zusammen.

Ein Lastwagen jagte dröhnend die Countystraße entlang, kurz darauf folgte ein zweiter, Hupen klangen auf.

Mulder rutschte unbehaglich auf seinem Stuhl herum und betrachtete Scullys Gesicht. Manchmal störte ihn diese ausdruckslose Glätte, die es ihm unmöglich machte, zu erkennen, was sie dachte. Es war zu oft wie eine Maske. Ihre Augen aber waren anders. Er konnte sie sehen, obwohl ihr Gesicht im Schatten lag, und er erkannte, daß sie sich widerwillig zu einer Entscheidung durchrang.

Er strich sich eine Haarsträhne aus der Stirn.

Die Bewegung ließ sie zu ihm hinübersehen, und als sich ihre Blicke trafen, holte sie langsam und tief Luft.

«Die Spezialprojekte», sagte Webber unvermittelt, womit er alle aufschreckte. «Dieser Major Tonero und seine Spezialprojekte.»

«Das ist es, was ich vermute», erwiderte sie. «Aber ich bin mir nicht sicher, was genau das mit unserem Problem zu tun hat.»

«Doch, das sind Sie sehr wohl», meinte Mulder sanft. «Es ist kein Kobold, jedenfalls nicht von der Art, die Elly Lang meint.»

Andrews gab einen leisen spöttischen Laut von sich. «Was ist es dann? Ein Geist?»

«Nein. Es ist ein Chamäleon.»

Der Wind frischte auf. Ein Luftzug fuhr durch das Fenster und ließ den Vorhang flattern.

Andrews schlug sich auf die Schenkel. «Ein was? Ein Chamäleon? Sie meinen ein menschliches Chamäleon?» Sie wedelte geringschätzig mit einer Hand in der Luft herum. «Nichts für ungut, Mulder, aber Sie haben den Verstand verloren. So etwas gibt es nicht.»

Er nahm es ihr nicht übel, obwohl er wußte, daß sie genau das von ihm erwartete. «Es gibt eine Menge Dinge, die es eigentlich nicht geben dürfte, Licia. Einige fallen in diese Kategorie, andere nicht.» Er rutschte mit seinem Stuhl näher an den Tisch heran. «Ich glaube, Scully hat recht. Und hier haben wir es mit einem Fall zu tun, der in diese Kategorie fällt.»

«Haben Sie irgendeine Ahnung, was er damit meint?» wandte sich Andrews hilfesuchend an Scully.

Einer ihrer Mundwinkel wanderte nach oben. «Diesmal schon.»

Er sah sie säuerlich an und strich sich erneut eine Haarsträhne aus der Stirn. «Ein Chamäleon ...»

«Ich brauche keine Nachhilfestunde in Biologie», fauchte Andrews. «Oder in Zoologie, oder was auch immer. Ich weiß, wozu sie fähig sind.»

«Sie wechseln die Farbe», überging Webber ihren Einwand. «Sie passen sich ihrem Hintergrund an, richtig?» Er entfernte sich von der Ankleidekommode. «Mann! Glauben Sie wirklich, das ist es, womit wir es hier zu tun haben?»

Mulder hob einen Finger. «Zuerst einmal, Sie täuschen sich. In gewisser Weise. Chamäleons verändern nicht ihre Farbe, um sich einem beliebigen Hintergrund anzupassen. Ihre Fähigkeiten beschränken sich nur auf wenige Farben wie Schwarz, Weiß, Beige, manchmal Grün.» Er grinste. «Setzen Sie eins auf eine Tischdecke mit Schottenmuster. und ihm wird wahrscheinlich das Gehirn um die Ohren fliegen.»

Webber lachte, Scully lächelte.

Mulder begann, eifrig mit dem Finger auf den Tisch zu klopfen. «Aber innerhalb bestimmter Beschränkungen können sie ihre Pigmentierung ihrer Umgebung anpassen.»

«Ich glaube das nicht», murmelte Andrews verärgert. «Bei Gott, ich glaube das einfach nicht.»

Mulder ignorierte sie. Er wollte, daß Scully seinen Gedankengängen folgte, und behielt sie genau im Auge, während er sprach, für den Fall, daß ihm ein Fehler unterlief.

«Also, im Gegensatz zur landläufigen Meinung verändert ein Chamäleon seine Farbe nicht willentlich, richtig?»

Sie nickte.

«Es sind Faktoren wie Temperaturschwankungen oder Emotionen, die diese Veränderungen auslösen. Wenn sie zum Beispiel Angst oder Wut empfinden. Ich glaube nicht, daß sie morgens aufwachen und beschließen, zur Abwechslung mal einen Tag lang grün zu sein.» Er lehnte sich zurück und stand dann auf.

«Vorsichtig, Mulder», ermahnte ihn Scully.

«Wir dagegen können das nicht», fuhr er an Webber gewandt fort. «Richtig?»

«Die Farbe wechseln? Zum Teufel, nein. Es sei denn, wir lassen uns von der Sonne bräunen.»

«Richtig.» Mulder ging zur Tür und schnippte mit den Fingern, drehte sich um und legte die Hände auf die Rückenlehne seines Stuhls. «Aber nehmen wir einmal an, unser Major Tonero und seine Leute – Tymons, stimmt's? Tymons und Elkhart –, nehmen wir einmal an, es ist ihnen gelungen ...»

Plötzlich bemerkte er die blinkenden Lichter hinter dem Vorhang und riß die Tür auf. Unten auf dem Parkplatz stand ein Polizeiwagen. Die Signallichter auf dem Dach blitzten rot und blau. Ein Streifenpolizist sah zu ihm auf. «Sind Sie die Leute vom FBI?» rief er.

Mulder zuckte zusammen und nickte.

Der Polizist machte ein schroffe auffordernde Handbewegung. «Der Chief möchte Sie sofort sehen. Wir haben wieder einen gefunden.»

Zwei quergestellte Streifenwagen und vier gelbgestrichene Holzböcke sperrten ein knapp fünfzig Meter langes Teilstück der Straße ab. Ein Krankenwagen stand mit der Schnauze halb auf dem Bürgersteig. Zwei Sanitäter lehnten an seiner Seite und rauchten. Blaues und rotes Licht tanzte über Äste und Baumstämme und die Gesichter von rund zwei Dutzend Schaulustigen, die sich auf der anderen Straßenseite eingefunden hatten. Lichtkegel von Taschenlampen blitzten in Hinterhöfen auf, irgendwo in der Ferne jaulte eine Sirene.

Kaum jemand sprach.

Mulder und Scully folgten ihrem Fahrer um die Absperrung herum. Webber und Andrews warteten hinter ihnen in dem anderen Wagen.

Sie trafen Hawks an der Einmündung einer Schotterauffahrt.

«Ein Typ, der mit seinem Hund spazierengegangen ist, hat ihn entdeckt», sagte er und deutete auf einen jungen Mann, der auf der Straße stand und einen Terrier im Arm hielt. Er klang wütend.

«Sind Sie sicher, daß es der gleiche war?» fragte Scully.

Ein Stückchen weiter die Auffahrt hinauf knieten zwei Männer neben einem Körper, der im hohen Gras zwischen dem Kies und der Veranda lag. Einer von ihnen war Dr. Junis.

«Überzeugen Sie sich selbst.»

Mulder war schneller als Scully, aber er mußte nicht die ganze Strecke zurücklegen, um das Gesicht des Opfers zu erkennen. «Verdammt!» Er drehte sich um und stellte sich Scully in den Weg. «Es ist Carl.»

«Sie kennen ihn?» wollte Hawks wissen.

Scully sog scharf die Luft ein, trat um die beiden Männer herum und nickte, als Junis den Kopf hob und sie wiedererkannte.

«Er war Reporter», erklärte Mulder mit Abscheu und Trauer in der Stimme. «Sportreporter.»

«Sport? Um Gottes willen, Sport? Was, zum Teufel, hat er dann hier gemacht?»

«Corporal Ulmans Verlobte war seine Cousine. Er wollte, daß ich hierherkomme und mich umsehe. Ich schätze ... ich schätze, er hat sich selbst ein bißchen umgesehen.»

«Jesus!» Hawks stemmte die Hände in die Hüften, zog ein finsteres Gesicht und atmete schwer. «Verdammte Scheiße, was, zum Teufel, geht hier eigentlich vor? Mulder ...» Er unterbrach sich und fuhr mit einer Hand über sein Gesicht. «Mulder, läuft hier irgendeine Scheiße, die Sie mir verschweigen?»

Ein Mann auf der Veranda rief nach ihm. Der Chief zögerte und befahl Mulder dann, sich nicht von der Stelle zu rühren. Nachdem er gegangen war, ließ Mulder den Blick über die wachsende Menschenmenge und die Schatten zwischen den Bäumen und Häusern wandern. Es war schon schlimm genug, wenn das Opfer ein Fremder war, aber das ... Er vergrub die Hände in den Taschen und starrte zu Boden, bis er Schritte auf dem Kies hörte.

«Kommen Sie», sagte Scully sanft. Ihre Stimme zitterte leicht.

Hakws rief sie von den Stufen aus zu sich und hielt ihnen einen Zettel entgegen, den seine Leute im Türrahmen festgeklemmt gefunden hatten. Es war eine Nachricht von Barelli, in der er um ein Gespräch bat, für das er sich, wie er versprach, mit einem üppigen Abendessen im besten Restaurant der Stadt revanchieren würde.

«Wer wohnt hier?» erkundigte sich Mulder.

Das Haus war von Maddy Vincent gemietet worden, der Funkdienstleiterin von der Tagesschicht, wie Hawks hinzufügte. Die Umrisse einiger Gestalten im Inneren des Hauses verrieten Mulder, daß die Frau nicht daheim war. Niemand wußte, wo sie sich aufhielt.

«Kein Wunder, schließlich ist heute Freitag abend», stellte der Polizeichef verbittert fest. «Scheiße, sie könnte in Philadelphia stecken, ich habe keine Ahnung. Oder ...»

Mulder betrachtete die Veranda, das Blut auf dem Boden und an der Tür. Hier war Carl angegriffen worden, rekonstruierte er, und die Wucht des Angriffs und wahrscheinlich auch sein Versuch auszuweichen hatten ihn über das Geländer fallen lassen, wo er verblutet war, ohne seine Story zu bekommen.

«Verdammt», preßte er hervor und stampfte die Stufen hinunter. «Verdammt!»

Eine Stunde später hatte man Barellis Leiche abtransportiert, und alle Nachbarn, die zu Hause gewesen waren, waren verhört worden.

Niemand hatte irgend etwas gesehen oder gehört. Officer Vincents Freunde waren in der vergeblichen Hoffnung informiert worden, daß sie die Stadt nicht verlassen hätte. Durch eine Nachfrage im Polizeirevier erfuhren sie, daß Barelli noch vor kurzem dort gewesen war, hauptsächlich um mit der Funkdienstleiterin zu sprechen.

«Aber warum?» Hawks lehnte sich schwer gegen seinen Wagen, das Gesicht gezeichnet und müde. Seine Stimme klang rauh. Der größte Teil der Menschenmenge hatte sich in die umliegenden Häuser verzogen, zwei der Streifenwagen waren davongefahren. «Was, zum Teufel, hat er geglaubt zu wissen?»

Mulder hielt ein kleines Notizbuch hoch. «Nichts, das er niedergeschrieben hätte.» Erreichte es Hawks. «Er hat mit Miß ... Ms. Lang zu Abend gegessen und wollte danach Ihre Funkdienstleiterin aufsuchen. Alles, was er sonst noch hatte, waren Fragen.»

«Da ist er nicht der einzige», grollte der Chief.

Mulder konnte die Hilflosigkeit und Enttäuschung des Mannes nachvollziehen, aber sein Mitgefühl ging nicht so weit, daß er ihm von dem Major erzählt hätte. Das, entschied er grimmig, war jemand, mit dem er selbst sprechen wollte, ohne die Komplikationen, die Hawks' Anwesenheit zwangsläufig verursachen würde.

Schließlich murmelte der Chief, daß er in sein Büro zurückkehren müßte, und Mulder ging zu seinem Wagen, wo die anderen warteten. Sie sagten nichts, als er sich noch einmal umdrehte und das leere Haus anstarrte, das jetzt mit einem gelben Band umwickelt worden war. Ein Streifenpolizist hatte auf den Stufen Posten bezogen, um Neugierige fernzuhalten. Die Spurensicherung hatte ihre Arbeit erledigt, aber Mulder bezweifelte, daß sie brauchbare Fingerabdrücke außer denen von Barelli und Vincent finden würden.

Kobolde, dachte er, hinterlassen keine hilfreichen Spuren.

Er war wütend. Wütend auf Carl, weil der Reporter sich auf ein Spiel eingelassen hatte, das er nicht beherrschte, und wütend auf sich selbst und die Hilflosigkeit, die er bei dem Gedanken empfand, nicht genug zu wissen. Es war reine Energieverschwendung, das war ihm klar, aber in Situationen wie dieser konnte er sich einfach nicht dagegen wehren.

Er ging noch einmal zur Mitte der Straße zurück und fixierte das Haus, ohne auf den feuchten Wind zu achten, der ihm das Haar in die Augen peitschte.

Carl war ein großer Kerl gewesen und alles andere als schwächlich. Er mußte überrascht worden sein. Ein einziger Schlag, und es war vorbei gewesen. Er mußte überrascht worden sein, das war die einzige Erklärung.

«Mulder.» Scully gesellte sich zu ihm. «Wir können hier nichts mehr tun.»

«Ich weiß.» Sein Gesicht verdüsterte sich. «Verdammt, ich weiß.» Er massierte müde seine Stirn. «Major Tonero.»

Scully sah ihn streng an. «Morgen. Sie sind erschöpft, Sie können nicht mehr vernünftig denken, und Sie brauchen Ruhe. Tonero wird nirgendwo hingehen. Wir werden uns morgen mit ihm unterhalten.»

Jegliche Lust, sich mit ihr zu streiten, verschwand, als sie ihn in den Wagen schob, und jegliche Lust, noch irgendwelche Nachforschungen anzustellen, verging im gleichen Moment, als er sein Bett sah.

Aber er konnte nicht einschlafen.

Während Webber leise schnarchte und einmal irgend etwas murmelte, starrte Mulder an die Decke und grübelte.

Schließlich stand er auf, zog Hose und Hemd an, trat auf den Balkon hinaus, lehnte sich ans Geländer und betrachtete die Bäume auf der anderen Straßenseite, die gemächlich im Wind schwankten.

Er dachte an Carl und an die Zeit, die sie zusammen verbracht hatten, er dachte an den Mann, der ihn heute nachmittag zu töten versucht hatte, an einem Nachmittag, der jetzt Jahre zurückzuliegen schien. Er zitterte ein wenig und rieb sich die Arme, damit ihm wärmer wurde, während er darüber nachdachte, aus welchem Grund Carl mit Officer Vincent hatte sprechen wollen. Elly Lang war naheliegend gewesen, aber was hatte Hawks' Funkdienstleiterin mit den Kobolden zu tun?

«Sie sollten eigentlich längst schlafen.»

Er erschrak nicht und sah auch nicht zur Seite. «An dem Tag, an dem Sie herausfinden, wie man mein Gehirn abschalten kann, Scully, müssen Sie mir Bescheid sagen.» Er schüttelte vorsichtig den Kopf. «Erstaunlich, nicht wahr?»

«Ihr Gehirn?» Sie stützte sich ihrerseits auf dem Geländer auf. «Es ist ganz passabel, aber ich würde es nicht als erstaunlich bezeichnen.»

«Chamäleons», sagte er und nickte in Richtung der Wälder. «Irgendwo dort draußen hat vielleicht irgendwer eine Möglichkeit entdeckt, eine natürliche Tarnfarbe bei einem Menschen zu erzeugen. Ich weiß nicht, wie man es nennen sollte. Fließende Pigmentierung?»

«Ich habe keine Ahnung. Ich bin mir nicht einmal sicher, ob das …»

«Es war Ihre Idee.»

«Ja, aber haben Sie eine Vorstellung, was für ein Ausmaß an genetischer Manipulation das erfordern würde? Welche Art der Kontrolle auf der zellulären Ebene das bedeuten würde?»

«Nein.» Er warf ihr einen Seitenblick zu. «Aber wenn Sie es mir erzählen, werde ich vielleicht doch noch etwas Schlaf finden.»

Sie verdrehte die Augen und richtete sich auf. «Gehen Sie ins Bett, Mulder. Legen Sie sich ganz einfach hin.» Dann ging sie wieder ins Zimmer zurück.

Er lächelte ihr nach, mußte plötzlich gähnen und beschloß, ihre Aufforderung zu befolgen.

Es fiel ihm immer noch schwer einzuschlafen.

Abgesehen von seinen Kopfschmerzen und dem Stechen in seiner Seite, wollte es ihm einfach nicht gelingen, den Gedanken zu verdrängen, daß sich genau in diesem Augenblick irgend jemand in diesem Zimmer befinden könnte, jemand, der an eine Wand gedrückt auf ihn wartete …

Jemand, der ihn beobachtete, unsichtbar …

Und den er erst bemerken würde, wenn ihm sein Messer die Kehle aufschlitzte.

18.

Die Morgendämmerung blieb aus.

Es erfolgte lediglich ein kaum merklicher Wechsel von Dunkelheit zu heller werdenden Grautönen, und ein Nebel senkte sich herab, der so dicht war, daß die Autofahrer die Scheibenwischer ihrer Fahrzeuge anschalten mußten. In der Luft hing der durchdringende Geruch nach Öl und Asphalt.

Mulder war schlechter Laune.

Scullys Anweisungen gemäß hatte Webber ihn nicht geweckt, und es war fast schon zehn Uhr, als er schließlich die Augen öffnete und eine Notiz auf dem Kopfkissen entdeckte, die ihm mitteilte, daß die anderen im *Queen's Inn* auf ihn warteten.

Außerdem waren seine Verletzungen nicht auf wundersame Weise verheilt. Zwar schien sein Kopf, von einer kleinen Beule abgesehen, wieder in Ordnung zu sein, aber die geprellte Rippenpartie fühlte sich an, als hätte sie sich in Zement verwandelt. Schon bei der kleinsten Bewegung glaubte er, die Haut müßte aufplatzen.

Er nahm an, daß er für den zusätzlichen Genesungsschlaf und die Fürsorge, die Scully ihm zuteil werden ließ, eigentlich dankbar hätte sein sollen, aber es gelang ihm nicht. Während er so schnell wie möglich duschte und sich anzog, beschloß er, sich nach einem eiligen Frühstück bei Chief Hawks zu erkundigen, ob sich über Nacht irgendwelche neuen Erkenntnisse ergeben hätten, was er allerdings für äußerst unwahrscheinlich hielt. Und dann ... Er lächelte freudlos, während er sein widerspenstiges Haar mit einer Bürste bearbeitete. Dann würde er ein paar Worte mit Major Joseph Tonero wechseln.

Sein Magen knurrte, als er seine Krawatte band, und er befahl ihm ungehalten, sofort damit aufzuhören. Dann ergriff er seinen Mantel, trat ins Freie und stellte mit grimmiger Befriedigung fest, daß das Wetter perfekt zu seiner Stimmung paßte.

Ich liebe solche Tage, dachte er düster und stieg die Treppe hinab.

Scully registrierte seine Laune sofort. Nachdem sie sich mit einer flüchtigen Musterung davon überzeugt hatte, daß er einigermaßen in Ordnung war, drängte sie die anderen, sich mit dem Frühstück zu beeilen und aufzubrechen. Auf dem Weg zum Militärstützpunkt ermahnte sie ihre Kollegen, nicht zu vergessen, daß sich irgendwo dort draußen immer noch der Heckenschütze herumtrieb.

Andrews vermutete nach wie vor, daß ein Zusammenhang zwischen den sogenannten Kobolden und dem Attentat bestand. Als niemand darauf einging, verkroch sie sich schmollend in ihre Ecke und starrte gereizt auf die vorbeiziehende Landschaft.

Niemand sprach. Das rhythmische Klatschen der Scheibenwischer und das Zischen der Reifen auf der nassen Fahrbahn waren die einzigen Geräusche.

Sie hatten die Stadt bereits hinter sich gelassen, als Mulder einfiel, daß er mit Hawks hatte sprechen wollen. Er schlug sich verärgert aufs Knie und nahm sich vor, die Sache vorläufig abzuhaken. *Wenn ich mich nicht bald zusammenreiße, werde ich die ganze Sache noch verbocken. Aber sobald das erledigt ist, werde ich mit ihm sprechen.*

Eine Viertelstunde später ließen sie zwei schlichte gemauerte Pfeiler hinter sich, die den Eingang des Militärstützpunktes markierten. Kein Wachhaus, keine Wachposten, nur Wald zu beiden Seiten, der schon bald zurückwich, um dem Herzen des Stützpunktes Platz zu machen, das aus Baracken, Verwaltungsgebäuden und Kasernen bestand. Ein Transportflugzeug der McGuire-Luftwaffenbasis dröhnte schwerfällig über ihre Köpfe hinweg. Ein Trupp Soldaten überquerte im langsamen Laufschritt eine Kreuzung, ihre dunkelgrünen Regenumhänge glänzten vor Nässe.

Nachdem sie zum zweiten Mal an der Baustelle eines neuen Bundesgefängnisses vorbeigefahren waren, gab sich Scully geschlagen und forderte Hank auf, nach dem Weg zu fragen. Ein Militärpolizist half ihnen weiter. Wenige Minuten später hatten sie die New Jersey Avenue erreicht, und kurz darauf fanden sie, wonach sie gesucht hatten.

«So was», murmelte Webber, als er vor dem Walson Air Force Hospital parkte.

Es war ein siebengeschossiges helles Backsteingebäude, wirkte aber irgendwie sehr viel kleiner.

Weil es, wie Mulder feststellte, fast leer war. Eine Menge leerer Büros und Räume, in denen eine ganze Menge passieren konnte, ohne daß irgend jemand etwas davon mitbekommen würde.

Er setzte sich gerade auf und beobachtete den Eingang. Als ihm auffiel, daß kaum jemand das Gebäude betrat und niemand herauskam, spürte er, wie die Spannung in ihm wuchs.

«Wieso glauben Sie, daß er hier ist?» ließ sich Andrews vernehmen. Offensichtlich war sie zu dem Schluß gekommen, lange genug die beleidigte Leberwurst gespielt zu haben.

«Wenn er an irgendeinem Projekt arbeitet, wird er dasein», erwiderte Scully. «Für Dinge dieser Art gibt es nur selten Pause an den Wochenenden.»

Dinge dieser Art, dachte Mulder.

«Aber haben wir denn überhaupt irgendwelche Befugnisse?»

Mulder öffnete die Tür, stieg aus und steckte den Kopf in den Wagen. «Wir wurden von einem US-Senator angefordert,

Licia. Der Senator, mit dem der Major selbst gesprochen hat. Wenn sich Tonero also beschweren will, kann er seinem Kongreßabgeordneten schreiben.»

In der Empfangshalle saß eine Zivilangestellte hinter einem Schreibtisch, der bis auf eine Telefonanlage und ein Dienstwachbuch leer war. Mulder wünschte ihr einen guten Morgen, zeigte ihr seinen Ausweis und erkundigte sich nach dem Weg zu Major Toneros Büro. Sie wußte nicht, ob der Major anwesend war, und aufgrund ihrer Anweisungen wollte sie ihm keine weitere Auskunft geben. Erst als er hartnäckig darauf bestand, deutete sie auf eine Reihe von Fahrstühlen zu ihrer Linken.

Als sie zu den Aufzügen gingen, hörte Mulder ein Geräusch hinter sich und drehte sich um.

Webber hatte einen Finger auf die Unterbrechertaste der Telefonanlage gelegt. «Ich glaube, das ist nicht nötig», sagte er höflich mit einem Augenzwinkern. «Regierungsangelegenheit, okay?»

Mulder war verblüfft, als die Frau plötzlich grinste und entgegnete: «Natürlich. Warum nicht?»

Pfannkuchen und Frauen, dachte er, davon versteht der Kerl was.

Der Major war da. Aber Mulder hatte den Eindruck, daß er es nicht mehr lange sein würde.

Das Büro lag im ersten Stock und bestand aus zwei Räumen. Mulder ließ den anderen den Vortritt. Er erblickte mehrere vor einer Wand gestapelte Kartons und einen leeren Bücherschrank hinter einem Schreibtisch, der, wie er vermutete, Toneros Sekretärin gehörte. Die Tür zum eigentlichen Büro stand offen, und er gab den anderen ein Zeichen, still zu sein, während er sich ihr näherte. Er konnte den Major mit dem Rücken zur Tür in der Mitte des Zimmers stehen sehen und hören, wie dieser leise, aber verärgert auf eine zweite Person einsprach, die hinter seinem Schreibtisch sitzen mußte.

«Verdammt, Rosie, es ist mir scheißegal, wer ...» Dann drehte er sich um, entdeckte Mulder und brachte ein Lächeln zustande. «Meine Güte, Agent Mulder, was soll das sein, ein Überfall?» Er schüttelte ihm lachend die Hand und nickte den anderen zu.

Die Person hinter dem Schreibtisch war Dr. Elkhart.

Um dem Protokoll Genüge zu tun, überließ Mulder es Tonero, das Gespräch zu beginnen, und beantwortete höflich die Fragen nach seinem Wohlergehen, wobei er registrierte, daß Dr. Elkhart, die einen Laborkittel trug, längst nicht so gelassen war, wie sie ihn glauben machen wollte. Sie hatte sich im Sessel des Majors zurückgelehnt, die Beine übereinandergeschlagen und die Hände auf die Armlehnen gelegt, aber ihre Wangen waren leicht gerötet, und ihr Versuch, eine entspannte Miene zur Schau zu stellen, mißlang.

Sie ist total von der Rolle, dachte er. Und da war noch irgend etwas an dieser Szenerie, das ihn störte, aber er kam nicht darauf.

«Das mit Carl ist wirklich eine Tragödie», sagte Tonero und hockte sich auf die Kante seines Schreibtisches, ohne Elkhart die geringste Beachtung zu schenken. «Ich möchte Ihnen versichern, daß ich nicht ruhen werde, bevor diese Angelegenheit aufgeklärt ist.»

«Ich weiß das zu schätzen, Major», entgegnete Mulder. Er spürte mehr, als daß er sah, wie Scully in einem Stuhl direkt links hinter ihm Platz nahm, während Webber und Andrews zu beiden Seiten der Tür Posten bezogen. Es war ein geräumiges Zimmer, aber durch ihre Positionen und die Art ihres Auftretens wirkte es plötzlich sehr viel kleiner. «Und ich darf Ihnen versichern, daß wir die Angelegenheit ebenfalls nicht ruhen lassen werden.» Er ließ ein Lächeln aufblitzen.

Dr. Elkharts lässige Beinhaltung änderte sich.

»Das ist gut.« Tonero lächelte beifällig einmal in die Runde und rieb sich kurz die Hände. »Und wie kann ich Ihnen dabei behilflich sein?«

Mulder hob die Augenbrauen und warf Scully einen kurzen Blick zu, wie um sich ihrer Zustimmung zu vergewissern, bevor er sich wieder dem Major zuwandte. »Nun, ich schätze, Sie könnten mir erklären, was Ihr Projekt mit Kobolden zu tun hat.«

Tonero brach in ein prustendes Gelächter aus, mit dem er vermutlich kundtun wollte, daß er einen guten Witz zu würdigen wußte, aber es ebbte allmählich ab und machte einem finsteren Gesichtsausdruck Platz, als weder Mulder noch die anderen in seinen Heiterkeitsausbruch mit einstimmten. Er richtete sich steif auf und wurde wieder ernst.

»Es tut mir leid, Agent Mulder, aber was wir hier tun, unterliegt der Geheimhaltung. Ich bin sicher, daß Sie das verstehen.«

»Das tue ich, glauben Sie mir«, antwortete Mulder liebenswürdig. »Die Dienstvorschriften können manchmal ziemlich streng sein.«

»Vollkommen richtig. Und jetzt ...« Der Major machte eine weit ausholende Handbewegung, um zu demonstrieren, daß er noch eine Menge zu packen und zu erledigen hätte. »Wie Sie sehen können, werden wir versetzt – der Befehl ist gerade erst heute morgen hereingekommen –, und wir stecken mitten in einem fürchterlichen Durcheinander.« Er sah Dr. Elkhart an, aber sie ignorierte ihn. »Dr. Tymons, vielleicht erinnern Sie sich an ihn, Sie haben ihn gestern kennengelernt, scheint bereits abgereist zu sein, ohne uns Bescheid zu sagen. Deshalb geht es hier im Augenblick etwas hektisch zu.«

Er setzte sich in Bewegung und machte Anstalten, die Agenten in das Vorzimmer zu geleiten.

Mulder trat einen Schritt zur Seite, schob sich an ihm vorbei und strich mit der rechten Hand über die Schreibtischkante, bevor er sich darauf stützte. Dann hob er den Kopf und fragte: «Dr. Elkhart, wo waren Sie gestern abend? Sagen wir, so gegen neun Uhr?»

Elkhart zuckte zusammen und blinzelte. «Was?»

«Gestern abend», wiederholte er.

«Hören Sie, Agent Mulder», fuhr Tonero scharf dazwischen. «Dr. Elkhart ist eine unserer besten ...»

«Zu Hause», antwortete die Frau und schlug die Beine wieder übereinander. «Ich war zu Hause und habe ferngesehen.» Ihr Lächeln war unecht. «Warum, Agent Mulder? Stehe ich unter Verdacht?»

Mulder gab das Lächeln zurück und wandte ihr den Rücken zu, ohne zu antworten. «Und Sie, Major?»

«Wie ...» Toneros Gesicht lief dunkel an. «Was glauben Sie eigentlich, was Sie hier tun? Wissen Sie, wer ...?»

«Chamäleons», warf Scully ruhig ein.

«Echsen», erwiderte Elkhart sofort, nicht ganz so ruhig. «Nicht zur Familie der Kobolde gehörend, fürchte ich.»

«Kobolde?» Der Major hob die Stimme. «Kobolde? Wovon sprechen Sie überhaupt? Was hat das Gewäsch einer alten Frau mit der Ermordung meines Cousins zu tun?»

Mulder zuckte die Achseln. «Ich weiß es nicht, Major. Aber so, wie Sie alle Möglichkeiten im Umfeld Ihrer Projekte untersuchen müssen, müssen auch wir bei der Untersuchung eines Mordfalls vorgehen.» Er drehte sich zu Scully um. «Meinen Sie, wir sollten später noch einmal wiederkommen? Ich denke, man ist hier im Moment ziemlich beschäftigt.»

Scully erklärte sich einverstanden und ging mit Webber und Andrews zur Tür. Mulder dagegen verharrte auf der Stelle.

«Major, darf ich davon ausgehen, daß Sie heute nachmittag hier sein werden? Nur für alle Fälle?» Er ließ den Blick durch das Büro wandern. «Sieht so aus, als hätten Sie noch eine Menge Arbeit vor sich. Und in Ihrem Projektbüro ebenfalls, nehme ich an.»

«Vollkommen richtig, vollkommen richtig.» Tonero setzte sich erneut in Bewegung, und diesmal ließ Mulder sich zurückdrängen. «Rufen Sie nur vorher an, wenn es Ihnen nichts ausmacht. Ich habe ...» Er bemühte sich, eine mitleidige Miene zur Schau zu stellen Vorgesetzte, wenn Sie verstehen, was ich meine. Diese Versetzung macht sie nervös.»

«Darauf würde ich wetten», sagte Mulder. «War nett, wieder mit Ihnen zu plaudern, Dr. Elkhart», fügte er hinzu, und bevor die Frau etwas darauf erwidern konnte, war er verschwunden.

Als sie wieder auf dem menschenleeren Flur standen, gab Mulder den anderen mit erhobener Hand zu verstehen, sich still zu verhalten. Er warf einen prüfenden Blick nach links zu den Fahrstühlen und dann in die entgegengesetzte Richtung, wo er einen einzelnen weiteren Aufzug entdeckte. Auf ein Fingerschnippen sprintete Webber lautlos den Gang entlang und zeigte mit einer Geste an, daß der Aufzug keine Ruftasten hatte.

»Und?» erkundigte sich Andrews, als sie die Eingangshalle erreicht hatten.

«Nun, die Majore sind auch nicht mehr das, was sie einmal waren», gab Mulder zurück. Er zog die linke Hand aus der Jakkentasche, öffnete sie und zeigte den anderen das Schlüsselbund, das er vom Schreibtisch des Major genommen hatte.

»Kein Wort, Scully», kam er ihr schnell zuvor, als sie zu einem Einwand ansetzte. Er trug Webber und Andrews auf, in die Stadt zurückzufahren, Aaron Noel vom *Barney's* ausfindig zu machen und festzustellen, ob der Barkeeper wußte, wie gut sich Pierce und Ulman gekannt hatten und ob Barelli in der Kneipe gewesen war und Fragen gestellt hatte.

»Und finden Sie heraus, wo diese Funkdienstleiterin ...»

»Vincent», warf Webber ein.

»Richtig. Stellen Sie fest, wo sie letzte Nacht war und wann sie nach Hause gekommen ist. Sie kennen die Prozedur.»

»Was ist mit Ihnen?»

Mulder zuckte die Achseln. «Ich habe keine Ahnung, wohin uns diese Schlüssel führen können und was sich dort verbirgt, aber wenn wir jetzt gehen würden, wäre Tonero bis zu unserer Rückkehr mit Sicherheit verschwunden. Wir werden also ein bißchen herumschnüffeln ...»

»Aber das verstößt gegen die ...»

Mulder brachte Webber mit einem Blick zum Schweigen und verließ das Krankenhaus eilig zusammen mit den anderen.

Der Armeestützpunkt machte einen verwaisten Eindruck. Abgesehen von einem leichten Regen, der durch den Wind hin und wieder die Richtung wechselte, war nicht die geringste Bewegung auszumachen.

Er hielt Andrews die Wagentür auf, trat zurück und fragte sich, was der mächtige Douglas sagen würde, wenn er erfuhr. daß der andere Wagen wie ein Schweizer Käse aussah und unbrauchbar war. Webber und Andrews schienen einen hitzigen Disput auszutragen, aber da die Fenster geschlossen waren, konnte er kein Wort verstehen.

Fast wäre er dazwischengegangen, verdrehte dann aber nur die Augen und überlegte es sich anders. Diese Frau bringt mich noch ins Grab, dachte er und hoffte, sie würden endlich verschwinden. Auf der Stelle. Er wollte sichergehen, daß sie tatsächlich wegfuhren und nicht plötzlich wieder auftauchten.

Der Wagen machte einen kurzen Satz nach vorn, dann wurde der Motor abgewürgt.

Mulder lächelte belustigt und beschloß, ins Gebäude zurückzukehren, bevor er sich zu seinen Blessuren auch noch eine Lungenentzündung einfing. Er tat, als wollte er dem Wagen einen Fußtritt verpassen, winkte Webber zu, als dieser ihn im Rückspiegel sah, und trabte ins Krankenhausfoyer zurück. Hinter ihm sprang der Motor wieder an.

Die Frau am Empfangstisch war unverkennbar verblüfft. Er erklärte ihr, daß sie etwas in Major Toneros Büro vergessen hätten. Sie wirkte nicht gerade überzeugt.

«Mulder», sagte Scully, als sie sich zielstrebig den Fahrstühlen näherten, «wenn wir erwischt werden ...»

Er erwiderte nichts darauf, warf einen Blick über die Schulter zurück, ergriff Scully am Arm und zog sie um eine Ecke.

Der Flur war menschenleer. Nur die Hälfte der in die gekachelte Decke eingelassenen Lampen brannte. Von vorn hallte ihnen leises Flüstern entgegen.

Mulder fand den richtigen Schlüssel beim zweiten Versuch und hielt den Atem an, bis die Fahrstuhltür aufglitt. Die Kabine war leer. Sie schlüpften hinein. Er schob den Schlüssel in den dafür vorgesehenen Schlitz, und der Aufzug bewegte sich abwärts.

Scully schwieg. Es war beileibe nicht das erste Mal, daß sie mit Mulder auf diese Weise vorging. Sie hatte die obligatorische Warnung ausgesprochen – «Wenn wir erwischt werden ...» –, jetzt würde sie sich nur noch auf die vor ihnen liegende Aufgabe konzentrieren.

Mulder hatte nicht vor, ihre Konzentration zu stören, sie war ihm viel zu wichtig.

Er konnte nur hoffen, daß der Major noch immer zu wütend war, um nachzudenken und zu begreifen, was hier vor sich ging.

19.

Der Gang war kurz, die Luft ein wenig abgestanden. Hier unten gab es keine Dekkenbeleuchtung, nur eine abgedeckte Glühbirne über dem Eingang und eine zweite am anderen Ende. Der Boden und die Wände bestanden aus nacktem, ungestrichenem Beton.

»Wie in einem Bunker», flüsterte Scully.

So schnell wie möglich rein und wieder raus, lautete die Tageslosung. Sie eilten zur ersten Tür, und Mulder drehte den Türknauf. Sie war unverschlossen, und der Raum dahinter war leer bis auf einen Schreibtisch, Metallregale an den Wänden, einen kleinen geöffneten Panzerschrank auf dem Boden sowie eine Tafel.

Trotzdem durchsuchten sie den Raum, sahen in den Schubladen und in allen Winkeln nach. Tonero hatte behauptet, Tymons wäre bereits abgereist, aber Mulder bezweifelte, daß der Wissenschaftler am neuen Einsatzort eingetroffen war. Dem Zustand des Büros nach zu schließen – in den Schreibtischschubladen waren eine Menge Schriftstücke und Notizblöcke zurückgeblieben, und auf den Regalen stand noch eine Handvoll Bücher –, war es in aller Eile geräumt worden.

«Ich rieche Schießpulver», sagte Scully auf dem Rückweg zum Flur. «Und Rauch.» Sie zog die Nase kraus. «Und noch irgend etwas, das ich nicht einordnen kann.»

Auch die mittlere Tür war unverschlossen und stand ein paar Zentimeter weit offen. Mulder stieß sie mit dem Fuß auf, wich zurück und schüttelte den Kopf.

«Jesus!»

Alles, was vorher auf der einzigen Arbeitsplatte gestanden haben mußte, die sich über die gesamte Länge einer der Wände zog, lag nun auf dem Boden verstreut herum, zerschmettert, teilweise angeschmort oder völlig verkohlt. Mulder entdeckte die Überreste dreier Monitore und zweier Tastaturen und mindestens ein halbes Dutzend Einschußlöcher unter einem Fenster, das vermutlich nur von einer Seite aus durchsichtig war.

Wortlos durchstöberten sie die Trümmer, ohne genau zu wissen, wonach sie eigentlich suchten, aber gewiß, es zu erkennen, sobald sie darauf stießen. Plötzlich zuckte Scully zurück.

«Mulder.»

Er gesellte sich zu ihr, wischte sich die Hände an seinem Mantel ab und sah das Blut. Eine ganze Menge Blut, eingetrocknet und mit Plastikteilen und leeren Papierbögen abgedeckt.

«Ich glaube nicht, daß das durch eine Schußwunde verursacht worden ist», meinte sie.

«Der Kobold?»

«Keine Ahnung. Aber es ist schon eine Weile her.» Sie stocherte mit dem Zeigefinger in einem großen Fleck herum. «Allerdings nicht allzu lange. Höchstens ein Tag.»

Mulder vermutete, daß das rechte Zimmer Tymons Privatbüro gewesen war, denn es erweckte nicht den Eindruck, als wäre es noch von irgend jemand anderem benutzt worden, zum Beispiel von Rosemary Elkhart. Dieser Raum hier mußte das Herz und Kontrollzentrum des Projekts gewesen sein. Von hier aus ... Er trat an die Arbeitsplatte heran und blickte durch das Fenster.

«O Mann», sagte er. «Scully.»

Sie sah ebenfalls in den Nachbarraum. Ihre Augen weiteten sich.

Mulder warf einen Blick auf seine Uhr. «Wir müssen uns beeilen, Scully. Uns läuft die Zeit davon.»

Der letzte Raum war ebenfalls verwüstet, aber es waren die Farben der vier Wände, die Mulder faszinierten: beige, sandfarben, grün und schwarz.

Er begann, unbewußt mit den Fingern zu schnippen.

Das war es. Hier war der Kobold getestet worden. Eine Wand, eine Farbe.

Scully war sich nicht so sicher. «Was sollten die hier mit ihm gemacht haben? Ihn so lange an eine Wand gestellt, bis er sich verfärbt? Dazu hätte auch ein Bett mit einem farbigen Laken gereicht.»

Mulder sah sie scharf an und blickte sich wieder in dem Zimmer um. Seine Lippen bewegten sich lautlos wie in einem Selbstgespräch, bevor sie sich zu einem befriedigten Lächeln teilten.

«Training», behauptete er und stellte sich vor die cremefarbene Wand. Es gelang ihm nicht, die Aufregung in seiner Stimme zu verbergen. «Scully, das ist ein Übungsraum.» Er streckte einen Finger aus. «Bett, Schreibtisch, eine CD-Anlage dort drüben in der Ecke. Hier hat irgend jemand gewohnt, nein, irgend jemand hat sich zeitweilig hier aufgehalten, vielleicht über Nacht, vielleicht auch mehrere Tage hintereinander.» Er breitete die Arme vor der Wand aus. «Jemand, der ...»

Scully wirbelte herum. «Sagen Sie es nicht, Mulder. Ich habe jetzt schon genug Schwierigkeiten mit dieser Situation. Machen Sie es nicht komplizierter als nötig.»

«Aber das ist es nicht, Scully», beharrte er. Er ging auf und ab, strich sich über das Kinn und die Wangen und fuhr sich mit der Hand durch das Haar. «Hier hat der Kobold gelernt, seine Farbe zu verändern.» Er drehte sich langsam im Kreis herum. «Hier hat er gelernt, eine Farbveränderung *absichtlich* herbeizuführen und nicht darauf zu warten, daß es von allein passiert.» Er machte einen Schritt auf sie zu, aber ihre finstere

Miene ließ ihn stehenbleiben. «Sie haben es selbst gesagt, richtig? Er könnte keine Ausrüstung für alle Fälle mit sich herumschleppen. Das wäre unmöglich. Selbst eine Ausrüstung für die grundlegendsten Anforderungen würde eine gefährliche Behinderung für ihn darstellen.»

Er blickte in Richtung der Tür. «Ein ausgebildeter Mörder muß mögliche Hindernisse so weit wie möglich reduzieren, sein Ziel ohne Verzögerung erreichen und wieder verlassen können, ohne Zwischenaufenthalte einzulegen, während der er seine Tarnvorkehrungen den Umständen anpaßt. Keine verräterischen Spuren hinterlassen. Je schneller, desto besser.»

Mulder sah sich noch einmal um, suchte nach irgendeinem persönlichen Gegenstand, der ihm einen Hinweis auf den zeitweiligen Bewohner des Zimmers hätte geben können. Aber es war nichts übriggeblieben, und auch ihre Zeit wurde allmählich knapp.

Auf dem Rückweg zum Fahrstuhl verschwand Scully kurz in der Kontrollzentrale und kam mit mehreren Blatt Papier zurück, die sie zusammenfaltete und in ihrer Umhängetasche verstaute. Blutproben. Nicht daß wir sie wirklich brauchen, dachte Mulder. Ich weiß auch so, von wem das Blut stammt.

Als sie das Foyer durchquerten, ließ Mulder die Schlüssel auf den Schreibtisch der im Augenblick abwesenden Zivilangestellten fallen und folgte dann Scully ins Freie. Er hatte es eilig, in die Stadt zurückzukommen.

Der Regen fiel jetzt stärker, und der Tag war noch dunkler geworden.

Ein weiterer Trupp Soldaten marschierte vorbei, ohne das geringste Geräusch zu verursachen.

«Mulder, falls Sie es noch nicht bemerkt haben», sagte Scully, «wir haben kein Auto.»

Daran hatte er gar nicht gedacht, und er glaubte auch nicht, daß es eine Rolle spielte.

«Und wir haben nicht einmal einen Regenschirm.» Sie schlug ihm leicht auf den Arm und kehrte ins Krankenhausfoyer zurück, um zu telefonieren.

Er folgte ihr nicht und betrachtete statt dessen den fallenden Regen.

Ein menschliches Chamäleon, dachte er, während er die Hände in den Taschen vergrub. Ein effektiver Attentäter, der theoretisch durch die dichtesten Absperrungsketten schlüpfen könnte.

Rein und wieder raus, ohne verräterische Spuren zu hinterlassen.

Oder, noch beängstigender, eine kleine Armee von Chamäleons, lebende Schatten, die ungesehen durch die Nacht huschten.

Keine verräterischen Spuren. Alles, was zurückbleiben würde, wäre der Tod.

Es war allerdings keine perfekte Tarnung, bei hellem Tageslicht wahrscheinlich wirkungslos, und der Kobold – Mulder konnte einfach nicht aufhören, ihn so zu bezeichnen – würde sich nicht allzu lange unbemerkt in einem Raum aufhalten können. Auch Scully hatte die Motte an der Wand schließlich entdeckt.

Aber trotzdem … lebende Schatten …

Er trat ungeduldig von einem Fuß auf den anderen.

Major Tonero war ohne Frage für das Projekt verantwortlich. Er wußte über alles Bescheid, was bedeutete, daß er wahrscheinlich auch über Tymons' Tod informiert war. War Tymons von dem Kobold getötet worden? Und wenn ja, hatte der Kobold auf Toneros Anweisung gehandelt?

Warum aber sollte man den Kopf eines solchen Projekts töten?

Ganz einfach: weil Rosemary Elkhart seine Stellvertreterin war und es keinen Grund zu der Annahme gab, daß sie seinen Posten nicht übernehmen könnte oder würde, falls das erforderlich wurde. Und die beste Möglichkeit, dafür zu sorgen, bestand für sie darin, sich bei ihren Vorgesetzten unverzichtbar zu machen. Mulder ließ noch einmal die Szene im Büro des Majors vor seinem inneren Auge Revue passieren, als Elkhart in Toneros Sessel gesessen hatte, und plötzlich wurde ihm klar, was ihn daran gestört hatte. *Sie* hatte in *seinem* Sessel gesessen. Sie hatte ihn wie selbstverständlich benutzt, weil sie es vermutlich auch früher schon getan hatte.

»Gut», flüsterte er. «Gut, gut.»

»Hören Sie auf zu denken, Mulder, und setzen Sie sich in Bewegung», riß ihn Scullys Stimme aus seinen Grübeleien. Sie spannte einen großen schwarzen Regenschirm auf, ergriff ihren Partner am Arm und eilte mit ihm den Gehweg entlang.

Er nahm ihr den Regenschirm aus der Hand, bevor sie ihm damit ein Auge ausstechen konnte. «Wo haben Sie den her?»

»Sie wären überrascht, was Sie an einem Regentag alles in einer Damentoilette finden können.» Sie drückte kurz, aber fest seinen Arm. «Ich habe Chief Hawks angerufen. Er ist unterwegs, um uns abzuholen.»

«Warum warten wir dann ...?»

«Der Major wird nicht in seinem Büro bleiben, Mulder, nicht nachdem er entdeckt hat, daß seine Schlüssel verschwunden sind. Zuerst wird er mit Dr. Elkharts Schlüsseln in den Projekträumen nachsehen, und danach wird er wahrscheinlich nach uns suchen lassen. Bis dahin möchte ich möglichst weit von hier weg sein, wenn es Ihnen nichts ausmacht.»

«Er wird uns folgen.»

«Nein, das glaube ich nicht. Wir können nicht verschwinden, Mulder. Haben Sie den Senator vergessen?»

Fast wäre er stehengeblieben, aber Scullys Schwung riß ihn weiter.

«Carl!»

«Was ist mit ihm?»

Mulder starrte in den Regen und beschwor Hawks in Gedanken, sich zu beeilen. «Seinen Aufzeichnungen zufolge hat er sich nach dem Kobold erkundigt.» Er spürte einen Kloß in der Kehle und beschleunigte seine Schritte.

«Hier wird aufgeräumt, Scully. Ich denke, daß hier irgend jemand Schiß bekommen hat, und jetzt räumt der Kobold auf.»

Das Telefon läutete nur einmal, bevor Rosemary nach dem Hörer griff. Sie hörte der Stimme am anderen Ende kurz zu und fragte dann: «Was denkst du dir eigentlich dabei, hier anzurufen? Angenommen, *er* hätte sich gemeldet?» Unbewußt begann sie, sich das Telefonkabel um die Finger zu wickeln. «Nun, du hast Glück. Er ist jetzt unten. Diese FBI-Agenten waren hier, und er glaubt, daß sie seine verdammten Schlüssel entwendet haben.» Mit leerem Blick starrte sie auf die Tür. «Ich schätze, wenn sie es vorher nicht gewußt haben, dann wissen sie es spätestens jetzt.»

Ihr Blick wanderte weiter zum Fenster, an dem dünne Wasserrinnsale herunterliefen, die vor dem grauen Himmel fast unsichtbar waren. Plötzlich versteifte sie sich.

«Das kannst du nicht machen. Nein, es ist ziemlich schlimm, aber du kannst ihnen nichts antun.»

Rosemary Elkharts Versuchsobjekt räusperte sich mühsam. «Doch, ich kann.»

Rosemary fuhr beinahe aus dem Sessel auf. «Verdammt, hör mir jetzt zu? Nur ... nur was wir vereinbart haben, verstanden? Mach es nicht noch schlimmer, als es ohnehin schon ist.»

«Doktor, ich kann tun, was immer ich will.»

Sie konnte es nicht fassen. Zuerst Tymons, und jetzt auch noch das.

«Ich glaube sogar, daß alles, was Sie mir gesagt haben, nicht mehr als ein riesiger Haufen Scheiße ist.»

«Hör mal …»

«Wissen Sie, ich glaube, daß es gar nicht so schlecht um mich steht.» Rosemarys Gesprächspartner lachte leise und keuchte pfeifend. «Und wenn doch, Doktor … wessen Schuld ist es dann?»

Diesmal sprang sie auf und fuchtelte so hektisch mit der Hand in der Luft herum, daß sich die aufgewickelte Telefonschnur von ihren Fingern löste. «Gottverdammt noch mal, hör mir zu, du Hohlkopf. Wenn es sein muß, werde ich …»

»Doktor.» Die Stimme klang ruhig. Ganz ruhig.

Rosemary schloß die Augen und atmete tief ein. «Was?»

«Wir haben eine Vereinbarung. Ich werde tun, was Sie wollen.»

Sie beugte sich vor und stützte sich mit einer Hand auf den Schreibtisch. «Danke. Es wird gutgehen, alles wird gut werden, solange wir nicht in Panik geraten.»

»Ich werde tun, was Sie wollen.» Elkhart nickte. «Ja.»

«Hören Sie noch zu?»

«Ja, natürlich.»

»Dann merken Sie sich eins, Doktor, sprechen Sie *nie* wieder wie eben mit mir.»

»Ach, wirklich? Und was, wenn … hallo? Verdammt, hallo?»

Die Leitung war tot.

Fassungslos glotzte Rosemary den Hörer an und schmetterte ihn dann auf die Gabel. *Ganz ruhig!* Sie mußte sich wieder beruhigen, das Auge im Zentrum des Wirbelsturms werden. Noch war es nicht die Katastrophe, daß diese verdammten Agenten wahrscheinlich *etwas* wußten. Sie konnten herumschnüffeln, soviel sie wollten, aber sie würden nicht alles erfahren. Und solange sie dafür sorgte, daß sie selbst und Joseph nicht in Panik gerieten, würde es auch nicht dazu kommen.

Zumindest nicht, bis es für die Schnüffler zu spät war.

Aber das Versuchsobjekt machte ihr angst. Trotz ihrer Versicherungen wußte sie, daß ihre bescheidenen Kontrollmöglichkeiten praktisch nicht mehr existierten. Wie bei all den anderen, die zu tief in den Wäldern verborgen waren, um jemals entdeckt zu werden – hier und wo auch immer sonst –, hatten sich die Anstrengungen und Behandlungsmethoden als zu belastend erwiesen.

Dieses hier hatte allerdings am längsten durchgehalten.

Dieses Exemplar war der Beweis ihres Triumphes.

Sie griff nach ihrer Handtasche und ihrem Mantel und eilte aus dem Büro. Zur Abwechslung würde Joseph einmal zu ihr kommen müssen, sobald er aufgehört hatte, den wilden Mann zu spielen. Bis dahin hatte sie jedoch noch einige dringende Sachen zu packen.

Nur noch ein paar Wochen, schickte sie ein stummes Stoßgebet gen Himmel, während sie zu den Fahrstühlen ging. Bring mich nur heil hier raus und gib mir noch ein paar Wochen, und dann ist es vorbei.

Endgültig vorbei.

Ein leiser Glockenton klang auf, als die Fahrstuhltür zur Seite glitt.

Rosemary machte einen Schritt und erstarrte.

Die Kabine war leer. Sie konnte es deutlich sehen, aber trotzdem brachte sie es nicht über sich, den Fahrstuhl zu betreten.

Mit einem leisen frustrierten Seufzer machte sie sich auf den Weg zur Feuertreppe, streifte ihren Mantel über und verfluchte ihre Feigheit. Aber auf eine merkwürdige Weise war sie froh über das laute Klappern, das ihre Absätze auf den Stufen verursachten.

20.

Scully kam zu dem Schluß, daß sie nicht lange genug Urlaub gemacht hatte. Bei weitem nicht lange genug.

Ein Streifenwagen aus Marville hatte sie abgeholt, schon wenige Minuten nachdem sie das Krankenhaus verlassen hatten. Der Regen hatte fast zur gleichen Zeit aufgehört. Der Fahrer war zwar höflich, weigerte sich jedoch, irgendeine von Mulders Fragen zu beantworten.

«Sprechen Sie mit dem Chief», war alles, was aus ihm herauszubekommen war.

Für Scully hörte sich das an, als würde der Gleichmut, mit dem Hawks bisher auf die Anwesenheit des FBI in seiner Stadt reagiert hatte, auf eine harte Zerreißprobe gestellt.

Nun rasten sie der Stadt entgegen, und sie hatte das Gefühl, daß alles viel zu schnell ging. Sie brauchte Zeit, um nachzudenken, aber sie bekam keine Zeit. Anstatt zu agieren, reagierte sie nur noch, andernfalls hätte sie sich nie damit abgefunden, daß Mulder ohne Zwischenschritte von ihrer Idee experimenteller Tarntechniken zu einem menschlichen Chamäleon mit bewußter Beherrschung seiner Fähigkeiten umgeschaltet hatte.

Das sah ihr überhaupt nicht ähnlich.

Sie hielt sich fest, als der Wagen in einer Kurve kurz ins Schlingern geriet, und wünschte, sie hätte versucht, Webber zu erreichen. Als der Fahrer den Wagen wieder unter Kontrolle gebracht hatte und sagte: «Tut mir leid, Ma'am», hätte sie ihm am liebsten den Kopf abgerissen.

Auch das sah ihr überhaupt nicht ähnlich.

Mulder legte die Arme auf die Rücksitzlehne und stützte das Kinn darauf. Er sprach kein Wort, aber sie spürte den Druck seines Körpers an ihrer Schulter. Altes Laub wirbelte über die Windschutzscheibe. Scully schloß einen Moment lang die Augen.

«Mulder, das mit Carl tut mir leid.»

Er gab nur ein Brummen von sich.

Erst jetzt begriff sie, daß das ein Teil ihrer Schwierigkeiten war. Sie hatte Barelli nicht gemocht, er war einerseits ungehobelt gewesen, andererseits viel zu glatt und viel zu sehr von sich selbst überzeugt. Aber aus Gründen, die sie wohl nie verstehen würde, war er auch Mulders Freund gewesen, und sie hatte nicht ein Wort des Mitgefühls oder Trostes über seinen Tod verloren. Im gleichen Augenblick, als sie seine Leiche gesehen hatte, hatte sie den Fall nur noch aus einem rein beruflichen Blickwinkel heraus betrachtet.

Sie hatte nicht zugelassen, daß der Mord sie persönlich berührte. Bei ihrem Partner hingegen war das offensichtlich anders gewesen.

«Wir müssen zu Elly Lang», meldete er sich schließlich wieder zu Wort.

Sie stimmte ihm zu und bat den Fahrer, sie dorthin statt zum Polizeirevier zu bringen.

«Ich weiß nicht», sagte der Polizist zweifelnd. «Ich habe den Auftrag …»

«Machen Sie sich deswegen keine Sorgen», unterbrach ihn Mulder. «Wenn es Ärger gibt, übernehmen wir die Verantwortung. Sie können dem Chief sagen, daß wir auf unsere Autorität gepocht haben. FBI, arrogante Bundesbullen, irgendwas in der Richtung.»

Einen Moment lang glaubte Scully, der Mann würde sich einfach weigern, doch dann grinste er, zuckte die Achseln und sagte: «Was immer Sie sagen, Sir.»

«Dann geben Sie Gas.»
«Wie Sie wollen.»
Und es kostete Scully all ihre Selbstbeherrschung, sich nicht am Armaturenbrett festzuklammern.

In den Randbezirken von Marville wurde der Verkehr dichter. Die Leute nutzten das Wochenende zum Einkaufen und Herumschlendern und ließen sich dabei Zeit. Der Fahrer bog in eine Nebenstraße ein, umkurvte die verstopfte Hauptstraße, und parkte den Wagen direkt vor dem Apartmenthaus, in dem Elly Lang wohnte.
«Wollen Sie, daß ich hier auf Sie warte?» fragte er. Seine Stimme klang hoffnungsvoll.
«Ja», sagte Scully und öffnete die Tür.
Der Polizist ergriff das Mikrophon des Funkgeräts und meldete sich. «Maddy, Spike hier. Wir sind vor der Wohnung der Kobold-Lady. Vielleicht sollte der Chief uns hier treffen.»
Der Lautsprecher rauschte. «Ich sag ihm Bescheid. Halt die Augen offen.»
»Alles klar», erwiderte der Polizist und hängte das Mikrophon zurück in die Halterung.
»War das alles?» erkundigte sich Mulder enttäuscht.
»Sie meinen, zehn-vier und diesen Quatsch?» Der Fahrer schüttelte den Kopf. «Der Chief haßt solche Funkmeldungen. Er sagt, wir würden uns dann zu sehr wie in einer Bullenserie anhören.» Er lachte. «Außerdem bringt die Hälfte unserer Leute den Zahlencode ohnehin immer durcheinander. Maddy versteht schon, was wir sagen, also ...» Er hob die Schultern.
Scully war bereits ausgestiegen und blickte zum Erkerfenster hoch. Die Vorhänge waren zugezogen. Sie drehte sich langsam herum, während Mulder ebenfalls ausstieg, und krallte plötzlich eine Hand in ihre Brust.

«Mulder!»

Im gleichen Augenblick rannte sie auch schon über die Straße, ohne auf den Verkehr zu achten, und lief auf den kleinen Park zu, wo Elly Lang reglos auf ihrer Bank saß. Die alte Frau hatte das Gesicht dem verlassenen Spielfeld zugewandt. Sie war in einen schwarzen Mantel gehüllt. Ein schwarzer Regenschirm ragte schief über ihren Kopf.

Nein, dachte Scully, sprang über den Bordstein und hetzte durch das nasse Gras. Verdammt, nein.

»Elly!»

Keine Antwort.

Sie hörte, wie Mulder ihr folgte und rechts neben ihr aufschloß.

»Elly!»

Scully packte die Rückenlehne der Bank, zog sich herum und verfluchte sich dafür, nicht früher an Elly Lang gedacht zu haben.

Sollten sie zu spät kommen, würde sie Tonero höchstpersönlich die Orden von der Uniform reißen und sie ihm an die nackte Brust heften. Einen nach dem anderen.

Plötzlich zuckte eine Hand unter dem Regenschirm hervor. Scully schrie auf und sprang zur Seite, als ein greller orangefarbener Strahl beinahe ihre Brust traf.

Die alte Frau starrte sie an, ohne zu blinzeln.

«Oh, Sie sind es.» Sie verstaute die Sprühdose in ihrer Handtasche. «Ich werde wohl allmählich schwerfällig.»

Scully wußte nicht, was sie darauf antworten sollte. Sie begnügte sich vorerst mit einem Nicken, während sie versuchte, wieder zu Atem zu kommen. «Ich habe gedacht ...»

«Ja», sagte Elly. «Das sehe ich.» Ihr Blick wanderte herum, als Mulder neben ihr auftauchte. «Sie werden mir nichts zuleide tun, müssen Sie wissen. Haben sie nie getan. Ich schätze, sie denken, daß eine alte Frau kaum eine Gefahr für sie darstellt.»

«Ms. Lang», erklärte Mulder. «Dieser Kobold ist anders als die anderen.»

Scully ließ sich neben ihr auf die Bank sinken und schob den Regenschirm sanft beseite. «Wir wissen, daß er mindestens drei Menschen getötet hat, Ms. Lang, und wir denken, daß Sie vielleicht ebenfalls in Gefahr sind.»

Elly gab einen abfälligen Laut von sich. «Sie wissen nicht viel über Kobolde, junge Lady.» Sie wedelte mit einem knochigen Finger vor Scullys Gesicht herum. «Sie sind ein kluges Mädchen, aber sie müssen noch eine Menge lernen. Kobolde töten niemanden. Haben sie nie getan.»

Scully warf Mulder einen hilfesuchenden Blick zu. Er kauerte sich vor der alten Frau nieder und legte ihr sanft eine Hand aufs Knie, um nicht das Gleichgewicht zu verlieren.

«Ms. Lang, dieser Kobold ist krank.»

«Kobolde werden nicht krank.»

«Nicht diese Art von Krankheit.» Er schüttelte den Kopf und tippte sich gegen die Stirn. «Nicht diese Art. Er ist nicht wie die anderen. Er ist ...» Er schluckte. «Er ist böse, Ms. Lang. Ich weiß nicht, wie ich es sonst ausdrücken soll.»

Scully konnte sehen, wie sich allmählich Zweifel und aufkeimende Furcht im Gesicht der Frau abzeichneten. Plötzlich wirkte sie um zwanzig Jahre älter.

«Sie sollten nicht hier draußen sitzen», sagte sie leise. «Sie sollten lieber irgendwo sein, wo es warm ist. Es wird schon bald wieder regnen.»

«Die Kinder», flüsterte Elly.

«Ich glaube nicht, daß sie heute viel draußen spielen werden.» Scully stand auf und ließ die Hand über den Mantel der alten Frau gleiten, bis sie Ellys Hand fand. Die Finger zuckten, dann schlossen sie sich um die ihren. Sie zog Elly behutsam von der Bank hoch. Der Regenschirm fiel unbeachtet zu Boden.

Mulder hob ihn auf, während Scully auf den Streifenwagen deutete.

»Sehen Sie diesen Mann?» fragte sie. «Er heißt Spike, können Sie sich das vorstellen? Ich glaube, ich kann ihn überreden, eine Weile bei ihnen zu bleiben.»

Arm in Arm verließen sie den Park.

»Ist er verheiratet?» wollte Elly wissen.

«Das glaube ich nicht.»

Mulder war vorausgegangen. Er versperrte der Frau die Sicht auf den Polizisten, während er mit ihm sprach. Scully war ihm dankbar dafür.

«Er ist ein netter Junge», sagte Elly und deutete mit dem Kinn in seine Richtung.

«Ja, ich weiß.»

Mitten auf der Straße blieb Elly plötzlich stehen und zeigte auf Mulder. Ihre Unterlippe zitterte. «Hat er recht mit diesem Kobold?»

Scully nickte.

»Ich bin noch nicht bereit zu sterben, müssen Sie wissen.»

Scully drückte den Arm der Frau. «Ich weiß. Und das werden Sie auch nicht.»

»Ich bin zu schäbig, zu verschroben.»

Scully lächelte, obwohl die alte Frau es nicht sehen konnte. «Nun … das finde ich nicht.» Sie setzte sich wieder in Bewegung und zog Elly mit sich. «Sie sind nur zäh, das ist alles. Es ist gut, zäh zu sein.»

«Sind Sie es?»

Scully hatte keine Ahnung, was sie darauf hätte erwidern sollen. Todd Hawks' Auftauchen bewahrte sie davor, einen Fehler zu machen.

Sie brauchten nicht lange, um Elly Lang in ihre Wohnung zu bringen. Nachdem das erledigt war. informierten sie den Polizeichef von ihrer Vermutung, daß irgendein Angehöriger oder Mitarbeiter der Abteilung für Spezialprojekte in Fort Dix für die Morde verantwortlich war. Jemand, fügte Scully hinzu, der über eine besondere Begabung verfügte, nicht wahrgenommen zu werden.

«Sie meinen Tarnung?» fragte Hawks.

«So könnte man es bezeichnen.»

«Ein wahrer Experte auf diesem Gebiet, einer der besten», ergänzte Mulder. Dann lächelte er so flüchtig, daß es Scully fast entgangen wäre. «Man könnte sagen, daß er dem Ausdruck ‹Mauerblümchen› eine völlig neue Bedeutung verliehen hat.»

«Der Hurensohn.» Hawks schielte zum Himmel empor, als wollte er den Regen warnen, seine Probleme nicht noch zu vergrößern. «Verdammt, ich kann gut darauf verzichten.» Er schüttelte den Kopf und ließ den Blick zu Elly Langs Wohnung wandern. Die Vorhänge waren aufgezogen, im Fenster brannte eine Lampe. «Falls es Ihnen nichts ausmacht, könnten Sie mir vielleicht auch verraten, ob Sie irgendeine bestimmte Person in Verdacht haben?»

Er klang weder verbittert noch sonderlich beeindruckt, vermittelte vielmehr den Eindruck, als wünschte er sich lediglich, die Sache so schnell wie möglich hinter sich zu bringen, damit seine Stadt wieder zur Normalität zurückkehren konnte.

«Weil», fügte er mit ausdrucksloser Stimme hinzu, «ich mich hier mit drei gottverdammten Leichen herumärgern muß und mir zudem drei Familien und ein paar Lokalpolitiker am Arsch kleben, die Erklärungen von mir verlangen.» Dann sah er Mulder an, und seine Augen wurden schmal. «Und wissen Sie vielleicht ganz zufällig, warum heute morgen, als ich mich vor Vincents Haus herumgetrieben habe, ein US-Senator in meinem Büro angerufen hat?»

Na großartig, dachte Scully, wirklich großartig.

Obwohl man den Verkehr in der Ferne hören konnte, war es hier ruhig. Auf ein paar Verandas und in einigen Fenstern brannte Licht. Ein alter schwarzer Hund trottete an einem Rinnstein entlang. Eine große Krähe stolzierte über den Ballspielplatz.

Scully hatte das Gefühl, als verharrte die Gegend wie sie in gespannter Ruhe.

«Chief, können Sie über Ihr Funkgerät herauszufinden, wo sich der Rest unseres Teams zur Zeit aufhält?» fragte sie.

«Kein Problem», erwiderte er mit einem schiefen Lächeln. «Als ich losgefahren bin, waren sie gerade auf dem Weg zum Revier, um nach Ihnen zu suchen.»

Als Mulder ihr einen fragenden Blick zuwarf, schüttelte sie kaum merklich den Kopf und wartete, bis Hawks vor seinem Funkgerät saß.

»Wir waren nachlässig und planlos», sagte sie dann. Es war kein Vorwurf, nur die Feststellung einer Tatsache. «Der Major ist im Begriff zu verschwinden, und alles, was wir zustande gebracht haben, war, von einem Mordschauplatz zum nächsten zu hetzen.»

«Das Restaurant», schlug Mulder vor.

Scully runzelte die Stirn. «Wieso?»

»Hank kann am besten vor einem Teller voller Pfannkuchen nachdenken.»

«Mulder ...», begann sie und brachte sich dann mit einer Handbewegung selbst zum Schweigen. «Okay.»

Dann eilte sie noch einmal ins Haus zurück, um sich davon zu überzeugen, daß Elly in Sicherheit war. Der Anblick von Spike, der auf einem Schemel hockte, die Mütze im Schoß, und gebannt den Berichten der alten Frau über ihre lebenslange Jagd auf Kobolde lauschte, beruhigte sie.

Keiner der beiden bemerkte, wie sie in der Tür stand und sich kurz darauf zurückzog.

Hank wartete bereits am Bordstein, als sie auf die Straße trat. Mulder saß im Fond des Wagens und winkte sie zu sich. Hawks jedoch stellte sich ihr in den Weg, bevor sie einsteigen konnte.

»Sie werden mir mitteilen, was ich wissen muß?»

Scully versprach es und stieß einen Fluch aus, als ihr die Umhängetasche von der Schulter rutschte und zu Boden fiel. Ich muß mich beherrschen, beschwor sie sich und war dankbar dafür, daß Hawks sich bückte und ihr half, die Sachen zusammenzuklauben, die auf dem Boden verstreut lagen. Sie mußte auf die Knie gehen, um an einen Stift zu gelangen, der halb unter das Auto gerollt war, wobei sie Hawks' lahme Witze über den Inhalt von Damenhandtaschen nur mit halbem Ohr registrierte.

Sie mußte sich weit vorbeugen, entdeckte endlich den Stift, streckte die Hand danach aus ... und erstarrte.

«Brauchen Sie Hilfe?»

Sie schüttelte den Kopf, zog den Oberkörper zurück und verstaute den Stift in ihrer Tasche. Und als Hawks ihr beim Aufstehen behilflich war, fiel ihr das Nummernschild des Wagens ins Auge. Sie stutzte erneut, bis ihr klar wurde, was sie einen Moment lang verwirrt hatte.

«Hören Sie, Agent Scully, wenn es irgend etwas gibt, was ...»

«Nein ...» Sie wehrte die Hand ab, die er ihr hilfsbereit entgegenstreckte. «Nein, danke, es ist alles in Ordnung. Mir ist nur gerade etwas durch den Kopf gegangen, das ist alles.» Sie wußte, daß er ihr nicht glaubte, ihm aber nicht die richtige Frage einfiel. «Danke», sagte sie noch einmal und stieg in den Wagen.

Nachdem sie Platz genommen hatte, wollte Andrews wissen, was sie als nächstes tun würden, denn aus ihrer Sicht hätten sie sich bisher ständig im Kreis gedreht, und ihre Augen wurden groß, als Scully erwiderte: «Genau. Deshalb fahren wir jetzt ins Restaurant, gönnen uns ein ausführliches Mittagessen und legen uns eine vernünftige Strategie zurecht, bevor wir uns selbst ein Bein stellen.»

«Und was ist mit unserem Kobold?» fragte Mulder leise.

«*Unser* Kobold», sagte Scully, «wird erst wieder heute abend unterwegs sein.»

21.

Trotz des draußen herrschenden Zwielichts war die Beleuchtung im *Queen's Inn* gedämpft, wodurch das Restaurant wie leer wirkte. Zwei Gäste saßen am Tresen und lasen Zeitungen, die letzte Sitznische war mit einer sechsköpfigen Familie besetzt. Eins der Kinder lieferte eine Nacherzählung des Films, den es an diesem Morgen im Fernsehen gesehen hatte, einschließlich der Explosionsgeräusche und Dialoge. Ein Küchengehilfe wischte den bereits glänzenden Boden. Auf dem Parkplatz wendete ein Laster mit Anhänger gemächlich um 180 Grad, wodurch er einen mittleren Stau und ein kurzes wütendes Hupkonzert verursachte.

»Und wieder ein friedlicher Tag auf dem Lande«, konstatierte Mulder düster. Er hatte sich am Fenster in die Ecke gedrückt, sein Mantel lag über der Rückenlehne. Zwar hatte das Pochen in seinem Kopf aufgehört, aber der Schmerz in seiner Seite ließ ihm noch immer keine Ruhe. So rutschte er ständig hin und her, und ein plötzlicher Stich in der Rippengegend ließ ihn erneut die Haltung ändern.

Die anderen schienen sein Unbehagen nicht zu bemerken.

Hank, der ihm gegenübersaß, machte sich über ein Steak mit sämtlichen Beilagen her, die es gab, während sich Andrews und Scully mit einem Salat begnügten. Alles, was Mulder einfiel, waren Pfannkuchen und Speck, und er mußte sich zwingen, einfach ein Sandwich zu bestellen. Schon zwei Sekunden später wußte er nicht mehr, für welches er sich entschieden hatte.

Der Lastzug hatte sein Wendemanöver mittlerweile abgeschlossen.

Der Junge beendete seine Nacherzählung des Films und wurde dafür von seiner Familie mit Gelächter und Applaus belohnt.

Mulder veränderte erneut seine Sitzhaltung. «Wissen Sie, was W. C. Fields über Kinder gesagt hat?»

»Wer ist W. C. Fields?» fragte Licia.

»Ich bin nicht alt, glauben Sie mir», sagte er, als Scully ihn mit aufreizend ausdrucksloser Miene ansah. «Wirklich, ich bin nicht alt.»

«Essen Sie, Mulder», befahl sie. «Wir haben Arbeit vor uns.»

Danach herrschte einvernehmliches Schweigen am Tisch. Nachdem die Teller abgeräumt worden waren, wendete Scully ihre Papierunterlage, zückte ihren Stift und blickte Mulder fragend an. Mit einem Nicken forderte er sie auf, das Wort zu ergreifen.

Die Familie verließ das Restaurant. Die beiden Männer am Tresen zahlten und gingen ebenfalls.

«Pierce», begann Scully und tippte mit dem Stift auf die Papierunterlage, «ist Samstagnacht getötet worden, genau wie Corporal Ulman. Bis letzte Nacht hätte das fast ein Muster ergeben.» Sie schwieg einen Moment lang, und Mulder war ihr dankbar, daß sie Carls Namen nicht erwähnt hatte.

«Ich vermute, daß auch Dr. Tymons nicht mehr am Leben ist», fuhr sie fort. «Wahrscheinlich ist er irgendwann gestern getötet worden.» Sie faßte in knappen Worten zusammen, was sie im Walson Hospital entdeckt hatten, nachdem Webber und Andrews sie verlassen hatten, ohne ihnen Gelegenheit zu geben, etwas darauf zu erwidern. «Das ‹Projekt›, was auch immer es war, ist beendet.»

«Vorläufig», fügte Mulder hinzu.

«In Ordnung, vorläufig. Und uns bleibt nicht mehr viel Zeit.» Sie tippte wieder auf das Papierdeckchen. «Alle Todesfälle sind identisch, die Kehlen tief aufgeschlitzt worden. Das ist nicht die Vorgehensweise eines Profis. Die Gewalttätigkeit und die Tatsache, daß jeder Angriff von vorn statt von hinten erfolgt ist ...» Sie atmete tief durch und schüttelte den Kopf. «Das ist fast psychopathisch. Und die dazu erforderliche Kraft läßt vermuten, daß es sich bei dem Täter um einen Mann handelt. Meinetwegen auch um eine Frau, okay», verbesserte sie sich schnell, als Mulder zu einem Einwand ansetzte. «Heutzutage gibt es eine Menge Frauen, die Krafttraining oder Selbstverteidigung praktizieren. Wir können das also nicht ausschließen.»

«Was bedeutet», stellte Andrews säuerlich fest, «daß wir den Kreis der Verdächtigen auf etwa achttausend bis neuntausend Leute reduziert haben, richtig?»

«Falsch.»

Mulder setzte sich gerade auf und starrte auf die Kritzeleien, die Scully auf das Papier geworfen hatte.

«Während Pierce gestorben sein mag, weil er lediglich zum falschen Zeitpunkt am falschen Ort gewesen ist, ist es ziemlich offensichtlich, daß zwischen den anderen eine Verbindung besteht. Der Corporal hat in Major Toneros Stab gearbeitet, auch wenn wir nicht mit Bestimmtheit sagen können, daß er gewußt hat, was dort tatsächlich vor sich gegangen ist. Carl Barelli hat Fragen über Kobolde gestellt, und Dr. Tymons war der führende Kopf des Projekts.»

Sie notierte Toneros Namen und kreiste ihn ein.

«Ich glaube auch, daß Mulder recht hat – das Projekt ist in Gefahr, und der Kobold beseitigt die Spuren. Deshalb haben wir einen Aufpasser bei Ms. Lang zurückgelassen.» Sie zog einen Kreis um Rosemary Elkharts Namen. «Das liefert uns ein Motiv: Fehler vertuschen, Beweise beseitigen. Im wahrsten Sinne des Wortes.»

«Aber wenn Tymons wirklich tot ist», warf Webber ein, «würde dies für das Projekt nicht das Ende bedeuten?»

«Keinesfalls. Jedenfalls nicht auf lange Sicht gesehen. Wie auch immer der Major darüber denken mag, jetzt hat Dr. Elkhart das Kommando. Nichts von dem, was wir in seinem Büro gesagt haben, hat sie wirklich aus der Ruhe gebracht, während der Major nur zum Teil geschauspielert hat. Deshalb nehme ich an, daß sie im Besitz der Aufzeichnungen ist und schon bald ein neues Forschungszentrum einrichten und betreiben wird.»

Andrews beugte sich eifrig vor. «Sie könnte alles so geplant haben, seit Wochen, schon seit Monaten. Vielleicht ist das Projekt fast schon abgeschlossen, verstehen Sie? Beendet, meine ich. Vielleicht möchte sie den ganzen Ruhm für sich allein.»

Scully klopfte wieder auf den Namen. «Ich glaube nicht, daß daran noch ein Zweifel besteht, Licia.»

«Dann hat sie es getan!» rief Webber aus.

Mulder blinzelte. «Was? Glauben Sie, sie ist der Kobold?»

Webber nickte, dann schüttelte er den Kopf und warf schließlich die Hände in die Luft. «Im ersten Moment habe ich es für eine gute Idee gehalten.» Gleich darauf hellte sich seine Miene wieder auf. «Aber sie könnte dies alles in die Wege geleitet haben. Ich meine, würde sie nicht wissen, wer eine Bedrohung darstellt und wer nicht?»

Scully lächelte. «Wochenendnächte», warf sie ein. «Nur an Wochenendnächten.»

«Was wollen Sie damit sagen?» fragte Andrews stirnrunzelnd. «Sollen wir die Verdächtigen etwa auf den Kreis beschränken, der am Wochenende frei hat?» Sie schüttelte den Kopf, streckte einen Arm aus und berührte das Papierdeckchen. «Wissen Sie, wie viele Soldaten in Dix stationiert sind? Und jeder von ihnen ...»

«Verdammt!» stieß Mulder hervor.

Scully fuhr zusammen, und er machte eine knappe entschuldigende Geste. Er war ihrem Gedankengang gefolgt, hatte die entscheidenden Punkte abgehakt, und je länger er darüber nachdachte, desto sicherer war er, die Antwort bereits zu kennen.

«Was?» fragte Webber drängend.

«Louisiana», sagte Mulder an Scully gewandt.

Sie konnte ihn nur stumm ansehen.

«Dieser Bursche in Louisiana soll doch angeblich mitten in einer Zirkusmanege verschwunden sein. Er soll durch eine Menschenmenge gegangen, auf der anderen Seite jedoch nicht herausgekommen sein. Aber er war noch immer da! Er hat nur anders ausgesehen als vorher!»

«Und woher wissen Sie das?»

Sein linker Arm blieb auf der Rückenlehne seines Sitzplatzes liegen, so daß er Mühe hatte, sich zu Scully umzudrehen. «Es wird Sie erleichtern zu erfahren, daß ich nicht glaube, er hätte sich einfach in eine Wolke aus Sägemehl aufgelöst. Er muß noch immer dagewesen sein, er hat nur anders ausgesehen, das ist alles. Die Polizei hat nach einer ganz bestimmten Person gesucht, deshalb hat sie nichts anderes wahrgenommen.»

«Okay, dann waren die Dinge also nicht so, wie sie schienen. Und was hat das mit unserem Fall zu tun?»

«Gespenster und Kobolde, Scully. Gespenster und Kobolde.»

«Und was soll das bedeuten?» fragte Andrews gereizt.

«Das bedeutet, daß der Kreis von Verdächtigen soeben erheblich kleiner geworden ist.»

Rosemary ertrug Toneros rastloses Umherwandern und permanentes Gezeter, solange sie konnte. Schließlich ging sie um den Schreibtisch herum und sagte: «Joseph.»

Er ignorierte sie. «Gott möge sie verfluchen. Hast du gesehen, wie sie mit mir gesprochen haben? Für wen, zum Teufel, halten die sich denn?»

«Joseph.»

Er schüttelte erbittert den Kopf. «Das ist zuviel. Das ist einfach zuviel.» Sein Gesicht lief rot an. Er trat nach einem Karton. «Und ich habe auch noch meine verdammten Schlüssel verlegt. Heiliger Jesus! Rosie, die ganze Welt versinkt im Chaos!»

Sie lehnte sich gegen den Schreibtisch.

«Diese dreckigen Bastarde werden nicht – ich wiederhole, sie werden nicht – damit durchkommen. Ich werde persönlich diesen gottverdammten Senator anrufen und …»

«Joseph!»

Er wirbelte zu ihr herum, eine Hand erhoben und zur Faust geballt, aber Elkhart zuckte nicht einmal. Sie ließ ihre Miene nur sanfter werden und winkte ihn mit gekrümmtem Zeigefinger zu sich. «Joseph.» Ihre Stimme klang tief und kehlig. «Joseph.»

Seine Brust hob und senkte sich, seine Faust zitterte und fiel dann kraftlos herab.

«Joseph, es gibt nichts, worüber wir uns Sorgen machen müssen.»

«Was? Wie, zur Hölle …»

«Nichts, worüber wir uns Sorgen machen müssen», wiederholte sie ruhig und winkte ihn erneut zu sich.

Diesmal ging er auf sie zu, nahe genug, so daß sie ihm eine Hand auf die Schulter legen konnte.

«Alles, was wir von unten brauchen, haben wir bereits hier. Alles, was wir von hier brauchen, ist bereits abreisefertig verpackt.»

«Ja, aber …»

Rosemary schnitt ihm das Wort ab, indem sie ihm einen Finger auf die Lippen legte. «Und alles, was du brauchst, ist ebenfalls hier.»

Sie küßte ihn sanft und schnell und mobilisierte den Rest ihrer Selbstbeherrschung, um ihm nicht eine Ohrfeige zu verpassen.

«Hast du die Befehle?»

Er langte an ihr vorbei, riß die mittlere Schublade auf, zog einen Aktenordner hervor und reichte ihn ihr. «Mit Unterschrift und Siegel, Rosie.»

«Gut.» Sie drückte den Ordner an ihre Brust. «Jetzt können wir die Kellerräume entweder vollständig vergessen, weil in den nächsten Wochen oder Monaten niemand dort nachsehen wird, oder wir können Bataillonskommandeur Wieauchimmererheißt damit beauftragen, dort aufzuräumen.» Sie lächelte. «Wozu sind Soldaten schließlich da?»

«Ich sage, wir sollten es einfach so lassen.» Die Röte war aus seinem Gesicht gewichen. Er keuchte noch ein wenig und fiel dann in seine alte Rolle zurück. «Und ich sage außerdem, daß wir nicht bis morgen früh warten sollten.»

«Das ist mir recht.»

«Ich kann uns noch heute abend einen Flug besorgen.»

Rosemary dachte darüber nach und nickte. «Aber nicht zu spät. Ich möchte früh genug ankommen, um die Nacht über vernünftig schlafen zu können.»

Toneros Gesichtsausdruck ließ sie erschaudern. «Wer sagt, daß wir überhaupt Schlaf finden werden?»

«Ich, du Trottel.» Sie schlug ihm spielerisch auf die Schulter. schlüpfte an ihm vorbei und ging zur Tür. «Wir schlafen, treffen uns mit den richtigen Leuten, du reichst deinen Abschied ein, und dann … wer weiß?»

Tonero lachte. «Okay, Rosie, okay.» Doch dann legte sich seine Stirn in Falten. «Aber was passiert mit …?»

«Es ist für alles vorgesorgt, Liebling.» Sie nahm ihren Mantel, der auf einem Stuhl lag. «Es bedarf nur eines einzigen Telefonanrufs.»

Sie winkte ihm zu und verschwand aus seinem Büro, bevor er noch auf andere Gedanken kam. Er würde ohne Frage die richtigen Vorbereitungen treffen, soweit vertraute sie ihm. Was den Flug selbst betraf … es hatte ihr noch nie etwas ausgemacht, allein zu reisen.

In Elly Langs Wohnung klingelte das Telefon.

Mulder wußte, daß Scully bereit war, ihm in die Zügel zu fallen, bevor er sich von seiner eigenen Aufregung überwältigen ließ. Trotzdem konnte er nicht verhindern, daß seine Hände in hektische Bewegung gerieten, von den Notizen auf Scullys Papierunterlage zu seinem noch nicht gegessenen Sandwich huschten und Diagramme in die Luft zeichneten, die nur er sehen konnte.

«Erstens Zivilisten.» Er stellte mit einem Blick und einer Geste sicher, daß die anderen ihm zuhörten. «Ohne Major Tonero hat Dr. Elkhart keinen Einfluß auf Militärangehörige. Und Tonero wird keine Soldaten für irgendwelche Experimente benutzen. Er würde sich alle Chancen auf eine Karriere im Zivilleben nach seinem Abschied von den Streitkräften verbauen.»

Hank glotzte ihn erstaunt an. «Wie …»

«Zweitens wir.» Mulder berührte Scully an der Schulter und sah Andrews an. «Es hat nichts mit Magie zu tun, woher der Kobold gestern gewußt hat, wo wir sein würden. Es war auch keine Magie, die ihm gesagt hat, wo sich Carl gestern abend aufhalten würde.» Er kratzte sich am Kopf und strich sich das Haar ungeduldig aus der Stirn zurück. «Es gibt jemanden, der über uns Bescheid weiß, der meistens oder sogar immer weiß, wo wir uns aufhalten.»

«Verdammt», sagte Hank. «Jemand, der sogar weiß, was wir zum Frühstück gegessen haben!»

Mulder konnte kaum verhindern, daß der junge Mann von seinem Sitz aufsprang.

«Richtig», meldete sich Scully zu Wort. Ihre Augen weiteten sich langsam. «Und sie hatte gestern eine Verabredung mit ihm. Das stand in seinen Notizen.» Sie glitt aus der Sitznische und griff nach ihrer Umhängetasche. «Wir sollten sofort mit ihr sprechen. Bevor …»

«Auf jeden Fall», stimmte ihr Mulder zu. «Aber nicht aus dem Grund, den Sie vermuten.»

«Aber es muß so sein», protestierte Andrews. «Gott, es paßt alles zusammen. Sie lebt allein, also kann sie unbemerkt kommen und gehen, wann immer sie will, und sie hat diese Trainingsgeräte, um sich in Form zu halten …» Sie packte Webber am Arm und zerrte ihn aus der Nische. Ihre Stimme wurde lauter. «Sie …»

Scully brachte sie mit einer ungeduldigen Handbewegung zum Verstummen und starrte Mulder an. «Also?»

Er bewegte sich langsamer, zuckte zusammen, als ihm wieder ein stechender Schmerz zwischen die Rippen fuhr, und zog seinen Mantel hinter sich her. «Sie wird nirgendwo hingehen, Scully.» Er deutete mit dem Kopf in Richtung Fenster. «Es ist noch zu hell.»

Mit einem Nicken forderte er die anderen auf vorauszugehen. Dann hielt er Scully an ihrem Mantel zurück.

«Sie ist es nicht», sagte er mit leiser Stimme.

«Woher wissen Sie das?»

Er schüttelte den Kopf – das erzähle ich Ihnen später, bedeutete die Geste. Als sie vor der Anmeldung des Motels standen, bedeutete er Webber, ihnen Rückendeckung zu geben, und Andrews, draußen zu warten.

«Ich weiß nicht, ob das richtig ist», murmelte Scully, während sie ihm ins Büro folgte.

«Drei gegen einen?» Er schlug auf den Klingelknopf. «Kommen Sie, das wäre ein bißchen übertrieben, meinen Sie nicht?»

«Sie ist eine Psychopathin», erinnerte sie ihn, als er wieder auf den Klingelknopf schlug. «Und sie ist kräftig, Mulder.» Sie ließ die Hand in die Tasche gleiten und zog sie nicht zurück.

Mulder hieb ein drittes Mal auf die Klingel, dann umrundete er den Tresen und schob sich durch den dahinterliegenden Perlenvorhang.

«Mrs. Radnor?» Direkt zu seiner Linken war eine Treppe, die im Dunkeln lag. Aus dem Hinterzimmer hörte er gedämpfte Musik. Er eilte den kurzen Flur entlang.

«Mrs. Radnor?»

Er betrat den Raum und überraschte die Besitzerin des Motels verbissen auf einem Heimtrainer strampelnd, die Kopfhörer eines Walkmans auf den Ohren. Sie zuckte zusammen, als sie ihn sah. Dann entdeckte sie Scully mit gezogener Pistole hinter ihm, und ihre Augen wurden groß. Ihr Unterkiefer fiel herab.

«Was, zum Teufel ...?» Sie hob eine Hand, während sie mit der anderen langsam die Kopfhörer abnahm und den Kassettenspieler ausschaltete. «Mr. Mulder, was geht hier vor?»

«Carl Barellis Tod scheint Ihnen nicht sonderlich nahegegangen zu sein», bemerkte Scully, die Waffe weiterhin erhoben.

Mrs. Radnor versuchte, etwas zu erwidern, brachte aber keinen Ton hervor. Sie konnte nur Mulder hilfesuchend und verständnislos ansehen.

Er legte die Hände um die Lenkstange und beugte sich vor zu ihr. «Mrs. Radnor, ich habe nicht die Zeit, Ihnen alles zu erklären, aber da gibt es etwas, das ich wissen muß.»

«Hey, ich betreibe einen anständigen Laden», protestierte sie. «Sie können nicht ...»

«Frankie Ulman.»

«Ich ... Was ist mit ihm?»

«Sie haben Agent Andrews erzählt, daß Sie den Corporal öfters in Begleitung einer Frau hier gesehen haben.»

Babs Radnor nickte. Ihre Hände wanderten zu dem Handtuch, das um ihren Hals hing.

«Sie haben ihr gesagt, daß Sie nicht wüßten, wer die Frau war.»

«Also ... ja.»

«Warum?»

«Zum einen, weil ich gar nicht genug Zeit hatte.» Sie lachte gezwungen. «Agent Andrews hatte es furchtbar eilig. Ich glaube nicht, daß wir uns länger als fünf oder zehn Minuten unterhalten haben.»

Mulder runzelte verblüfft die Stirn, schob aber die Frage, die sich ihm aufdrängte, beiseite.

«Sie haben gelogen, Mrs. Radnor», sagte er vorsichtig und rüttelte leicht an dem Fahrrad, als die Frau protestieren wollte. «Sie wußten, wer sie war. Sie wissen so ziemlich über alles Bescheid, was hier passiert, und Sie wußten auch, wer sie war.»

Die Motelbesitzerin trocknete sich das Gesicht mit dem Handtuch ab und versuchte, Zeit zu gewinnen, bis Scully sie mit einem Räuspern daran erinnerte, daß sie noch immer ihre Waffe in der Hand hielt. «Ich möchte die Leute nicht in Schwierigkeiten bringen, verstehen Sie? Das ist schlecht fürs Geschäft. So etwas spricht sich herum, und ...»

«Mrs. Radnor», fiel ihr Mulder scharf ins Wort, «wir haben jetzt keine Zeit für diese Dinge, okay? Ich werde Sie das nur einmal fragen: Wer war diese Frau?»

Als sie ihm den Namen nannte, wirbelte er herum. «Scully, holen Sie Webber und den Wagen.» Dann wandte er sich wieder der Frau zu. «Mrs. Radnor, ich möchte Sie um einen Gefallen bitten.»

«Was?» Sie schien ihren Ohren nicht zu trauen.

Mulder lächelte, und fast augenblicklich wurde ihre Miene wieder freundlicher. «Ich muß mir Ihren Wagen ausleihen.»

«Was?» Diesmal schrie sie beinahe.

Jesus, dachte Mulder. könntest du bitte damit aufhören …?

«Requirieren», sagte er schnell. «Ich muß Ihren Wagen requirieren.»

Ihr Gesicht hellte sich auf. «Mann! Sie meinen, so wie im Kino?»

«Richtig.» Er nahm sie am Arm und zog sie sanft von ihrem Fahrrad. «Genau wie im Kino.»

«Aber Sie hatten doch zwei …»

«Der eine wurde zu Klump geschossen. Aber das wissen Sie ja schon, stimmt's?»

Aufgeregt kramte sie in ihrer Handtasche herum, hielt ihm die Schlüssel hin und zog die Hand dann schnell wieder zurück. «Wird mein Wagen auch zu Klump geschossen werden?»

«Ich hoffe von ganzem Herzen, daß es nicht dazu kommt», erwiderte er aufrichtig, nahm ihr die Schlüssel aus der Hand, bevor sie es sich anders überlegen konnte, und rannte los.

«Aber was, wenn doch?» schrie sie ihm hinterher.

«Dann wird Ihnen der Präsident höchstpersönlich einen neuen besorgen!» schrie er zurück, hetzte durch die Eingangstür, hielt sich am Türrahmen fest und ließ sich von seinem Schwung zurückreißen.

«Er ist rosa!» rief Mrs. Radnor. «Der rosafarbene Caddy auf der Rückseite!»

Rosa, dachte er, als er ins Freie stürzte, na großartig!

In diesem Augenblick brach das Unwetter los, und es entlud sich mit aller Macht.

Na großartig, wiederholte Mulder in Gedanken.

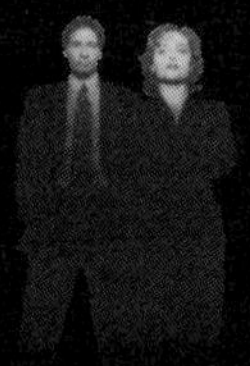

22.

«Vincent?» Scully hielt sich am Armaturenbrett fest, als Mulder mit durchdrehenden Reifen losfuhr. Der Caddy brauchte eine Sekunde, bevor er auf dem nassen Asphalt Haftung fand. Kurz darauf war das *Royal Baron* hinter einer aufgewirbelten Wolke feiner Wassertröpfchen verschwunden. «Officer Maddy Vincent?»

Webber und Andrews folgten ihnen. Von ihrem Auto war nicht mehr als ein verwaschenes Scheinwerferpaar zu sehen.

Trotz des Sturms achtete Mulder nicht auf die Geschwindigkeit. Ob ihm der spärliche Verkehr den Weg freimachte oder nicht, überließ er den anderen. Er hatte schon genug damit zu tun, in dem dichten Regen überhaupt irgend etwas zu erkennen.

«Das ist der Grund, warum Carl mit ihr sprechen wollte», erklärte er. «Er wollte von ihr erfahren, wer sich ihres Wissens nach zum Zeitpunkt der Morde wo aufgehalten hat.» Er grunzte, als der Wagen zu schleudern drohte. «Wer sonst weiß, wo sich alle Polizisten aufhalten, Scully? Wer sonst konnte wissen, wo wir uns gestern befinden würden?»

«Mulder, das reicht nicht.»

Das war ihm auch klar. «Halt die Augen offen.»

«Häh?»

«‹Halt die Augen offen›, hat der Kobold draußen im Wald zu mir gesagt. Kurz bevor er mich niedergeschlagen hat. Heute morgen hat Vincent über Funk genau dasselbe zu Spike gesagt.» Er warf ihr einen kurzen Blick zu. «Die gleiche Stimme, Scully. Es war die gleiche Stimme.»

Er pflügte durch eine riesige Pfütze, eine gewaltige Fontäne spritzte über den Straßenrand und ergoß sich in einen Vorgarten.

Ein vor ihnen fahrender Kleinlaster verursachte auf ihrer Windschutzscheibe einen permanenten Wasserschleier. Fluchend schaltete Mulder schließlich den Scheibenwischer auf die höchste Stufe.

Aus den Augenwinkeln heraus konnte er sehen, wie sich Scully so setzte, daß sie ihn und die Straße gleichzeitig im Auge behalten konnte.

«Das Make-up», sagte sie plötzlich. «Die Kalaminsalbe. Es ...»

Er hörte, wie sie vor sich hin murmelte und dann den Atem anhielt, als er auf die Hupe drückte und an dem Laster vorbeischoß.

Sie hatte begriffen, hatte die Witterung aufgenommen. «Es beginnt zu versagen», dachte sie laut. «Was auch immer sie mit ihr gemacht haben, es versagt. Solange ... solange es funktioniert, sollte sie ihre normale Hautfarbe wieder annehmen können, ohne daß etwas zurückbleibt. Aber es passiert nicht mehr. Mulder, es funktioniert nicht mehr, und sie muß es irgendwie verbergen.»

Er hatte keinen Anlaß, ihr zu widersprechen.

Das Projekt war ein Fehlschlag, und er vermutete, daß es nicht der erste war. Darüber hinaus vermutete er, daß Elkhart und Tymons ihrem Ziel näher als je zuvor gekommen waren. Das war der Grund, warum die Wissenschaftlerin und der Major ihre Sachen packten und abreisten.

Sie würden einen neuen Versuch unternehmen.

Und er konnte die Vorstellung einer Armee von Schatten, die heimlich durch die Nacht huschte, noch immer nicht abschütteln.

Vor ihnen tauchte ein weiteres Auto auf. Die Rücklichter leuchteten rot auf, als der Fahrer auf die Bremse trat. Mulder knurrte, wechselte schnell auf die Gegenfahrbahn, ohne die Geschwindigkeit zu drosseln, und riß das Lenkrad hektisch wieder nach rechts, als die blendend hellen Scheinwerfer eines entgegenkommenden Lieferwagens ihm die Sicht nahmen.

Es war zu spät, um abzubremsen.

Er überholte den Wagen auf der rechten Seite, kämpfte gegen die Trägheitskräfte an, die sie langsam auf den Wald zusteuern ließen, und ignorierte das wütende Hupen des anderen Wagens. Seine geprellten Rippen begannen zu brennen. Der Caddy hüpfte durch ein Schlagloch, dann lag er wieder sicher auf der Fahrbahn.

«Mulder», sagte Scully ruhig, «wir können niemandem mehr helfen, wenn wir tot sind.»

Er starrte sie an, der Panik nahe. «Jesus!» rief er und schlug mit der Handfläche auf das Lenkrad. «Elly! Wenn Vincent aufräumt ... Elly!»

«Aber wie?»

«Vincent sitzt vor dem Funkgerät. Sie braucht nur anzurufen – egal unter welchem Vorwand – und Spikes irgendwo hinzuschicken. Dann ist Elly allein.»

Er steuerte an den Straßenrand, bremste, sprang bei laufendem Motor aus dem Wagen und ruderte mit den Armen. Augenblicklich war er durchnäßt bis auf die Haut. Das Auto, das er gerade überholt hatte, rauschte an ihm vorbei, hupte laut und anhaltend und spritzte seine Beine naß. Dann hielt Webber neben ihm. Andrews kurbelte das Seitenfenster herunter, noch bevor sie zum Stehen gekommen waren.

Mulder hielt sich an der Tür fest und steckte den Kopf durch das Fenster. «Fahren Sie zum Revier, Hank. Finden Sie heraus, wo Vincent steckt, gehen Sie zu ihr und warten Sie dort.»

«Vincent?» fragte Webber ungläubig. «Sie machen Witze. Vincent?»

«Tun Sie es einfach, Hank», befahl Mulder. «Und seien Sie vorsichtig. Wenn Scullys Vermutung stimmt, daß Vincent aufräumt, weil irgend etwas schiefgelaufen ist, dann wird sie garantiert auch nicht zögern, ein paar FBI-Kehlen durchzuschneiden.»

Sie hatten keine Zeit, um Einzelheiten abzuklären. Mulder sprang in den Caddy zurück und trat das Gaspedal bis zum Anschlag durch. Die Hinterräder drehten durch und schleuderten eine Fontäne aus Dreck und Kies auf, bevor sie griffen und den Wagen auf den Asphalt katapultierten.

Webbers Wagen war bereits vom Regen verschluckt worden.

Elly Lang erschrak, als eine Windbö das Erkerfenster klappern ließ. Aber sie würde nicht in Panik geraten. Sie hatte ihre Sprühdose, den Stock mit dem großen Elfenbeinknauf, den Officer Silber in ihrem Schlafzimmerschrank gefunden hatte, und sein Versprechen, daß er spätestens in zehn Minuten wieder dasein würde.

Trotzdem hatte sie Angst.

Der Sturm, der so plötzlich hereingebrochen, nachdem er so lange auf sich hatte warten lassen, hatte den Himmel derart verdunkelt, daß man kaum glauben konnte, daß es erst wenige Minuten nach zwölf Uhr war.

Und das war es auch nicht, sagte sie sich, nicht wirklich.

Es war Mitternacht. Zeit für die Kobolde, ihre Runden zu drehen.

Schatten krochen die Wände hinab und über sie hinweg, und das Rauschen des Wassers in den Dachrinnen klang viel zu sehr wie Donnergrollen.

Sie hatten Elly aufgefordert, das Licht brennen zu lassen, aber kurz nachdem Silber gegangen war, hatte sie es ausgeschaltet. Es war besser so. So konnte sie besser hinaussehen, und sie hoffte, daß es für jemanden draußen schwieriger sein würde hereinzusehen.

Das Fenster klapperte wieder.

Der Regen fiel stärker, und Hagelkörner prasselten gegen die Scheiben.

Ich bin bereit, dachte Elly, ich bin bereit.

Und dann fragte sie sich, ob sie die Hintertür abgeschlossen hatte.

Rosemary Elkhart stand in der Mitte ihres Wohnzimmers und kam zu dem Schluß, daß es aussichtslos war. Seit ihrer Ankunft waren noch keine fünf Minuten vergangen. Sie hatte kaum ihren Mantel ausgezogen, als Joseph auch schon angerufen hatte, um sich von ihr versichern zu lassen, daß sein Ruf noch immer intakt war, man ihm nicht den Kopf abreißen und niemand Tymons' Leiche in den Wäldern finden würde. Sie hatte ihr Bestes getan, ihn zu beruhigen, aber nach seinem dritten Anruf hatte sie ihre Meinung geändert.

Er war ein hoffnungsloser Fall.

Nach all der Zeit, nach all den Einrichtungen und Militärbasen, auf denen sie zusammen gewesen waren und an Leonards Entdeckung gearbeitet hatten, war Major Tonero buchstäblich am Vorabend ihres Erfolgs zu einem hoffnungslosen Fall geworden.

Und zu einem Ärgernis erster Güte.

Mehr als nur das. Sie hatte genug Zeit mit ihm verbracht, um zu wissen, was das bedeutete: schreib deine Verluste ab, halt deinen Arsch bedeckt, bring ein Bauernopfer und fang irgendwo anders wieder von vorn an.

Mit einem anderen Partner.

Sie betrachtete den Koffer neben der Tür voller Bedauern. Nun ja, Joseph hatte ihr eine Menge hübscher Dinge gekauft,

Schmuck und Kleider, die sie teilweise wieder zu Bargeld gemacht hatte, als offensichtlich geworden war, daß sich diese Phase des Projekts, wenn auch nicht ganz perfekt, ihrem Ende näherte.

Ein Mädchen, dachte sie, kann gar nicht vorsichtig genug sein.

Halt deinen Arsch bedeckt.

Schreib deine Verluste ab.

Und noch etwas: Reise mit leichtem Gepäck.

Sie hob die Tasche zu ihren Füßen auf, vergewisserte sich, daß Leonards Disketten darin waren, und griff nach ihrem Mantel. Ein Taxi nach Philadelphia würde ziemlich teuer sein, aber sie hielt es für eine gute Investition. Bei Gott, sie wußte, daß es eine Menge Unternehmen gab, nicht notwendigerweise in diesem Land, die an ihrem Wissen mehr als nur interessiert wären.

Als sie die Tasche zum zweiten Mal überprüfte, wurde ihr ihre Nervosität bewußt, und sie erinnerte sich daran, daß sie ihre Waffe irgendwo zwischen hier und dem Flughafen loswerden mußte.

«Okay», sagte sie lächelnd. «Okay.»

Auch Madeline Vincents Schicksal war jetzt nicht mehr von Belang. Die Frau würde lernen müssen, allein zurechtzukommen. Für die kurze Zeit, die ihr noch blieb.

Dann klopfte es an der Tür.

Mulder fluchte und schlug auf das Lenkrad ein, als der durch den Sturm ins Stocken geratene Verkehr ihn schließlich zum Abbremsen zwang.

Scully machte ihm keinen Vorwurf. Seine Unruhe hatte sie derart angesteckt, daß sie das Fenster herunterkurbelte, um nachzusehen, ob er noch einmal rechts überholen konnte. Allerdings war der Seitenstreifen, so weit ihr Auge reichte, voller parkender Autos, und sie verzichtete darauf, Mulder vorzuschlagen, den Bürgersteig als Highway zu benutzen.

Er hätte ihren Vorschlag garantiert befolgt.

«Zwei Straßenblocks», murmelte sie. «Nur noch zwei Straßenblocks.»

Genauso ärgerlich wie der Stau war die Tatsache, daß sie keine Möglichkeit hatten, sich mit den anderen in Verbindung zu setzen. Mit einem Funkgerät hätte sie wenigstens Hawks informieren, Verbindung zu Webber halten und sich vergewissern können, ob Silber noch in Ellys Wohnung war.

Sie seufzte und öffnete ihre Handtasche, um sich zu überzeugen, daß ihre Waffe geladen und griffbereit war. Dabei berührten ihre Finger noch etwas anderes.

O Gott, dachte sie und kämpfte fast eine Minute lang mit sich selbst, bevor sie ihre Entscheidung traf.

Das Trommeln des Regens auf dem Wagendach zwang sie, die Stimme zu heben.

«Mulder ...»

«Ich wünschte, ich könnte fliegen», sagte er und starrte die Windschutzscheibe an, als könnte er seinem Wunsch dadurch Nachdruck verleihen. Der Regen fiel so dicht und der Wind wehte so stark, daß es so aussah, als würden Nebelschwaden über die Straße treiben.

«Mulder, hören Sie mir zu.»

Er nickte. «Okay. Tut mir leid.»

«Der Heckenschütze.»

«Was? Jetzt?» Er schüttelte den Kopf, hob die Hand, um auf die Hupe zu drücken, überlegte es sich anders und rüttelte stattdessen am Lenkrad.

«Ja, jetzt.» Sie warf einen kleinen Kiefernzweig auf die Ablage über dem Armaturenbrett und wartete, bis er ihn bemerkt hatte. Als er sie fragend ansah, sagte sie: «Dieser Zweig hatte sich unter dem Wagen verfangen. Unter Hanks und Licias Wagen. Ich habe ihn entdeckt, als wir bei Elly waren.»

Mulder hob irritiert eine Schulter. «Und?»

«Mrs. Radnor hat sich nur fünf bis zehn Minuten lang mit Licia unterhalten ... Licia hat Ihnen von Anfang an Schwierigkeiten bei den Ermittlungen gemacht. Hank und ich waren die einzigen, die den Wagen benutzt haben, und ich weiß verdammt gut, daß ich keinen Baum gestreift habe.» Sie verstummte und sah zum Seitenfenster hinaus. «Hawks hat gesagt, sie hätten die Stelle gefunden, an der der Attentäter von der Straße in den Wald gefahren ist. Es war eine ungerodete Fläche.»

Ihre Hände tanzten vor Verlegenheit über ihren Schoß. «Und ich habe Licias Notizen nie gelesen, Mulder. Sie hat gesagt, sie hätte sie, und ich habe sogar gesehen, wie sie sie in ihre Aktentasche gelegt hat ... aber ich habe die Aufzeichnungen nie gesehen. Und sie hat sie auch nicht in Ihr Zimmer mitgebracht, Mulder.»

«Scully ...»

«Ich habe Mist gebaut.» Ihre Hände kamen nicht zur Ruhe. «Verdammt, ich habe Mist gebaut.»

«Nein», entgegnete er und schaukelte in seinem Sitz vor und zurück, soweit es der Wagen zuließ. «Wenn ich jetzt tot wäre, dann hätten Sie Mist gebaut.» Sie sah ihn grinsen. «Dann würde ich Sie als Gespenst heimsuchen müssen.»

«Mulder, das ist nicht witzig.»

«Was soll's? Sie glauben ja nicht an Gespenster und Kobolde.»

Hagelkörner hüpften über die Motorhaube.

Scully zuckte zusammen, als hinter ihnen eine Autohupe plärrte.

«Was sollen wir also machen?» fragte Mulder.

«Wir erledigen unsere Arbeit», antwortete Scully, ohne zu zögern. «Und sobald wir das getan haben, kümmern wir uns um das nächste Problem.»

Er nickte und stöhnte, als der Verkehr endgültig zum Stillstand kam. Dann löste er seinen Sicherheitsgurt.

«Nehmen Sie den Wagen», sagte er.

Sie streckte die Hand aus, um ihn festzuhalten, aber sie war nicht schnell genug.

«Mulder!»

Er stand bereits mitten auf der Straße. Regen tropfte ihm in die Augen. «Ich kann nicht länger warten, Scully. Ich kann nicht.» Er ruderte hilflos mit den Armen. «Kommen Sie einfach nach, so schnell Sie können.» Dann rannte er los.

Die Fahrer in den Autos hinter ihr entdeckten ihre Hupen und traten prompt den Beweis an. Scully rutschte ungeschickt hinters Lenkrad, während sie beobachtete, wie Mulder den Bürgersteig entlanglief und hinter der nächsten Straßenecke verschwand.

Falls es irgendwelche Dienstvorschriften gab, die er noch nicht übertreten hatte, fielen ihr jedenfalls keine ein.

Halt die Augen offen, Mulder, war alles, woran sie denken konnte. Um Gottes willen, halt die Augen offen.

23.

Mulder wußte, daß er wie ein Verrückter aussehen mußte, so wie er Hals über Kopf durch den Regen rannte, eine Hand in dem halbherzigen Versuch über den Kopf haltend, sich vor den Hagelkörnern zu schützen, die bisher zum Glück nicht größer als Erbsen waren. Was sie allerdings nicht davon abhielt zu stechen, und zwar ziemlich heftig.

Er hetzte über die Straße, wich scharf zur Seite aus, als ihn beinahe ein Pickup streifte, rutschte aus, prallte gegen ein geparktes Auto und nutzte den Schwung aus, um wieder auf den Bürgersteig zu gelangen.

Der Hagel hörte auf, der Regen nicht.

Obwohl er es nicht wollte, mußte er sein Tempo drosseln. In seiner Seite meldete sich ein ziehender Schmerz, und er konnte sich des Eindrucks nichts erwehren, daß irgend etwas dort drinnen gerissen war.

Halt aus, Elly, dachte er. Halt aus.

An der nächsten Kreuzung legte er eine kurze Pause unter einem Baum ein, halb vornübergebeugt, die Hände in die Hüften gestützt, und opferte ein paar wertvolle Sekunden, um wieder ein wenig zu Atem zu kommen. Noch einen Straßenblock nach Westen, dachte er und schluckte mühsam. Er versuchte, wieder zu rennen, und knurrte, als nicht viel mehr als ein schneller Trab daraus wurde.

Eine vom Winterfrost aufgebrochene Stelle im Beton des Bürgersteigs ließ ihn auf einen Vorgarten ausweichen, wo er auf dem nassen Rasen ausglitt und auf Hände und Knie fiel. Es war ein angenehmes Gefühl, sich nicht bewegen zu müssen, und er benötigte einen Moment, um wieder auf die Füße zu kommen.

Jetzt blieb ihm nichts anderes übrig, als weiterzurennen und die Schmerzen in seiner Seite an einen anderen Punkt zu verbannen, wo sie ihn im Moment nicht störten, auch wenn er wußte, daß er einen hohen Preis dafür würde zahlen müssen, sobald er die Konzentration nicht länger aufrechterhalten konnte.

Der Wind trieb ihm einen Wasserschleier in die Augen. Er wischte ihn wütend fort, ohne dabei langsamer zu werden, sprang vom Bürgersteig auf die Straße und hastete über den Asphalt auf die andere Seite. Wahrscheinlich würde Scully bei ihrem Glück ohnehin früher als er ankommen, aber wenigstens war er jetzt in Bewegung und konnte irgend etwas tun, anstatt über den Verkehr zu fluchen und sich hilflos zu fühlen.

Es schien eine Ewigkeit zu dauern, bis er die nächste Straßenkreuzung erreicht hatte, und als er schließlich stehenblieb, geriet er beinahe in Panik.

Die Gegend stimmte nicht. Er war in der falschen Straße.

Nebelschwaden trieben wie Gespenster langsam durch den Regen. Ein Abflußgully war überschwemmt. Auf der Kreuzung bildete sich ein flacher Teich.

Das war die falsche Straße, und er wußte nicht, in welche Richtung er sich wenden mußte.

Dann entdeckte er den Park auf der anderen Straßenseite. Der Regen hatte die Bänke und das Ballspielfeld verschluckt. Seine Lippen verzogen sich zu einer Grimasse, die einem Grinsen ähnelte, und er setzte sich wieder in Bewegung, das Gesicht der Häuserfront zugewandt, um klare Sicht zu behalten.

Der Polizeiwagen war verschwunden.

Es brannte kein Licht in Ellys Fenster.

Mulder wurde langsamer, als er sich dem Hauseingang näherte, schob die linke Hand in die Manteltasche und schloß sie um die Pistole. Vordertür oder Hintertür? Auf Scully warten oder so dumm sein, allein hineinzugehen?

Ihm blieb keine vernünftige Alternative.

Er hatte den Vordereingang gerade erreicht, als eine Hupe mehrfach kurz hintereinander aufklang, drehte sich im Laufen um und sah, wie Scully den rosafarbenen Cadillac rücksichtslos auf die Bordsteinkante setzte und sich praktisch auf die Straße hinauskatapultierte.

Manchmal ist das Leben doch fair, dachte er, bedeutete ihr, den Hintereingang zu nehmen, rannte die Stufen hinauf und blieb mit der Hand am Türknauf stehen.

Über ihm heulte der Wind.

Irgend etwas rutschte rasselnd durch eine Regenrinne abwärts.

Mulder zwang seinen Atem, sich etwas zu beruhigen, und betrat die Eingangshalle. Langsam schob er sich seitlich an Ellys Wohnungstür. Er wußte, daß er Scully nicht genug Zeit lassen konnte, als er das Ohr an das feuchte Holz legte.

Nichts; der Sturm machte es ihm unmöglich, irgend etwas zu hören.

Er drehte den Türknauf probehalber ein Stückchen, schloß kurz die Augen, als er sich bewegte, murmelte ein lautloses *Verdammt*, drehte ihn ganz herum und stieß die Tür mit der Schulter auf.

Das Wohnzimmer war dunkel und leer, nur durch das Erkerfenster sickerte trübes graues Licht und warf die fließenden Schatten des Regens über die Möbel und den Teppich. Ein Stock mit einem Elfenbeinknauf lag vor dem Sofa auf dem Boden.

Mulder konnte weder aus der Küche noch unter der Schlafzimmertür am anderen Ende des Zimmers einen Lichtschimmer hervordringen sehen.

Er beschloß, zuerst die Küche zu überprüfen.

So dicht wie möglich an die Wand gedrückt, schob er sich durch den kurzen Flur. Soweit er erkennen konnte, saß niemand an dem kleinen Tisch, und er entdeckte auch nicht die vertraute und erhoffte Silhouette im Fenster in der Hintertür.

Wasser tropfte aus seinem Haar und lief ihm den Rücken hinab. Ein kurzer Schauder ließ ihn die Schultern hochziehen.

Die Pistole zur Decke gerichtet, schlich er weiter, spannte sich, zählte bis drei, huschte in die Küche und schwenkte den Lauf herum.

Es war niemand da.

Langsam zog er sich ins Wohnzimmer zurück, hörte ein Kratzen, wirbelte herum und sah Scully durch die Hintertür kommen. Ein scharfes Kopfschütteln verriet ihm, daß sie draußen niemanden gesehen hatte. Keine Spur von Elly – oder dem Kobold.

Keiner sprach ein Wort. Mulder gab Scully mit Handzeichen zu verstehen, daß sie im Schlafzimmer sein mußten. Sie nickte einmal, und er betrat erneut den Flur. Seine Schultern schabten über die Tapete.

Er lauschte, konnte aber außer dem Wind und dem Regen nichts hören.

Als er spürte, daß Scully direkt hinter ihm war, durchquerte er den Flur mit vier großen Schritten. Die Schlafzimmertür stand offen, aber es war zu dunkel, als daß er viel mehr als die Umrisse des Messingbettes hätte erkennen können.

Zeit, dachte er, wir haben keine Zeit.

Scully bezog ihm gegenüber Position, und auf ihr Nicken hin stürmten sie ins Zimmer, er aufgerichtet, sie geduckt.

«Verdammt!» Er versetzte dem Bett einen Tritt.

Das Schlafzimmer war leer.

Sie waren zu spät gekommen. Elly Lang war verschwunden.

Rosemary schob den Tragegurt der Umhängetasche über ihre Schulter, strich die Aufschläge ihres Mantels glatt und schüttelte den Kopf.

«Du warst ein Idiot, Joseph», sagte sie, öffnete die Tür und ging.

«Vielleicht hat sie sich versteckt», meinte Scully.

Mulder bezweifelte dies, aber zu zweit benötigten sie nur fünf Minuten, um in jedem Winkel nachzusehen, der geräumig genug wäre, einer Frau von der Größe Elly Langs Platz zu bieten. Sie waren nicht allzu überrascht, als sie nichts außer Staub und orangen Farbsprühdosen entdeckten.

Danach stand Mulder in der Mitte des Wohnzimmers und klopfte sich geistesabwesend mit der Pistole gegen das Bein.

«Denk nach», beschwor er sich selbst. «Denk nach!» Als sich Scully zu ihm gesellte, schüttelte er den Kopf. «Entweder ist sie allein gegangen, oder sie ist verschleppt worden. Und ich glaube nicht, daß sie ...»

Die Vordertür flog auf; sie ließen sich beide in die Hocke fallen, die Pistolen schußbereit erhoben.

«Hey, nein!» schrie Webber und warf die Hände in die Luft. «Jesus, Leute, ich bin's!»

«Hank», knurrte Mulder. Er hätte den anderen am liebsten erwürgt, richtete sich steif auf und ließ die Waffe sinken. «Sie Idiot! Haben Sie denn überhaupt nichts gelernt?»

Webber versuchte, gleichzeitig in verschiedene Richtungen zu deuten. «Es tut mir leid. Ich habe den Wagen gesehen, und die Haustür stand offen, und ich habe gedacht ...» Er wurde bleich. «Jesus. O Jesus!» Ohne Mulder oder Scully anzusehen, ließ er sich in den Sessel fallen und beugte sich vor. Seine Hände baumelten schlaff zwischen seinen Knien herab. «Ich hätte mich selbst umbringen können, was? Ich bin so dämlich, daß ich mich fast selbst umgebracht hätte ...»

Scully baute sich vor ihm auf und stieß seinen Fuß mit dem ihren an. «Wo ist Andrews?»

«Was?» Er blickte verwirrt auf. «Was meinen Sie damit? Sie war direkt …»

«Ich bin hier», sagte Andrews. Sie stand in der offenen Tür, die Waffe in der Hand und auf Mulders Kopf gerichtet. «Genau hier.»

«Wieviel verlangen Sie für eine Fahrt zum Flughafen?» fragte Rosemary den Taxifahrer.

«Welchen?»

«Philadelphia.»

«Lady, soll das ein Witz sein? Bei diesem Wetter?»

«Wieviel auch immer», sagte sie und hielt ihre Handtasche hoch, «ich zahle Ihnen das Doppelte. Einmal für die Hinfahrt und noch einmal für die Rückfahrt.»

Der Taxifahrer schüttelte skeptisch den Kopf. «Lady, ich weiß nicht. Es heißt, es gäbe Überschwemmungen …»

Rosemary zog die Waffe aus ihrer Tasche. «Entweder Sie verdienen sich das Geld, oder Sie sterben.» Sie lächelte. «Die Entscheidung liegt bei Ihnen.»

Andrews schob sich nach rechts, so daß sie Mulder weiter im Auge behalten und mit der rechten Schulter an der Wand stehen konnte.

Er hatte die Arme weit nach beiden Seiten ausgebreitet, die Hände geöffnet. «Sie machen sich nicht gerade viele Gedanken.»

Sie zuckte gleichgültig die Achseln. «Muß ich das? Sie werden sterben. Was gibt es darüber nachzudenken?»

«Eine gegen drei ist ein ziemlich großes Risiko», warf Scully ein.

«O Gott», stöhnte Webber. «Mir wird schlecht.»

«Ach, halt's Maul!» fauchte Andrews. «Christus, wie, zum Teufel, bist du überhaupt in die Firma gekommen?»

Mulders und Scullys Pistolen lagen auf dem Kaffeetischchen, und ein Satz dorthin würde ihm höchstens eine Kugel zwischen die Rippen oder in den Kopf einbringen. Scully, die sich auf das Sofa hatte setzen müssen, war in keiner besseren Position.

«Hören Sie», sagte er. «Elly ist irgendwo da draußen mit dem Kobold.»

Webber sackte vornüber, eine Hand auf den Magen gepreßt. Er klang, als wäre er zu Tode verängstigt. «O Christus.» Er würgte trocken.

«Was schert mich eine alte Frau?» fragte Andrews. «Und wenn Sie glauben, mich lange genug hinhalten zu können, bis die rettende Kavallerie eintrifft, vergessen Sie es. Ich gehe auch ins Kino, Mulder. Ich bin nicht so dumm, wie Sie denken.»

Er wies diese Unterstellung mit einem Kopfschütteln zurück und wünschte sich, Webber würde mit diesem infernalischen Stöhnen aufhören. Es hinderte ihn beim Nachdenken und machte Andrews nur noch wütender, als sie ohnehin schon war. Plötzlich schnippte er mit den Fingern, worauf Scully zusammenzuckte und Andrews noch genauer zielte.

«Douglas.» Er runzelte die Stirn. «Sie arbeiten für Douglas?» Sein Gesicht versteinerte sich. «Natürlich. Weil Sie gar nicht zur Firma gehören. Was mich zu der Frage bringt, für wen der mächtige Douglas in Wirklichkeit arbeitet.»

«Die Zeit ist um», sagte sie sanft.

«O Gott», keuchte Webber, rutschte aus dem Sessel und fiel auf ein Knie. «O Gott, ich werde sterben.»

Andrews warnte Scully mit einem Blick, nicht die geringste Bewegung zu machen, dann schwenkte sie ihre Waffe zu Mulder herum und schenkte ihm ein Abschiedslächeln.

Mulder katapultierte sich zurück, einen Sekundenbruchteil bevor der Schuß aufklang, landete auf dem Rücken und rollte sich auf die linke Seite, als er nichts spürte. Statt dessen hörte er Andrews aufschreien und zu Boden fallen. Ihre Waffe folgte scheppernd.

«Ein hübscher Hechtsprung», sagte Scully. Sie lag neben dem Tisch auf dem Boden, die Waffe in der Hand.

Webber schob sich in den Sessel zurück und schloß die Augen. Seine Waffenhand hing schlaff über seine Armbeuge. «Ich hätte sie fast verfehlt», sagte er zur Decke. «Christus, ist das zu fassen? Ich hätte sie fast verfehlt.»

Mulder sprang auf, wütend und erleichtert zugleich. Aber er sagte nichts, hob seine eigene Waffe auf, schob sie in die Tasche und trat über die am Boden liegenden Andrews.

Webber hatte sie nicht verfehlt. Seine Kugel war ihr ins rechte Auge gedrungen.

Mulder zeigte mit dem Finger auf ihn. «Und Sie werden mir nachher ein paar Fragen beantworten müssen, Hank. Vorläufig bleiben Sie bei ihr. Und das meine ich genau so, wie ich es sage.»

Hank widersprach nicht. Sein Gesicht war bleich, seine Lippen zitterten. Das einzige Zeichen, daß er verstanden hatte, war ein schwaches Wackeln seiner Hand.

«Mulder, der Park!» rief Scully plötzlich, den Blick auf das Fenster gerichtet, und sofort stürzte er zur Tür hinaus und nahm die drei Stufen in einem Satz.

Die Frau saß auf ihrer Bank, unter ihrem Regenschirm zusammengekauert, und vermutlich hatte sie schon die ganze Zeit über dort gesessen. Mulder war so darauf konzentriert gewesen, in ihre Wohnung zu gelangen, daß er sich nicht einmal die Mühe gemacht hatte, einen flüchtigen Blick über die Straße zu werfen, nachdem er das Haus endlich erreicht hatte.

«Elly, ist mit Ihnen alles in Ordnung?»

Er rannte, bis er den Bürgersteig auf der anderen Seite erreicht hatte, und ging dann langsam über den Rasen auf sie zu.

Sie nickte, aber der Regenschirm lag unsicher in ihrer Hand und drohte, zu Boden zu fallen.

«Es ist alles in Ordnung, Elly», sagte er, als er an der Bank angekommen war. Er beugte sich vor und strich ihr über die Knie. Dann schirmte er seine Augen mit der Hand gegen den fallenden Regen ab und spähte über das schlammige Spielfeld zu den Bäumen auf der anderen Seite.

Sie kann irgendwo dort drüben stecken, dachte er. Verdammt, sie kann überall sein.

«Mulder», sagte der Kobold. «Ich dachte, ich hätte Ihnen gesagt, Sie sollen die Augen offenhalten.»

24.

Mit einem leisen Seufzen starrte Mulder auf den Boden und die Regentropfen, die ins Gras fielen. Dann sah er über seine Schulter, während er sich ohne jede Hast umdrehte und den Regen aus den Augen blinzelte.

Die Frau hatte den Regenschirm weggeworfen.

Sie saß nun auf der Rückenlehne der Bank, in einen langen schwarzen Mantel gehüllt, der ihr bis zur Mitte der Schienbeine reichte, die nackten Füße auf die Sitzfläche gestellt, zum Sprung bereit. Ihr kurzes dunkles Haar klebte ihr verfilzt wie eine Kappe am Kopf. Die großen dunklen Augen waren von feinen Fältchen umgeben, als würde sie lächeln.

Ihre linke Hand lag auf ihrem Oberschenkel, die Finger trommelten einen unregelmäßigen Rhythmus. In der rechten Hand hielt sie ein Bajonett, mit dem sie sich gegen das Knie klopfte. Mulder konnte die geschärfte Schneide schimmern sehen.

Es war ein merkwürdiges Zusammentreffen, als würden sich zwei Freunde an einem regnerischen Tag im Park begegnen. Nur daß einer von ihnen am Ende dieser Begegnung tot sein würde.

Maddy Vincent hob eine Augenbraue. «Das glaube ich nicht, Mulder. Jedenfalls nicht *ich.*»

«Können Sie auch Gedanken lesen?»

«Nein, aber Sie haben eine Pistole in Ihrer Manteltasche, und ich habe ...» Sie hob das Bajonett. «Es ist nicht schwer, Ihre Gedanken zu erraten.»

Der Regen hatte den größten Teil ihres Make-ups und die weiße

Salbe auf ihren Handrücken weggespült. Ihre Haut war fleckig, als würde sie absterben oder sich im Regen auflösen, aber sie war nicht einfach nur grau und schwarz. Mulder konnte blaß- und dunkelgrüne Flecken erkennen und in der Nähe ihrer Zehen Schlieren, die beinahe rot waren.

Es hätte Blut sein können.

«Wo ist Elly?»

Maddy hob die Schultern. «Ich weiß es nicht. Ich habe versucht, durch die Hintertür in die Wohnung zu gelangen, und dann habe ich nur noch die Vordertür zuknallen hören.» Sie lachte so rauh, daß ihm die Kehle weh tat. «Ich hatte keine Ahnung, daß eine alte Frau so verdammt schnell rennen kann. Ich hätte sie verfolgt, aber wie der Zufall es wollte, sind Sie genau in diesem Augenblick aufgetaucht.»

Ihre Augen wanderten zur Seite und wieder zurück. «Sagen Sie ihr, daß sie vorsichtig sein soll, Mulder. Sie mögen schnell sein, und eine Kugel ist wirklich schnell, aber Sie werden mich nicht von dem abhalten, was ich tun muß, verstanden?»

«Ich habe es gehört», sagte Scully irgendwo hinter ihm.

Er breitete die Arme aus. «Sie wissen, daß das albern ist. Ich sterbe, Sie sterben, es wird Ihnen überhaupt nichts einbringen.»

Maddys Stimme wurde tiefer. «Ich sterbe bereits.» Sie streckte ihm eine Hand entgegen. «Es funktioniert nicht mehr.»

Er konnte es nicht fassen, als er sah, wie sich ihre Finger *veränderten*, von fleischfarben über ein fleckiges Grün zu einem sanften Beige und wieder zurück. Nur zwei ihrer Fingerknöchel blieben sehr viel länger dunkel.

Sie kicherte. «Scheißspiel, was? Anstatt berühmt zu werden, sterbe ich.»

Mulder wußte nicht, was er sagen sollte. «Ich verhafte Sie wegen Mordes», hätte sich irgendwie dämlich angehört.

Wieder kicherte sie, und da erkannte er den Wahnsinn in der Haltung ihres Kopfes und der Bewegung ihrer Augen.

«Warum?» fragte er, wobei er auf ihre Haut deutete. «Haben Sie nicht gewußt, wie gefährlich es ist?»

«Sicher.» Sie wedelte lässig mit dem Bajonett herum. «Aber wissen Sie, wieviel ein Bulle in einem Kaff wie diesem verdient? Eine Funkdienstleiterin? Haben Sie eine Ahnung, wieviel mir diese Nutte jeden Monat bezahlt hat?» Sie lachte, schaukelte vor und zurück und fing sich sofort wieder. «Sie hat mir Bilder gezeigt. Ich kann lesen, ich kannte das Risiko. Außerdem ...» Ihre Stimme verklang.

Mulder wartete reglos, als sie mit den Mantelknöpfen zu spielen begann, sie öffnete und wieder schloß und schließlich ein paar aufgeknöpft ließ.

Sie trug nichts unter dem Mantel, was ihn nicht überraschte. Für das, was sie tun konnte und tun sollte, hätte Kleidung nur ein Problem dargestellt.

Worauf es ihm jetzt ankam, war, daß es Scully gelang, eine Position einzunehmen, aus der heraus sie ihm Deckung geben konnte, wenn er zuschlug. Er mußte es tun. Er konnte nicht einfach hier herumstehen und darauf warten, daß Maddy den Zeitpunkt bestimmte. Und er war nicht bereit, sie entkommen zu lassen, so leid es ihm tat. Und tatsächlich begann er, Mitleid mit ihr zu empfinden, als sie unzusammenhängend von den Versuchen in dem Raum unter dem Krankenhaus zu erzählen begann, von Bädern in irgendwelchen Lösungen, von Injektionen und davon, wie sie Freunde und Fremde ausspioniert hatte ...

«... eine solche gottverdammte Macht zu spüren, Mulder. Macht.» Sie grinste. Ihre Zähne waren braun und schwarz. «Macht», flüsterte sie.

«Maddy», sagte er. «Tun Sie es nicht.»

«Ach, schlagen Sie sich das aus dem Kopf!» fauchte sie und richtete sich auf. «Sie können nicht an das Gute in mir appellieren, weil da nichts Gutes mehr in mir ist. Sie können mir keine Heilung anbieten. Sie und auch Sie nicht!» schrie sie in Scullys Richtung. «Sie können mir keinen Scheiß anbieten!»

«Wie wäre es damit, noch etwas länger zu leben?»

Sie lachte und strich sich eine Haarsträhne aus den Augen. «Wer soll mich denn aufhalten? Sie, Mulder? Oder Sie, Scully?»

«Ich wette, daß Elly mittlerweile die Polizei angerufen hat. Und wenn die auch nur einen Blick auf Sie geworfen haben, werden sie nie mehr aufhören zu reden.»

«Und wenn schon. Bis dahin bin ich längst verschwunden.» Sie wippte leicht mit dem Oberkörper. «Wissen Sie denn nicht, daß ich die Unsichtbare bin?»

Wieder wanderten ihre Augen zur Seite, und ihre Stirn legte sich in Falten. Scully war links zu ihm aufgerückt und versuchte nun, in Maddys Rücken zu gelangen. Schritt für Schritt.

«Ihnen ist doch klar, daß sie nicht schnell genug ist.»

Mulder hob die rechte Hand. «Schnell genug, wenn es sein muß.»

Maddys Körper spannte sich.

Da wußte er, daß der Moment gekommen war, und mit dem Wissen kehrte auch endlich seine Ruhe zurück.

Der Wind zupfte an ihr. Sie umschlang sich selbst, dann streifte sie den Mantel ab.

Nur mit Mühe gelang es Mulder, sich keine Reaktion auf ihren Anblick anmerken zu lassen. An einigen Stellen war ihre Haut rauh, an anderen Stellen anscheinend wund. Dunkle Farbwolken verunzierten ihren unebenen Bauch.

«Wissen Sie was?» fragte sie, während sie sich die Lippen leckte und die Entfernung abschätzte.

«Was?» Seine Stimme klang ruhig und fest.

«Ich habe eine Menge von dieser Nutte gelernt. Das werde ich ihr auch noch sagen, bevor sie stirbt.»

«Und was zum Beispiel? Was können Sie dadurch lernen, indem Sie Menschen umbringen?»

Sie grinste. «Daß es mir Spaß macht.»

Mulder sah, wie sich ihre Zehen krümmten.

«Bitte», sagte er, unmittelbar bevor sie kicherte.

Unmittelbar bevor sie sprang.

Ihm blieb keine Zeit mehr, seine Pistole aus der Manteltasche zu ziehen. Er drehte sich von der zustoßenden Klinge weg, schoß noch im gleichen Moment durch den Mantel, rutschte auf dem glitschigen Gras aus und fiel auf den Rücken.

Maddy kreischte, als sie auf Händen und Knien landete, wirbelte herum und versuchte, sich aufzurichten.

«Halt!» rief Scully und stürzte los, die Pistole nach unten gerichtet.

Mulder konnte nicht aufstehen, konnte sich nicht bewegen, er konnte nur hilflos zusehen, wie Maddy Vincent einen Angriff mit dem Messer antäuschte und dann versuchte, auf ihn zuzukriechen.

«Halt!» schrie Scully wieder.

Maddy fiel auf eine Schulter, als hätte ihr jemand einen Fuß auf den Rücken gesetzt, kreischte wieder, stieß das Messer in den Boden und sackte wimmernd im Schlamm in sich zusammen.

Als Mulder endlich auf die Füße kam und Scully hinter die Frau trat, sah er das Blut unter Maddys Arm hervorsickern.

Rotes, gewöhnliches Blut, und es hörte nicht auf zu fließen.

Er beugte sich über sie, nahm ihr das Bajonett aus der Hand, hielt es sich einen Moment lang dicht vor die Augen und legte es dann auf die Bank. Scully preßte drei Finger auf Maddys

Halsschlagader, tastete nach ihrem Handgelenk, richtete sich ungelenk auf und fuhr sich mit der Hand durch das Haar. Mulder zog seinen Mantel aus und bedeckte die Leiche. Er starrte lange auf sie hinunter, dann stieß er ein kurzes und scharfes Lachen aus, als ihm bewußt wurde, daß er erwartet hatte, sie würde sich nun, da das Abenteuer vorüber war, zurückverwandeln wie der Unsichtbare im Film.

Doch nichts dergleichen passierte.

Sie lag einfach nur da.

Mulder hätte nicht sagen können, wie lange es dauerte, alle Fragen zu beantworten, wie lange Scully gebraucht hatte, um sicherzustellen, daß die Leiche zwecks eingehender Untersuchungen in die richtigen Hände gelangen würde, und wieviel Zeit vergangen war, bevor ihn die Kälte endlich aus ihrem Griff entlassen und er sich schließlich wieder trocken gefühlt hatte. Es war bereits nach elf Uhr nachts, als sie im *Queen's Inn* saßen und er auf den Teller voller Pfannkuchen starrte, der vor Hank Webber stand.

«Bitte», sagte Hank, «sagen Sie jetzt nicht, das sei erstaunlich.»

«Das ist es zwar, aber ich werde es trotzdem nicht sagen.»

Scully stand am Tresen, bestellte Kaffee und Tee und versuchte herauszufinden, was der Koch an einem Samstag um diese Uhrzeit noch anzubieten hatte. Mulder wartete, bis sie ihnen den Rücken zugewandt hatte, und hob dann einen Finger, um Hanks Aufmerksamkeit auf sich zu lenken.

«Protestieren Sie nicht», sagte er, «und beleidigen Sie mich nicht, indem Sie es leugnen. Wie oft seit unserer Ankunft haben Sie Douglas angerufen, um ihm mitzuteilen, wann ich gegen die Dienstvorschriften verstoßen habe?»

Webber erstickte beinahe an seinem Bissen, aber es gelang ihm, die Gabel hochzuhalten und «nur einmal» zu nuscheln.

«Was?»

Der junge Agent wirkte verlegen. «Ich konnte es nicht. Ich meine ... ich mag Sie. Und ich konnte nicht finden, daß Sie etwas wirklich Falsches machen.»

Mulder grinste und streckte die Arme auf der Rückenlehne der Sitzbank aus. «Webber, auch wenn Sie es nicht hören wollen, das ist verdammt erstaunlich.» Er warf einen Blick aus dem Fenster, aber alles, was er sehen konnte, waren die Nacht und der Regen. «Sie wissen, daß Douglas vermutlich ein Kuckuck ist – fragen Sie mich jetzt nicht, wer ihn uns ins Nest gesetzt hat – und deshalb auch bei unserer Rückkehr wahrscheinlich nicht mehr dasein wird. Und Sie werden wahrscheinlich irgendwo anders hin versetzt werden, sobald der Papierkram erledigt ist.»

«Sicher. Das habe ich mir schon gedacht. Aber, zum Teufel, es hat Spaß gemacht, solange es gedauert hat.»

Mulder lachte, ein wenig traurig, weil er wußte, daß der arme alte Hank wohl nicht allzu lange in der Firma bleiben würde. «Spaß» war nicht unbedingt das richtige Wort, um zu beschreiben, wie es gelaufen war.

«Und außerdem», sagte er, «bei all der Aufregung ... danke, Hank.»

Webber winkte ab. «Nicht nötig, Mulder. Sie wissen doch, ich habe nur getan, was ich tun mußte.»

Und er errötete.

Scully rutschte zu ihnen in die Nische, kommentierte Webbers Menüauswahl mit einem Zungenschnalzen und wedelte mit ihrer Serviette herum, während sie auf ihre Bestellung wartete.

«Ihnen ist doch klar, Mulder, daß das ein unglaublicher Glücksschuß war», sagte sie. «Allen Gesetzen der Wahrscheinlichkeit nach müßten Sie eigentlich tot sein.»

Es war ihm klar. Und es war ihm besonders deutlich bewußt geworden, als er den Schnitt in seinem Mantel gesehen hatte. Die Klinge war ihm sehr viel näher gekommen, als er geglaubt hatte. Sie hatte den Stoff glatt durchtrennt.

«Versuchen Sie so etwas nie wieder.»

«Das werde ich nicht», versicherte er. «Glauben Sie mir.»

Danach aßen sie in geselligem Schweigen, nur durch ein Telefongespräch unterbrochen, das Mulder an der Kasse entgegennahm. Als er in die Nische zurückkehrte, sagte er: «Sie haben Toneros Leiche gefunden. Erschossen, nur ein Schuß. Er lag in Dr. Elkharts Apartment.»

«Und Elkhart?» fragte Scully.

«Spurlos verschwunden.»

«Man wird sie finden», sagte Webber zuversichtlich. «Nach diesem Wochenende wird das halbe Land Jagd auf sie machen. Keine Sorge, Mulder, der Fall ist abgeschlossen.»

«Ich nehme es an», erwiderte Mulder. Er sah aus dem Fenster, vorbei an den Wasserbächen, die die Scheibe herabliefen. «Ich nehme es an.»

Scully berührte kurz und leicht seine Schulter. «Wirklich, Mulder?»

Er sah sie nicht an. «Natürlich.» Sie wußten beide, daß er log.

Denn was ist, dachte er, während er durch sein verschwommenes Spiegelbild auf die Wälder hinausblickte, was ist, wenn sie nicht gefunden wird?

Was, wenn du nächstes oder übernächstes Jahr die Straße entlangschlenderst oder die Treppe zu deiner Wohnung hinaufsteigst oder auf deiner Veranda sitzt oder auf den Bus wartest, und ein Arm kommt aus einer Wand oder aus einem Baum hervor …

Er streckte der Fensterscheibe einen Finger entgegen und sah, wie sein Spiegelbild dasselbe tat.

… eine einfache Glasscheibe.

Das Licht flackerte einen Moment lang, und einen Moment lang löste sich sein Spiegelbild auf.

Mulder rieb sich geistesabwesend den Arm und beobachtete, wie die Scheinwerfer eines Autos, das er nicht sehen konnte, vorbeiglitten und in der Dunkelheit verschwanden.

Wir werden niemals wissen, ob *sie* dort draußen sind.

Armeen von lebenden Schatten, die durch die Nacht huschen.

Manchmal liegt die Wahrheit auch in fernen Galaxien ...

en Monat neu als Wunderlich Taschenbuch.

Garantiert spannend. Preisgekrönte Kriminalromane von Meistern des Fachs.

wünschen gute Unterhaltung!

5038/1

vgs

Die großen AKTE X-Romane

Kevin J. Anderson
Ruinen
306 Seiten
geb. DM 32,-/öS 234,-/sFr 29,50
ISBN 3-8025-2387-3

Kevin J. Anderson
Antikörper
302 Seiten
geb. DM 32,-/öS 234,-/sFr 29,50
ISBN 3-8025-2388-1

Ben Mezrich
Skin
310 Seiten
geb. DM 32,-/öS 234,-/sFr 29,50
ISBN 3-8025-2504-3

Quentin Thomas
Seilbahn zu den Sternen
300 Seiten
geb. DM 32,-/öS 234,-/sFr 29,50
ISBN 3-8025-2563-9

Internet: www.vgs